Dea

I'n

and

tou

Con

to

I

Fe

It

so,

sh

translation of *The Benefactor*

I am grateful for all your
work and loyalty —
helping to make my books
known to Chinese readers.

Very cordially,
Susan Sontag

上海出版资金项目
Shanghai Publishing Funds

SUSAN SONTAG

苏珊·桑塔格全集

激进意志的样式

Styles of Radical Will

〔美〕苏珊·桑塔格 著 何宁 王磊 顾真 宋佥 译

上海译文出版社

献给约瑟夫·蔡金

目　录

I

静默之美学

1.

每个时代都必须再创自己独特的“灵性”。（所谓“灵性”就是力图解决人类生存中痛苦的结构性矛盾，力图完善人之思想，旨在超越的行为举止之策略、术语和思想。）

在现代社会，这一灵性最活跃的隐喻之一是“艺术”。画家、音乐家、诗人、舞者的活动，一旦被统称为艺术（一个相对来说的新现象），便成为特别适合展现让思想备受困扰的外部事件的所在，而每一件艺术作品或多或少就是控制或调和这些矛盾的敏锐示例。当然，这一场所需要不断的更新。无论艺术的追求是什么，与思想最广泛的追求相比都是有限的。艺术本身是一种被神秘化的形式，一直承受着被非神秘化的危机；以前的艺术追求被质疑，并且表面上被替换掉；陈旧的思想地图被重画。然而，支持艺术渡过危机的力量——可以说是一种共同的力量——就是将多种多样、各不相同的活动统一成一个单一的门类。艺术的现代期是自“艺术”一词出现之时开始的。由此，它所包含的任何活动都显得问题重重，无论是其活动过程还是其存在的权利都会引起质疑。

当艺术形式演变为“艺术”，关于艺术的主要神话，即艺术家活动的绝对性，也随之产生。这一神话早先较为简单的形式是将艺术作为人类思想的表达，思想通过艺术了解自身。（由这一形式的神话所产生的评价标准也很简单：有些表达显得更为完整，更令人肃然起敬，更广博，也更丰富。）神话的后一种形式认为艺术和思想的关系复杂且带有悲剧性。它否定艺术只是思想的一种表达，认为艺术体现了心灵对自我疏远的需求和能力。艺术不再被视为思想的表达，从而间接地肯定了其自身。艺术本身不是思想，而是从思想内部发展而来的思想的解毒剂。（由这一形式的神话产生的评价标准则更难理解。）

后一种较新的神话来源于后心理分析对思想的认识，它使艺术活动在追求由伟大的宗教神秘主义者们所描述的存在之绝对状态的过程中出现许多悖论。因为神秘主义者的活动最终必然是否定的神学，是上帝缺席的神学，是对无知而不是知识，对静默而不是言语的渴望，所以艺术必然是倾向于反艺术的，是对“主体”（或“客体”、“意象”）的消解，是时机对意图的替代，以及对静默的追求。

在早期艺术与思想的线形关系迷思中，创作冲动的“精神”灵性与日常生活的令人困扰的“物质性”之间具有显而易见的争斗，这也让真正的升华之路布满荆棘。而较新的神话将艺术作为与思想辩证交流的一部分，则带来更为深刻，也更具破坏性的矛盾。艺术力图表现的“精神”与艺术本身的“物质”特性发生了冲突。艺术被揭露为毫无价值的东西，而艺术家工具的具体性(特别是语言具有的史实性)似乎像个陷阱。在这个人云亦云的世界，加上由词语的变异而来的困惑，艺术家的活动注定是居于中间状态。艺术成为艺术家的敌人，因为它不让后者实现其渴求的目标——超越。

因此，人们想要推翻艺术。一种新的元素进入个体艺术作品，并成为它的一部分：消灭其自身，以及最终消灭艺术(或隐或现)的诉求。

2.

场景切换到一个空房间。

兰波去了阿比西尼亚，从事奴隶贸易挣钱。维特根斯坦做了一段时间乡村教师后，选择去一家医院当勤杂工，侍候他人。杜尚则沉迷于象棋。在他们放弃职业的同时，每个人都宣称自己早先在诗歌、哲学或艺术领域取得的成就不值一提，毫不重要。

但是，选择永久的静默并没有否定他们的工作。相反，这倒为他们所放弃的工作增加了力量与权威——对工作的否定成为其有效性的新来源，证明了其无可挑战的严肃性。这种严肃性在于并非将艺术(或是作为一种艺术形式的哲学：如维特根斯坦)视为某种永久延续的严肃性事物，即“目的”或精神理想不变的表达手段。真正严肃的态度是将艺术作为达到某种也许只有通过放弃艺术才能获得的事物的“手段”；更简单地说，艺术是一种错误的手段或——用达达艺术家雅克·瓦谢的话来说——愚蠢。

艺术已不再是一种告白，更多的是一种解脱和苦行修炼。艺术家由此将自身净化，并最终将自己的艺术加以净化。艺术家(若不是艺术本身)仍然在寻求所谓的“成功”。不过，以前艺术家的成功是对其艺术的通晓和实现，现在对艺术家而言，最高层次的成功是进入这样的境界：那些出类拔萃的目标对他无论在情感上还是伦理上都无关紧要，他更乐意保持静默，而不是在艺术中找到自己的声音。这种作为终结的静默，是一种终极状态，与(瓦莱里和里尔克生动描述的)那些自觉的艺术家传统上对静默的严肃运用是相对立的：那是个沉思之域，预备着精神的成熟，通过这严峻的考验，最终将获得话语的权利。

只要艺术家是严肃的，他总是会不断被诱使中断与观众的对话。现代艺术不知疲倦地追求“新”与/或“深奥”，其突出的主题就对交流的勉强和对与观众接触的犹豫不决，静默正是这一心态的最深远的延伸。静默是艺术家最为与众不同的姿态：借由静默，他将自己从尘世的奴役中解放出来，不再面对自己作品的赞助商、客户、消费者、对手、仲裁人和曲解者。

不过，我们不应该忽视这对“社会”的放弃其实是非常社会性的姿态。将艺术家最终从职业需要中解脱出来的暗示来自他对其他艺术家的观察和自己与他们的比较。只有当艺术家显示出自己具有天分，并可信地运用了这一天分后，他才会作出这种示范性的决定。一旦他在自己认可的标准上超越了同伴，便只有一处可容他的自豪。因为，成为渴望静默的牺牲品，在更深意义上依然是凌驾于所有人之上的。它说明艺术家机智过人，想到的问题比一般人要多，他有更大的勇气和更高的标准。（艺术家能够坚忍对其艺术的审问直到他或他的艺术消耗殆尽，这一点几乎无须证明。正如勒内·沙尔[René Char]所说的："在疑问的丛林里，鸟儿也无心歌唱。"）

3.

现代艺术家示范性的对静默的选择很少会发展为最终的简单化，以致他真的不再说话。更常见的是他还在继续说话，不过是以一种他的观众听不见的方式说。对于观众而言，我们时代最有价值的艺术都是进入静默（或不可解或无形或无声）的过程；这是对艺术家能力和职业责任感的解除——因而对观众来说是一种侵害。

在当代美学中，静默业已提升为所谓"严肃性"的主要标准，而现代艺术让其观众感觉不适、愤怒或是挫败的积习，应被视为对静默之理想的有限度的、隔靴搔痒似的参与。

但这种对静默之理想的参与是矛盾的。不仅因为艺术家仍然在创作艺术作品，而且因为作品和观众之间的隔离从不持久。随着时间的流逝和更新、更难的作品的介入，艺术家的僭越变得迷人，最终成为正统。歌德指责克莱斯特（Kleist）是为"看不见的剧院"写作，但后来看不见的剧院变成了"看得见的"。丑陋、不和谐与无意义的变成了"美丽的"。艺术的历史就是一系列取得成功的僭越。

对观众来说不可接受，这是现代艺术的典型目的。反过来，这也表明对艺术家而言，观众的在场是不可接受的——这里指的是现代意义上的观众，即一群偷窥者。尼采在《悲剧的诞生》中指出，希腊悲剧中没有我们所谓被演员忽略的看客观众，至少从这之后，很多当代艺术似乎都有将观众从艺术中剔除的欲望，甚至往往表现为完全剔除“艺术”的倾向。（倾向于“生活”？）

认定艺术的力量在于其否定的能力，艺术家在与观众的矛盾斗争中最有效的武器就是趋向于静默的边缘。艺术家与观众之间感觉或理念上的差距，以及缺失或断裂的对话空间也可以构成一种禁欲式主张的基础。贝克特提到：“我梦想着一种不怨恨其自身难以逾越的贫乏，又不屑于那类给予与接受的闹剧的艺术。”但是，不可能完全消灭最小限度的交易，最少的礼品交换——正如不管其动机如何，睿智和严格的禁欲主义无一不增加(而不是减少)感受愉悦的能力。

现代艺术家有心或无意的侵害从来没有成功地剔除观众，或是将他们转化成为参与共同行为的群体。他们无法做到。只要艺术被认为是“绝对的”行为，它就是独立和精英的。精英的存在是以大众为前提的。最好的艺术只要承认其本质上“神圣的”目标，它就预设和确认了相对被动、从未得到完全启蒙、在一旁窥伺的俗人的存在。这些俗人被定期地召集来观看、聆听、阅读或是听证——然后被打发走。

艺术家最多只能修改他自己面对观众和自身时的术语。讨论艺术中的静默思想就是讨论在这基本无法改变的情境中的各种选择。

4.

静默是如何具体地呈现在艺术中的呢？

静默是一种决绝——存在于艺术家的自杀范式中（克莱斯特、洛特雷阿蒙等），艺术家以此证明他业已走得“太远”；同样，这种决绝也存在于前面提到的艺术家对于自己职业的放弃范式中。

静默还是一种惩罚——自我惩罚，存在于艺术家的精神失常范式中（荷尔德林、阿尔托等），艺术家以此昭示要想越过思想约定俗成的藩篱，便要付出失去理智的代价；当然，这还包括所谓“社会”对于艺术家精神独立或颠覆群体意识的处罚（从对艺术作品的审查和毁坏，到对艺术家的罚款、流放和监禁）。

然而，静默并不真正存在于观众的体验中。观众体验的静默意味着观者没有意识到任何刺激或是他无法作出回应。但这不可能发生，也不可能通过设计诱使发生。没有意识到刺激和无法作出回应只可能是因为观者并不全身心在场，或是误解了自己的回应（被关于何为“恰当的”回应这一狭隘的概念所误导）。只要观众指的是“情境”中具有感觉的人，那他们就不可能完全没有回应。

静默也不可能真正作为艺术作品的特性存在。即使在杜尚那些利用现成物品的作品和凯奇的《4′33″》中也是如此，虽然艺术家的创作表面上并没有更刻意去遵循任何确定的艺术准则，只是将物品放在艺术馆内，或是在音乐厅内安排一次演出。没有中立的外表和中立的言语，也没有中立的主题和中立的形式。只有与其他事物相关的东西才是中立的——如一种企图或期待。作为艺术品自身特性的静默，只能是一种伪装或空洞的存在。（换言之：如果存在一件作品，那么静默只是它的一个元素。）我们找不到天然抑或实现的静默，只有各种向着静默那不断后退的地平线的移动——这样的移动事实上是永远无法完成的。这样的结果之一是一种被人们贬斥为笨拙、沮丧、默然和冷漠的艺术。不过这些消极的特质都存在于艺术家的客观动机里，总是可以辨别出来的。采用一般意义上无生命的事物来制造隐喻性的静默（正如不少波普艺术所做的），建构似乎缺少情绪共鸣的"最少的"艺术形式，这样的选择本身就是充满活力，令人兴奋的。

而且，即使不考虑艺术作品中的客观动机，关于感知的事实仍然无法逃避：所有的体验在任一片刻都是确实的。如同凯奇强调的："根本不存在静默。事物发生总是有声音的。"（凯奇描述过，即使在寂静无声的房间里，他还是听见了两个声响：他的心跳和他头脑中血液的流动。）同样，真正的虚空也不存在。只要有人在看，就总会看见东西。看"空的"东西也还是在看，在看某种东西——哪怕是他自己想象出来的幽灵。要感知完满，必须要对与之区分的虚空有敏锐的认识；相反，要感知虚空，需要领悟世界其他部分的完满。（在《爱丽丝镜中奇遇记》中，爱丽丝来到的这家商店，"里面满是各式各样希奇的东西——不过最奇怪的是，当她仔细看一个货架，想弄清楚上面都摆了些什么的时候，那个货架总是空的，而周围其他的货架却都是满当当的。”）

“静默”始终隐含着它的对立面，并因之而存在：就像没有“下”就没有“上”，没有“右”就没有“左”一样，要认识静默，必须要承认其周遭的声音或语言。静默不仅存在于充满话语和其他声音的世界中，而且任何存在的静默就是被声音穿透的时间片段。（所以，哈伯·马克斯的无语之美多是因为他周围都是癫狂的饶舌者。）

真正的虚空和纯粹的静默不管在理论上还是现实中都是不可行的。因为只要艺术作品存在的世界还有许多其他事物，那么创造出静默或虚空的艺术家就必然创造出辩证的事物：完满的真空，丰富的空虚，引发共鸣或雄辩的静默。静默不可避免地仍然是言语的形式（在很多情况下，是抱怨和控诉的形式）和对话的组成部分。

5.

对于艺术手法和效果的彻底削减——包括对艺术本身最终的放弃——不能只看其表面价值，要辩证地来看。静默与其同类（如虚空、简约、“零度”）是用法复杂的边缘性概念，也是特定的精神和文化修辞语汇中的主要术语。将静默作为一种修辞术语，并不是谴责这种修辞语汇具有欺骗性或不值得信任。在我看来，静默和虚空的神话在“不健康的”时代是有益可行的——这必然是一个“不健康的”精神状态为创作众多超凡艺术作品提供能量的时代。不过没人会否认这些神话里的哀婉感伤。

这种哀婉感伤源于一个事实：基本上，静默的理念只允许两种有价值的发展。它或者是（艺术的）全然自我否定，或者是以勇敢和巧妙的矛盾形式呈现。

6.

我们这个时代的艺术充斥着渴求静默的嚣嚷声。

一种迷人甚或愉悦的虚无主义。我们承认静默的力量，但还是继续说话。当我们发现没什么可说的时候，就想方设法来说出这一境况。

贝克特希望艺术会放弃所有妨碍“可行层面”上的事物的深层计划，“厌倦那些微不足道的成就，厌倦假装能干抑或确实能干，厌倦可以比那些老套做得稍好，厌倦沿着沉闷的道路前进”，就此隐退。另一选择是这样的艺术：它是由“表现——表明艺术无可表现，无从表现，没有表现的权力和欲望——和表现的义务构成的”。义务从何而来呢？正是追求这一愿望的美学似乎让这一愿望不可逆转地显得生机勃勃。

阿波里耐说：“我摆那些空白的姿势是因为孤独。”但他确实在摆姿势。

因为艺术家不可能既拥有静默，又仍然是艺术家，静默的修辞意味着对艺术活动比以往更加迂回的坚决追求。一种方式是如布雷东的“完全边缘”的概念所点明的。艺术家乐于将自己献身于艺术空间的周边地带，艺术运用的中心地带反而是空白。艺术变得了无生气——就像杜尚在 1924 年到 1926 年间创作的那部电影的标题——“萧条的电影院”。这是杜尚惟一的电影创作。贝克特则提出“贫乏的画”这一概念，指的是“确实毫无成果，无法表现任何意象”的画。耶日·格罗托夫斯基为他在波兰的戏剧实验场题的宣言为“建设一家乏味的戏院”。这些削减艺术性的规划不该简单地被视为对观众的暴力训诫，而是提升观众体验的策略。静默、虚空和简约的理念，为看、听以及其他等等勾勒出新的方向——或是提供更直观感性的艺术体验，或是以更加清醒的观念性的态度面对艺术品。

7.

减少艺术手法和效果的要求（其最终限度是静默），与关注能力之间的关系需要探讨。就某个方面而言，艺术是一种集中注意、教导专注方法的技术。（虽然也可以这样来描述人类所处的整个环境——一种教育手段——但这个说法对于艺术作品特别贴切。）艺术的历史就是发现和阐明各种各样耗费关注的物品的历史。我们可以一步步准确地追溯艺术的眼光如何扫视我们的环境，如何“命名”和选择出有限的事物，让人们意识到它们的重要、愉悦和复杂。（奥斯卡·王尔德曾指出，在19世纪的诗人和画家教人们如何去看雾之前，人们是看不见雾的；当然，在电影时代之前，人们也从没看过如此多样和细致的人脸。）

艺术家的职责一度似乎就是开辟关注的新领域和新事物。这一职责仍被认同，但已产生疑问。艺术的关注能力受到了置疑，其标准也更为严格。如同贾斯柏·约翰斯说的：“因为我们什么也看不清楚，所以能看清楚什么已经不简单。”

也许，给予人们的东西越少，人们对某件事物的关注的质量就会越高（混杂和纷扰更少）。由于艺术的贫乏，经过静默的净化，人们也许可以超越注意力的破坏性选择，避免它对体验必然的扭曲。在理想层面，人们可以关注一切事物。

关注的趋势是越来越少，但这种“少”以前所未有的炫耀姿态将自己提升为“多”。

从当前的神话（艺术力图成为“完全的体验”，要求完全的关注）来看，减少和贫乏的策略显示出艺术所能具有的最高抱负。如果不是真的衰弱，那么在貌似恳切的谦逊之下，隐藏着充满活力的世俗亵渎：希望获得“上帝”那没有限制、不加区别的全部思想。

8.

要表达艺术创作和艺术作品的中介特色，语言似乎正是合适的隐喻。一方面，言语既是非物质性的媒体（与图像相比），也是在突破单一性和偶然性，实现超越的过程中极为重要的人类活动（所有的词语都是抽象的，仅只粗略地基于或提到具体的细节）。另一方面，语言又是艺术创造的所有材料中最不纯净、污染最厉害、消耗最严重的。

语言的这种双重性——抽象性和历史中的“堕落性”——正是当今艺术抑郁特征的缩影。艺术一直都在沿着实现超越的曲折道路前进，除非发生最激烈严峻的“文化革命”，否则很难想象它会走回头路。但同时，一度似乎是欧洲思想的最高成就的世俗的历史意识，却日趋衰弱，而艺术也在随之沉没。只不过两个多世纪，代表着解放、开启之门和神圣启蒙的历史意识业已变成自我意识里不可承受的重担。艺术家写文章(或是绘画，抑或表现动作)的时候无法不联想到前人已经取得的成果。

正如尼采说的：“我们的卓越之处在于：我们生活在比较的年代，可以验证以前从未验证过的东西。”因此，“我们有不同的享受和不同的苦难：我们本能的活动是比较数目未知的事物”。

艺术家手法的同一性和历史性正蕴涵在主体间性这一事实中：每个人都是世界之中的一个存在。但是现在，特别是在运用语言的艺术中，这一常态却变成一个特殊、麻烦的问题。

语言不仅供人分享，同时也正由于历史的累积和重压而变质。因此，对每一个敏锐的艺术家而言，创作作品意味着处理两个可能针锋相对的意义领域和它们的关系。一是他自己的意义(或是它的缺失)；一是扩充，同时也阻碍、危害、混杂他自己语言的第二层意义。艺术家因此只有两个具有限制性的选择，要么表现得卑躬屈节，要么表现得傲慢无礼。他不是奉承、取悦观众，给予他们早已了解的东西，就是与观众对抗，给予他们不想要的东西。

现代艺术由此充分传达了由历史意识产生的异化感。艺术家所做的一切都是(通常是有意识地)与现成的东西相一致，这就让他产生一种冲动，不断地对照前行者和同行者来检视自己的情况和立场。于是，艺术家借助完全非历史性、非异化的艺术梦想来拔高自己，由此弥补历史带来的奴役和羞辱。

9.

“静默的”艺术提供了创造这种幻想的、非历史性状况的方式。

研究一下观看与凝望的不同。观看是自愿的；它还是变化的，注意力随着兴趣焦点的出现和消失而起落。凝望本质上是一种强制性的冲动；它平稳、不变且“固定”。

传统艺术鼓励观看，而静默的艺术引发的是凝望。静默的艺术——至少在原则上——不允许注意力的松懈，因为原则上它从来没有乞求过后者。当代艺术所能获得的与历史最远、与永恒最近的就是凝望。

10.

静默隐喻着纯净、不受干扰的视野，正适合那些本质内敛，审视的目光也不会损害其基本的完整性的艺术作品。观众欣赏这种艺术如同欣赏风景。风景不需要观众的“理解”，他对于意义的责难，以及他的焦虑和同情；它需要的反而是他的离开，希望他不要给它添加任何东西。沉思，严格来说，需要观众的忘我：值得沉思的客体事实上消解了感知的主体。

许多当代艺术采用各种淡漠、简约、非个性化、反逻辑性的手段来创作，试图达到观众无法添加任何东西的理想的圆满状态，就像人类与自然的审美关系那样。原则上讲，观众甚至不可能加入自己的看法。所有的客体，如果感知正确的话，本身已经是圆满的了。这就是为什么凯奇在解释静默并不存在，因为总是有事物在发出声音之后，又接着说："如果谁真正开始倾听的话，他就不会有任何想法。"

圆满——空间全部充盈以致思想难以进入——意味着无法穿透。对他人来说，静默的人难以捉摸；他的静默，开启了一系列解释那种静默，以及把语言归入那种静默的可能性。

这种难以捉摸如何引致精神的迷惑正是伯格曼的电影《假面》的主题。女演员的故作沉默具有双重含义：作为与她个人有关的决定，拒绝说话显然是她寻求道德净化的形式；但同时，就行为而言，这也是她用于操纵和迷惑她喋喋不休的护士同伴的一种权力和手段，一种虐待，以及一种事实上无可挑战的强势地位。

不过，静默的难以捉摸也可以是积极的，它意味着焦虑的解除。对济慈来说，希腊古瓮的静默是精神滋养所在："听不到"的旋律流传了下来，而那些迎合"世俗之耳"的业已朽烂。静默等同于留住时间（"放慢时间"）。我们可以一直看着希腊古瓮。按济慈诗歌中的观点，永恒是对思想惟一的有趣刺激，也是精神活动惟一的终点，如果要获得最终既绝对空虚又完全充实的思想等式（"美即是真，真即是美"），就必须面对无穷无尽未回答的问题（"呵，沉默的形式，它对我们的挑逗就像永恒一样让我们置身思想之外"）。济慈的诗顺着它的逻辑结束，但如果读者没有理清他的论述，它读起来就像空洞的智慧和陈词滥调。因为时间或历史是明白、确定的思想的介质，所以永恒的静默产生出一种超越思想的思想。从传统思维和习惯思想来看，它根本就不是思想——但它其实标志着新的、“艰难的”思考。

11.

在追求静默的背后隐藏着对认识上与文化上之清白历史的渴求。最激动、最热切的对静默的提倡，表现为一个彻底解放的神话般的计划。它所设想的解放包括艺术家摆脱自身的限制，艺术摆脱特定艺术作品的限制，艺术摆脱历史的限制，精神摆脱物质的限制，思想摆脱认识和智力的限制。

现在有人已经认识到，还有我们不了解的思想方法。尽管尚未问世，但没有什么比这种知识更为重要珍贵了。由此而来的紧张感和精神上的不安无法平息，而且一直在支持着本世纪的先锋艺术。艺术通过主张静默和简约，用暴力颠覆了自身，将艺术变成一种自动操作，一种咒语——尝试以此促使新思想方法的诞生。

静默是重新评估艺术的策略，而艺术本身则是未来对人类价值观全面重新评估的先驱。但这一策略的成功必然意味着它最终会被舍弃，或是做出重大修改。

静默是一个预言，据此艺术家的行为可以理解成试图实现，也可以理解成试图颠覆。

语言在静默中指向其自身的超越，而静默也指向其自身的超越——超越静默的言语。

但是，如果艺术家也知道这一点，那所有这一切不就变成一种没有诚信的行为了吗？

12.

一段名言："所有能思考的事情都可以思考清楚。所有能说的事情都能说清楚。但不是所有能思考的事情都可以说。"

注意，维特根斯坦谨慎地避免了心理问题，没有问为什么，何时以及在哪种情况下，有人想要说出"所有能思考的事情"（即使他能做到），或是讲出（不管是否清楚）"所有能说的事情"。

13.

关于我们所说的这一切，我们会问：为什么？（包括为什么要我说那些？以及为什么我一定要说呢？）

而且，严格来说，说出的一切都不是真实的。（虽然说的人可能是真实的，但这种真实永远无法说出。）

不过，说出的事物有时候可能会有所助益——这就是人们将说出的事物视为真实之物时，通常所表达的意思。言语可以让人启智、舒心、迷惑、赞美、感动、反对、满足、忧伤、惊讶、活跃。虽然语言一般是用来激发行为的，但有些语言陈述，不管是书面还是口头的，其自身就是行为表现（例如承诺、发誓、遗赠）。言语的另一功用，比激发行为更为普遍的，就是进一步激发言语。但是言语也可以是静默。一切须得如此：没有静默与之相对，整个语言体系都将崩溃，而除了其作为言语的辩证对立面的一般功用外，静默——如同言语——还有更具体而不确定的功用。

静默的功用之一是对缺乏或放弃思想的确认。在具有压制性的社会关系中，如耶稣会关于同上级讲话的规矩和教育孩子时，静默经常作为一种具有神奇效果或是可仿效的手段。（这种情况不应与某些特定教派，如特拉普派修士的修行混同，对于他们而言，静默不仅是一种修行，同时也见证着“圆满”的存在。）

静默另一显然相反的功用是确认思考的完成。用卡尔·雅斯贝斯的话来说：“他一旦知道了最终的答案，就再也不会与他者说话，为了他的信仰而断绝了真正的交流。”

静默还有另一功用：为继续或拓展思想提供时间。显然，言语封闭了思想。（举例来说：在评论中，评论家似乎不可能不对某个艺术家说长道短。）不过一旦我们决定事情不是封闭的，它就不是。这大概正是一些当代的思想家，如巴克敏斯特·富勒主动进行的静默实验中蕴藏的基本原理，也是正统的弗洛伊德派精神分析学家带有专制、世俗色彩的静默中所隐含的智慧要素。静默让事物保持着“开放”的状态。

静默仍有另一功用：提供或帮助言语获得其最大限度的完整性和严肃性。我们都经历过这种情况，若话语中夹杂着长时间的静默，那话语就显得更有分量；几乎能够让人直接感受到它的力量。或者当一个人说话不多的时候，我们就会更加充分地感受到他在特定空间里的切实存在。静默削弱了“劣质言语”，也就是分离的言语——即是与身体（因此也与感情）分离的言语。这样的言语不是通过说话者的感性存在和具体特性，通过富有个性的语言运用得到有机表达的。离开了身体，言语便堕落了，变得虚假空洞、卑屈无力。静默能够抑制和抵消这一趋势，为语言提供一份重量，监控甚至改正变得不真实的语言。

既然语言的真实性（这与任何单个语句或一群语句的性质没有关系，而是取决于说话者、话语和情境的关系）存在这些危险，那么维特根斯坦所说的，要清楚地说出“所有能言说的一切”这个虚构的计划就显得颇为复杂。（我们有多少时间？我们必须要说得很快吗？）哲学家所假设的言语清楚的世界（只对“无法言说的一切”保持静默）似乎是伦理学者和精神病学家的噩梦——至少是一个没有人会轻松愉快地进入的地方。是否有人想要说出“所有能言说的事情”呢？就心理学而言，答案似乎应该是“否”。不过，回答“是”——作为一种上升中的现代文化理想——同样也是可能的。现在不是有很多人确实想要——说出所有能言说的事情吗？但是要维持这一目标不可能没有内部冲突。部分是由于心理治疗理念的推广，人们热切渴望言说“一切”（由此导致的结果之一就是进一步破坏了正在崩溃的公众活动与私人活动、信息与秘密之间的界限）。然而，在这个由全球电子通信和喷气飞机旅行连接起来的人口过剩的世界中，在生活节奏之快之强已让任何身心健全的人无法在接受的同时不感到震惊的情况下，人们也反感言语和图像的激增。各类因素，如无限制的“技术复制”，几乎遍布全球的书面语言、言语和图像（从“新闻”到“艺术作品”），以及在政治、广告和娱乐领域公共语言的堕落，使得语言在现代公民社会中，特别是在那些教育程度较高的民众中被贬低了。（与麦克卢汉不同，我认为，图像之力量和可信度的贬低并不亚于语言，两者在本质上是相似的。）而随着语言声望的下降，静默的声望则在上升。

这里，我所指的是当下对语言的矛盾心理这一社会学的背景。当然，问题远比这要深奥得多。除了具体的社会学的决定因素，我们还必须认识到，在东方和西方的主要文明中，一旦思想达到某种崇高而令人痛苦的境界（这一境界具有复杂性和精神上的严肃性），就会形成对语言一种长期的不满。

从传统来看，对于语言本身的不满业已表现在宗教中表示绝对的词汇中，如“庄严”与“亵渎”，“凡人”与“神圣”。特别是在神秘主义传统的激进派中，可以找到当今艺术的困境与策略的先驱。（参见以下这些文献：基督教文献中的亚略巴古的狄奥尼修斯所著之《神秘神学》，无名氏的《未知之云》，雅各布·伯麦和埃克哈特大师的著述；以及禅宗、道教和伊斯兰苏非教派的相关文献。）这一神秘传统，用诺曼·布朗的话来说，总是能够辨识“语言的神经质特性”。（按照伯麦的说法，亚当说的语言与所有已知的语言不同，是“感觉的语言”，是直接表达感觉的介质，对于作为感性自然之一部分的生命来说，正好合适——所有的动物都还在使用着这样的语言，除了病态的动物——人类。这种伯麦称之为仅有的“自然语言”，是惟一免于歪曲和幻想的语言，人类重新找到天堂后，就将使用这种语言。）但是，在当今社会，这些理念最惊人的发展都是来自艺术家（以及一些心理治疗医师），而不是来自那些小心翼翼的宗教传统继承人。

艺术家明确反对为一般思想所认同的枯燥有序的生活，发出其对于语言革新的呼唤。很多当代艺术趋向于追求一种净化了语言污染的意识，还有一些追求清除了种种假象的意识，这种假象是由于完全用保守的（贬义的“理性的”和“逻辑的”）语言去认识世界而造成的。艺术本身变成一种以暴制暴的行为，试图解开禁锢在了无生气、平静乏味的冗长语言中的意识，提供“感觉的言语”的样板。

如果存在不同的话，那么就是从艺术自宗教承继了语言的问题以来，不满的程度在不断增加。这不仅仅是话语最终不适合意识的最高目标，甚至是一种妨碍的问题。艺术表达出双重的不满：我们缺乏话语，同时我们拥有过多的话语。这便产生了对语言的两种埋怨。一是话语过于粗糙，一是话语过于忙碌——由此引致的意识的极度活跃不仅就人类的情感和行为能力而言是紊乱无章的，而且会促成思维的僵化和感觉的迟钝。

语言降格成为一种事件。一件事发生了，说话的声音指向言语之前和之后的东西：静默。因此，静默既是言语的前提，也是明确方向后的言语的结果和目的。在这一模式里，艺术家的活动就是创造和建立静默；有效的艺术作品只留下一片静默。静默，经由艺术家操作，成为知觉与文化治疗计划的一部分，这一治疗通常是采用休克疗法模式而不是规劝疗法模式。即使艺术家的介质是话语，他也能参与这项工作：语言可以用来抑制语言，表达沉默。马拉美认为诗歌的职责是运用话语，创造出事物四周的静默，以此来清理我们周遭为话语壅塞的现实世界。艺术必须用静默的标准，借由语言及其替代品，对语言本身发起全面的攻击。

14.

最终，对于意识的激进批评(最初来自神秘主义传统，现在则由非正统的心理治疗和高级现代艺术所支配)总是归咎于语言。意识，作为一种负担，被认为是所有说过的话语的记忆。

克里希那穆提宣称我们一定要放弃与事实记忆不同的心理记忆。否则，我们总是新瓶装旧酒，将每个新体验与上一个联系起来，从而封闭了我们的体验。

我们需要走到每一情感或思想的终结，以此来摧毁(由心理记忆确保的)连续性。

而在终结之后，(暂时)接踵而至的便是静默。

15.

在里尔克的《杜伊诺哀歌》第四首中，他隐喻地提出了语言的问题，并提出他认为可行的尽量接近静默的方法。要想"清空"，其先决条件是能够看到"填满"我们的是什么，是什么样的话语和机械的姿态把我们像玩偶一样填塞起来的；只有这样，处于与玩偶完全对立的位置时，代表同样是非人化，但却"更高"可能性的"天使"形象才会出现，这意味着完全没有介质、超越语言的理解。人类既不是玩偶也不是天使，仍处在语言的国度中。但是为了避免以那种仅仅旁观的颓废姿态去体验自然、事物、其他人以及日常生活的构成，语言一定要恢复其纯洁性。如同里尔克在第九哀歌中描绘的那样，语言的救赎（也就是通过世界在意识中的内在化过程来救赎世界）是一个极为漫长、无限艰巨的任务。人类实在是太“堕落”了，所以不得不从最简单的语言行为，即为事物命名开始。也许只有这个最小的功能没有被话语的全面堕落所影响。语言很可能得一直保持在简约的状态。虽然也许当将语言局限于命名的精神实践趋于完美之后，语言也许可能会转向另一更有抱负的功用，但绝不能尝试让意识与其自身疏离的行动。

在里尔克看来，克服意识的异化是可能的，而且不是像神秘主义者的激进神话那样，通过完全超越语言来获得的。大幅减少语言的范围和使用就足够了。这看似简单的命名举动，实则需要巨大的精神准备（与“异化”相反），不啻是对人类感官的洗涤与和谐的雕琢（与此相反，某些设计，如“系统扰乱感觉的计划”，虽然具有相似的目标，对语言的—理性的文化也同样具有敌意，但却比较暴烈）。

里尔克的救赎方法属于中庸之道，既不完全将语言的麻木作为粗俗稳固的文化机制来利用，也并没有屈从于纯粹静默的毁灭性迷惘，而是在两者之间。但这种将语言简化为命名的中间立场却可以用一种颇为不同的方法呈现。与里尔克提出的温和唯名论（也是弗朗西斯·彭热提出并实践的）不同，很多其他艺术家采用的是粗暴唯名论。现代艺术对于编目式美学更为常见的依赖，并不像里尔克认为的那样着眼于将事物“人性化”，而是肯定事物的非人性化和非人格化，以及它们对于人类关切的冷漠与疏离。（命名中“非人道的”的突出例子：鲁塞尔的《非洲印象》，安迪·沃霍尔的绢印版画和早期影片，罗伯-格里耶的早期小说，这些作品试图将语言的功用仅限于对事物和地点的自然描述。）

里尔克和彭热都假设存在着先在之物：相对于空洞的事物，它们丰富而充实，具有诱惑力。（这也是力图剥除语言，让“事物”自身来说话的动机。）他们更坚定地假设，如果存在虚假的（语言阻塞的）意识状态，那么必然存在真实的意识状态——而这正是艺术所体现的功用所在。另一种观点则否定传统的旨趣和意义层次，并不认为某些事物比其他的事物更具“重要性”。这也同样否定了真实体验与虚假体验、真实意识与虚假意识之间的区别：原则上，我们应该需要留心每一事物。凯奇将这一观点表达得最为优雅独到，虽然对它的实践随处可见。正是这一观点引致清单式艺术、目录艺术和表层艺术的出现，同时也带来“随机”艺术。艺术的功用不是认可任何具体的体验，而是要保持体验的多样性——这在实践中变成对一般认为琐碎或微不足道的事物的明确强调。

当代艺术对于目录或清单的“最小”叙述原则的依附，似乎差不多是对资本主义世界观的戏仿。在资本主义世界观中，环境被原子化为“项目”（一个包括事物、人、艺术作品和自然生物的类别），而每个项目都是商品——即一个互不关联、便于携带的物品。在清单式的艺术中，一种普遍的把价值进行平均化的行为得到鼓励，这只是追求理想的、未被改变的话语的可能途径之一。传统上，艺术作品的效果经过了不均衡的分配，以引起观众循序渐进的体验：始而唤起，次则把持，最终满足观众的情感期待。我们现在讨论的话语不存在这种传统意义上的强调。（同样，这是凝望，而不是观看。）

这样的艺术也可以被描述成在（观者与艺术客体，观者与其情感之间）设置重要的“距离”。但是，从心理方面来看，距离往往与最强烈的情感状态相关，我们对待某个事物的冷静漠然正测度出我们对它无尽的兴趣。很多“反人文主义”的艺术所倡导的距离其实等同于沉迷——卷入“事物”的一种状况，对于这个方面，里尔克的“人文主义”唯名论并没有涉及。

16.

“在写作和说话的行为中，有件事颇为怪异，”诺瓦利斯在1799年这样写道。“人们所犯的荒谬而令人惊讶的错误是相信他们使用的语词与事物相关。他们没有意识到语言的本性——语言惟一关注的只有自身，这使得它成为一个如此丰富奇妙的谜。当一个人仅仅为了说话而说话时，他所说的正是最新颖、最真实的事物。”

诺瓦利斯的说法可以有助于解释一个明显的悖论：在普遍提倡艺术的静默的时代，喋喋不休的艺术作品却日渐增多。在当下的散文体小说、音乐、电影和舞蹈中，冗长和重复尤其明显。很多这样的艺术作品拒绝开始—中间—结束这样的线性结构所具有的明晰简约的话语，因此造成一种本体性的口吃。不过实际上并不存在矛盾，因为当今对静默的诉求从来就不是要具有敌意地摒弃语言。它也意味着对语言的很高评价——重视语言的力量，其过去的健康状态和当前对自由意识的威胁。

从这一紧张而矛盾的评价中产生了一种冲动：追求一种看来既无法压制(同时，大体上也是冗长累赘的)，同时又怪异而含糊被痛苦地简化的话语。在施泰因、巴勒斯和贝克特的小说中，我们可以看出这样下意识的想法——我们也许能够超越语言，或者是在说话中进入静默。

考虑到对其结果的合理预期，这并不是个非常有前途的策略。但是当我们看到静默的美学与对虚无毫不掩饰的憎恨一同出现时，也不会觉得十分诧异。

调和这两种对立的冲动，可能需要用几乎不带什么感情色彩的物体，用大片的、没调过的色彩，或者是相互之间没什么差别的物体来充塞空间，还可能需要一种几乎没有变化、没有情感起伏和音调变化的话语。这些过程看起来很像强迫性的精神病患者避开危险的行为。这样的行为必须以同样的形式重复，因为危险始终是一样的；同时还要无止境地重复下去，因为危险似乎永远不会离开。然而，滋养与强迫症相似的艺术话语的情感之火可能被压抑到很低的程度，以至于我们几乎忘了它们的存在。于是耳朵里听到的只有一片平稳的哼哼声和嗡嗡声。眼睛里看到的也只有事物在空间中整齐的填充，或者更加准确地说，是对事物表面细节的耐心誊写。

这样看来，事物、图像和言语的“静默”是决定它们繁荣的前提。如果艺术作品的各个元素都被赋予更加有力和更富有个性的内涵，它们就需要更多的精神空间，那么它们的总数就可能不得不减少。

17.

有时对语言的指责并不针对所有语言，而只是针对书面语言。特里斯坦·查拉因此极力主张烧掉所有的书和图书馆，开创一个新的口头传说的时代。而麦克卢汉，人所皆知，对于书面语言（存在于“视觉空间”）和口头语言（存在于“听觉空间”）做了最为清楚的划分，将后者的精神和文化的优势称赞为人类知觉的基础。

如果书面语言是罪魁祸首的话，那么我们要追求的与其说是简约，还不如说是将语言变得更松散，更直观，疏于组织和变化，非线性（用麦克卢汉的术语来说），而且——明显的——更加冗长。当然，这些品质正是我们时代最伟大的散文叙述的特色。乔伊斯、施泰因、加达、劳拉·赖丁、贝克特和巴勒斯使用的语言，其规范和力量都来自口头语言，具有口头语言的循环往复和本质上第一人称的特质。

“解脱的方法就是为说话而说话，”诺瓦利斯说。（从什么当中解脱？说话？还是艺术？）

在我看来，诺瓦利斯业已简洁地说明作家处理语言的正确方法，并对作为艺术的文学提供了基本的准则。不过，究竟口头语言在多大程度上是作为艺术的文学语言的首选模式，这个问题还有待商榷。

18.

艺术语言是自主和自足的（最终是自省的），伴随这一理念成长的一个必然结果是，传统上在艺术作品中所探索的“意义”走向衰落。“为说话而说话”迫使我们重新界定语言或类语言陈述的意义。这也导致我们不再用意义(指向艺术作品之外的事物)作为艺术语言的标准，而赞同“运用”。(维特根斯坦的著名论点，“意义就是运用，”可以并且应该严格地应用于艺术。)

“意义”部分甚或全部转换为“运用”是在直白这一普遍策略后面的秘密。直白是静默美学的主要产物。还有另一种变体：隐藏的直接性，卡夫卡和贝克特这样风格迥异的作家却都展示出这一特质。卡夫卡和贝克特的叙述似乎让人迷惑，因为他们一方面像是要让读者从中找出极富力量的象征和隐喻意义，另一方面又在抗拒这一举动。然而，当仔细探究他们的叙述之时，其所透露的却只有字面的意义。他们的语言的力量正是来自意义如此显白这一事实。

这种显白带来的效果常常是一种焦虑——好像那种发现熟悉的事物不在其位或是没有扮演其惯常的角色而产生的焦虑。意料之外的直白令人焦虑，就像超现实主义者将“让人烦扰的”物体及其出乎意料的比例与状态融合在想象的风景画中时一样。凡是完全神秘的东西都既让人精神得到缓解，又让人焦虑不已。(要激起这两种相反的情绪，最好的东西就是荷兰博物馆内的那幅博斯的画：森林地面上点缀着眼睛，而树木的树干两侧都长着耳朵，似乎在聆听森林的声音。)在完全自觉的艺术作品面前，人会有一种混合着焦虑、超然、躁动和缓解的感觉，犹如一个身体健全的人瞥见一个截肢者。贝克特赞许的艺术作品是一个“完整的物体(完满地包含着失落的部分),而不是一个部分的物体。这是程度的问题”。

不过,究竟什么是完整,又是什么构成了艺术(或其他事物)的完整呢?这个问题原则上是无法回答的。不管一件艺术作品以何种方式存在,它完全可以以别的方式存在。在这个秩序中,这些部分的必要性不是先天给予的,而是被授予的。

拒绝认可这本质的偶然性(或开放性)激发了读者以解读来确认作品封闭性的决心,也让沉思的艺术家和评论家感到,艺术作品总是滞后于或是不适合它的“主体”。但是,除非我们坚信艺术确能“表达”某物,否则这些过程和态度都远非必然。

19.

将艺术作为“表达”的执著理念产生了对静默这一概念最普遍也最不可靠的理解——也导致了“不可言喻”这一理念的出现。这一理论认为艺术的领域是“美”,它意味着无法形容,难以描述和不可言喻的效果。事实上,寻求表达所不可表达的,恰恰被作为艺术的标准,有时还是严格区分——在我看来,是站不住脚的——散文文学和诗歌的界限。正是站在这一立场上,瓦莱里提出了他著名的论断(萨特在不同的背景下重复过),认为严格来说,小说根本就不是一种艺术形式。他的理由是,既然散文的目的在于沟通交流,那么散文语言的使用就完全是直截了当的。诗歌,作为一种艺术,目标则完全不同:要表达本质上不可言喻的体验;使用语言来表达沉默。与散文作家不同，诗人们致力于推翻自己的工具，并力求超越它。

这一理论，只要它还是假定艺术是关于美的，就不是非常值得关注。（现代美学的缺陷就在于它依赖这一本质空洞的理念。好像艺术就是“关于”美的，而科学就是“关于”真的！）不过，就算该理论摒弃美的观念，还存在一个更加严重的缺陷。认为诗歌(被作为所有艺术的典范)的实质功用是表达不可言喻的东西，这个观点是过于天真，不符合历史的。作为意识的一个永久范畴，不可言喻并不是始终存在于艺术之中的。它的传统栖息地是宗教话语，其次(如同柏拉图在他的《书信七》中提到的)则是哲学。现代艺术家关注静默的事实——由此引申出对于不可言喻之物的关注——应该从历史的角度来理解，是当代盛行的艺术“绝对性”神话所带来的后果。静默的价值不是来自艺术本质，而是来源于当下赋予艺术客体和艺术家活动某些“绝对的”品质的行为。

艺术与不可言喻相关的程度是十分具体的，也是当下的：艺术，在现代理念中，总是与形式上的系统越界联系起来的。现代艺术家系统地违背早前的形式惯例，这给予他们的作品一种特定的不可言喻的氛围。例如，观众可以不安地感受到可以说而没有说出的话这一负面的存在；而以咄咄逼人的新颖或艰涩的形式出现的“陈述”往往显得意义含混或者根本就是空洞无物。可是，承认这些不可言喻的特征不应该以牺牲对艺术作品积极性的认识为代价。当代艺术，不管其如何用否定的品位来界定自身，仍然可以被视为一整套对形式的维护。

举例来说，每一件艺术作品都是一个了解事物的形式、范例或是模式，是一种认识论。任何被视为精神规划和渴望达到绝对的介质的艺术作品，所提供的就只是为元社会学或元伦理学的鉴赏力而设定的特定模式，也就是一种合宜的标准。每件艺术作品都统一包含着对什么可以说，什么不可以说（或是呈现）的偏向。同时，它可能会默默地建议推翻以前关于什么可以说（或呈现）的神圣法则，提出它自己的限度和界限。

20.

当代艺术家对静默的提倡有两种风格：喧闹的与温和的。

喧闹的风格是“充盈”与“虚空”这一不稳定的对立面的特性。对充盈之感性、迷醉、超语言的理解，众所周知是极为脆弱的：在一阵可怕、几乎是瞬间的骤降中，它就会陷落在静默消极的虚空之中。虽然意识到存在的风险（精神混乱，甚至发疯的危险），这种对静默的提倡还是趋于狂热，并且过于笼统。它还常常带有启示色彩，所以必然要经历一切启示思想都须经历的耻辱：也即是预言末日，看末日来临，度过末日，然后再为意识的灰飞烟灭、语言的最终堕落和艺术话语可能的油尽灯枯设定一个新的日期。

另一讨论静默的方法更为谨慎。基本上，它是作为传统古典主义的主要特征的延续而出现的：关注的是合适的模式和适当的标准。静默不过是发展至第 N 个阶段的“寡言”。当然，在解说这一传统古典艺术模式的过程中，关注的语气发生了变化——从说教式的严肃，转为反讽性的开明。不过，虽然赞扬静默修辞的喧闹风格似乎更具激情，但是这些温和的倡导者(如凯奇、约翰斯)所说的同样尖锐激烈。他们反对的同样是艺术的绝对渴望(通过有计划的对艺术的否定)；他们蔑视的同样是由资产阶级—理性主义文化建立的“意义”，其实也正是对一般意义上的这种文化本身的蔑视。未来派艺术家、一些达达派艺术家和巴勒斯所表达的深刻绝望和对启示的荒谬想象，如果假以彬彬有礼的口吻和一系列戏谑的主张，其严肃程度丝毫不会逊色。事实上，我们可以认为，静默只有具有相当可观、近乎系统的讽刺，才能保持其在现代艺术和思想领域内的活力。

21.

所有精神活动本质上都会消耗自身——耗尽它们自身的意义，也就是它们赖以表达的那些术语的意义。(这就是为什么“灵性”必须要不断再创的原因。)一切真正根本的意识活动最终都会变成拆解其思想本身的活动。

属于精神活动的艺术也不可能例外。作为激进宗教神话所阐释的积极虚无主义的抽象和破碎的复制品，我们时代的严肃艺术不断转向意识最令人痛苦的变形。可以想象，对于严肃地将艺术作为意识经受痛苦考验的场所的做法，反讽是惟一可行的相称砝码。现在的发展前景是艺术家将会继续放弃艺术，目的只是为了以一种较为内敛的形式来复兴它。只要艺术仍然需要承受被长期审视的压力，那么一些问题带有些许戏谑似乎是比较合意的。

但这一前景可能依赖于反讽本身的活力。

从苏格拉底开始，无数人都见证过反讽对于个人的价值：反讽是寻求和把握个人真理的复杂而严肃的方法，也是保持个人清醒的手段。可当反讽成为对艺术创作——实质为集体活动——的一种欣赏和经验时，它可能并不那么好用。

我们不需要像尼采那么绝对，认为一种文化中反讽的流传意味着颓废的高涨和这种文化的活力与力量近于枯竭。在后政治的、电子连接的国际大都市中，所有的现代严肃艺术家都已放弃不成熟的公民身份，文化和“思考”（艺术现在无疑主要是一种思考形式）之间的某种有机联系似乎业已破裂，所以尼采的论断可能需要修正。不过，即使反讽拥有的积极力量比尼采认识到的多，这些力量能有多大作用仍然是未知数。不断打破各种设想的可能性似乎不会一直发展到无限的未来，最终必然会被绝望，或是令人窒息的苦笑所遏止。

[1967]

（王磊　译）

色情之想象

1.

在讨论色情之前，我们必须认识到存在各种色情作品——至少有三种定义——并且一次只讨论其中的一种。如果将作为社会历史一部分的色情作品与作为心理现象的色情作品(按照一般的心理学看法，它意味着这类作品的制作者和消费者的性畸形和性缺陷)区别开来，甚或进一步与这两者区分，厘出另一种色情作品——艺术中一种非主流却有趣的形式或传统——我们就会对色情作品有更真实深刻的认识。

我想重点讨论的是这三种色情作品中的最后一种。更具体来说，所讨论的文学类型，因为没有更合适的名称，我愿意接受(是在私下严肃的智性辩论中，而不是在法庭上)色情作品这一暧昧的标签。所谓文学类型，我指的是一系列被视为艺术的文学作品，它们具有内在的超卓艺术水准。从社会和心理现象的观点来看，所有色情文本都具有相同的地位；它们都是文献资料。但从艺术的角度来看，有些文本就完全是另一回事了。皮埃尔·卢维的《三少女和母亲》、乔治·巴塔耶的《眼睛的故事》和《爱德华达夫人》、匿名发表的《O的故事》和《色像》不仅是文学，而且我们可以清楚地看到，在文学领域中，这五部作品比《蜜糖》、奥斯卡·王尔德的《特里尼》、罗彻斯特伯爵的《索多玛》、阿波利奈尔的《放荡的大公》，或克莱兰的《范妮·希尔》更有地位的原因。近两个世纪来日益泛滥的色情文艺作品，在如今的店铺中几乎随处可见，这对上面第一组色情书籍的文学地位的冲击，相当于《江湖男女》和《玩偶之谷》这类书的纷纷出笼所引致的对《安娜·卡列尼娜》、《了不起的盖茨比》和《热爱孩子的男人》的价值的考问。色情作品中真正的文学与垃圾之比，可能要低于真正具有文学价值的小说与所有迎合大众趣味的次文学小说之比。但这个比例可能不会低于另一个一流作品凤毛麟角，比较不景气的次文学类型——科幻小说——的比例。（作为文学样式，色情作品和科幻小说具有不少有趣的相似之处。）总之，定量研究的标准并不足道。虽然可能相对而言并不常见，但确实有些作品既可以被称为色情作品——如果这个陈腐的标签还有任何意义的话——同时也不可否认属于严肃文学。

这个观点似乎显而易见。不过，情况显然远非如此。至少在英国和美国，对于色情作品的详细审查和评估被严格地限定在心理学家、社会学家、历史学家、法理学家、职业伦理学家和社会批评家使用的话语之内。色情是一种需要诊断的疾病，也是一个需要作出判断的东西。你不是支持它，就是反对它。而支持或反对色情与是否支持偶然音乐或是波普艺术截然不同，倒有点像支持或反对堕胎合法化或是给予教会学校联邦资助。事实上，无论是近来强调社会审查黄色书籍的权利和义务的雄辩卫道士，如乔治·P·艾略特和乔治·斯坦纳，还是像保罗·古德曼那样，预见到审查制度的后果要比这些书籍所带来的损害严重得多的人，谈论色情这一问题的基本方法都是一样的。在将色情简化为病态的征象和有问题的社会商品这一点上，自由主义者和未来的审查员是一致。关于色情作品的定义——根据制作和消费这些淫秽产品的欲望根源来确定——存在几乎毫无异议的共识。当色情作品作为心理分析的主题来探讨时，它至多不过是被当作有趣的文本，用来揭示正常成年人性成长中可悲的阻滞。从这个观点来看，所有色情作品就相当于幼儿性幻想的呈现，这些幻想经由手淫的青少年那更多技巧、更少纯真的意识的剪辑，供所谓的成人购买。作为一种社会现象来看——例如自 18 世纪以来在西欧和美国社会中色情作品的繁荣——分析色情作品的方法同样极具临床色彩。色情作品被看作一种集体病态，是整个文化的疾病，而其来源大家都一致认同。黄色书籍的不断增加被归结于基督教性压抑的腐败传统和纯粹的生理无知，除了这些过去的缺陷之外，现在还要加上近来的历史事件，传统家庭模式和政治秩序的剧烈动荡的影响和性别角色的混乱变化。（色情作品问题是“社会转型期面对的困境”之一，古德曼几年前在一篇文章中写道。）因此，社会对色情作品本身的论断是相当一致的。分歧仅在对其传播的心理和社会后果的评估上，以及因此在策略和政策的规划上有所不同。

较为开明的道德政策规划者无疑准备承认“色情之想象”

的存在，虽然这只是在认为色情作品是一种完全失败或是畸形的想象的象征意义上而言。他们还可能认为，如古德曼、韦兰·杨和其他人提到的，存在一个“色情社会”：事实上，我们的社会正是这样一个繁荣的“色情社会”。我们这个社会的结构如此伪善压抑，必然会迸发出色情作品，这既是其合理的表达，也是其具有颠覆性的、通俗的解毒剂。可是，在英美文学界，我从没发现有人提出，有些色情书籍是有趣而重要的艺术作品。倘若仅仅把色情作为社会心理现象和道德关注的所在，那怎么可能提出这样的观点呢?

2.

除了这种将色情作品作为讨论话题的做法，还有另一个原因导致色情作品是否是文学这一问题从来没有被真正地讨论过。我指的是大多数英美评论家所持的关于文学本身的观点——这种观点在根据定义将色情作品排除在文学领域之外的同时，也排除了很多其他的东西。

当然，没人会否认色情作品从其以印刷的小说书籍形式出现的意义上而言，构成了文学的一部分。但除了这微不足道的联系，其他的都被否定了。大多数评论家分析散文文学性质的方式，和他们对色情文学性质的看法，大体相同，这不可避免地使色情作品成为文学的对立面。这一做法无懈可击，因为如果色情书籍被认定不属于文学(反之亦然)，那就没有考察个别书籍的需要。

色情作品和文学在定义上的相互排斥主要来自四个独立的

论断。其一是认为色情作品只是一心一意要唤起读者的性欲望，与文学的复杂功用是对立的。这种观点还会接着指出，色情作品的目的在于诱发性的刺激，与真正的艺术所激发的宁静、超然的感觉根本是南辕北辙。不过，鉴于“现实主义”作品对读者道德感的诉愿的尊重，更不要说事实上不少经典名著（从乔叟到劳伦斯）都包含着确让读者性兴奋的段落，这一点显得尤其不能让人信服。强调色情作品只具有一个“目的”，而其他真正有价值的文学作品则有很多“目的”，这样也许较为合理可信。

另一观点，是由阿多诺和其他不少人指出的，认为色情作品缺乏文学特有的开始—中间—结束这一形式。一部色情小说不过是以拙劣的借口编造一个开始；一旦开始，它就不断地发展下去，根本没有结束。

第三种观点认为：色情作品无法同样表明对其表达手段的关注（像文学的关注那样），因为色情作品的目的只是激起一些非言语的幻想，语言在其中仅仅是降格的、辅助性的角色。

最后也是最有分量的观点认为，文学的主题是人与人之间的关系，以及他们复杂的感觉和情绪；而色情作品则恰恰相反，它轻视完整形成的个人（就心理和社会描述层面而言），忽视对动机和其可信性的考问，记录的只是丧失个性的器官之间毫无目的、不知疲倦的交易活动。

如果简单地从今天大多数英美评论家所持的文学概念来推断，那结论自然是色情作品的文学价值为零。但是这些标准都经不起仔细推敲，甚至根本就是离题的。以《O 的故事》为例，虽然按照通常的标准来看，这部小说无疑是淫秽的，比起很多书来也更能让读者获得性刺激，但性刺激似乎并不是它所刻画的情节的惟一功用。小说的叙述也有明确的开始、中间和结束。优雅的文笔显露其作者绝不会认为语言虽然必要，但令人厌烦。此外，小说中的人物的确具有强烈的情感，虽然是偏执和完全反社会的情感；人物也都有动机，尽管这些动机不是“正常”的心理或社会动机。《O 的故事》中的人物具有一种“心理学”的特质，一种来自欲望的心理。虽然由于人物所处的环境，读者所能获知的东西极为有限——仅限于性欲集中的模式和露骨的性行为描写——但比起很多当代的非色情小说中的人物，O 和她的同伴并不显得单薄或简约。

只有当英美评论家对文学的观点发展得更为复杂时，才可能进行一场有意思的辩论。（最终，这场辩论不仅是关于色情文学的，而且是关于整个坚持关注极端情境和行为的当代文学的。）困难在于很多评论家仍然将散文文学等同于“现实主义”（它可以粗略地视作 19 世纪小说的主要传统）这一特定的文学传统。其他文学模式的例子所在皆是，不仅有 20 世纪的伟大作品——如《尤利西斯》，这部书不是关于人物的，而是关于超越个人的交流的媒介，关于个体心理和个人需求之外的一切；还有法国超现实主义和其最新的发展，“新小说”；有德国的“表现主义”小说；有以别雷（Biely）的《圣彼得堡》和纳博科夫为代表的俄国后小说；还有施泰因和巴勒斯的非线性、无时态的叙述。一种文学定义如果指责一部作品植根于“幻想”，而不是对生活在熟悉环境中的栩栩如生的人物予以现实主义的描写，那它就没法处理田园文学这样令人敬仰的文学传统。田园文学所描绘的人物关系无疑是简单、乏味和不足为信的。

早就应该将这些顽固的陈词滥调连根拔起了：这不仅可以促使对以往文学的阅读更为合理可靠，也使得评论家和普通读者更好地了解当代文学，包括结构上与色情文学相似的创作领域。坚持要求文学必须紧随“人性”是肤浅的看法，事实上毫无意义。因为问题不在于“人性”与“非人”的对立（选择“人性”对作者和读者来说都可以立即确保道德上的自我恭维），而是将人的声音转换成散文叙述的各种形式和声调这一无穷多样的领域。对评论家来说，真正应该思考的问题不是作品与“世界”或“现实”的关系（其中每部小说都被作为独一无二的来鉴别，而世界则被看作远比事实上简单的所在），而是意识的复杂性本身，它是世界存在和世界构成的介质。此外，评论家还应该寻求一种途径，将那些没有忽视它们存在于彼此的对话中这一事实的小说作品挑选出来。从这个角度来看，过去的小说家决定按传统的时间顺序，在熟悉的社会环境中，描写极为个人化的“人物”命运的发展，只是许多可能的选择之一，并不意味着它具有特权，可以要求严肃的读者对它忠贞不二。这些过程并不是自然地就更具“人性”。现实主义人物的呈现从本质上来说是不健康的，并非是对道德感更有益处的资源。

关于散文小说中的人物，惟一确证的事实就是，用亨利·詹姆斯的话来说，他们是“一种综合资源”。在文学艺术中人类形象的呈现可以满足很多不同的目的。戏剧张力或是对社会人际关系的立体描摹往往并不是作家的目的，所以坚持把它作为一般标准毫无助益。探讨思想是散文小说的真正目的，尽管按照小说现实主义的标准来看，这会严重限制对人物的生动呈现。构建或反映没有生命的事物，或是自然世界的一部分，也是可行的，但这需要对人类形象做适当的调节。（田园文学两个目的都涉及了：包含了对思想和自然的刻画。人物只不过是作为特定的风景的一部分出现。这种风景一部分是风格化的“真实”自然，一部分是新柏拉图式的思想风景。）人类情绪和意识的极端状态同样也可以是散文叙述的主题，这些情绪和意识是如此强烈，将世俗的情感流露全都排除在外，只是偶然体现在具体的人身上——色情文学便属于这一类型。

从大多数美英评论家对文学本质充满自信的看法中，人们绝不会猜想到在这个问题上的活跃的争论业已经历了几代人。“在我看来，”雅克·里维埃 1924 年在《新法兰西文学评论》上写道，“我们正在见证关于文学是什么的观念的一场非常严重的危机。”里维埃注意到，对“文学的可能性和界限问题”的几种回应之一，是一种明显的趋势，即“艺术（如果这个词还能继续使用的话）变成一种完全非人性的活动，一种超感觉的功用，倘若让我使用术语的话，就是一种创造性的天文学。”我引用里维埃不是因为他的文章“质疑文学之观念”极为新颖、具有权威或是论述精妙，只是为了回顾一下，这些关于文学的激进观点，40 年前在欧洲文学杂志的评论中就已经颇为常见了。

然而，直到今日，这种文学激进在英美文学界仍然被视为异端，并没有被彻底吸收认同，而是一直被误解。它被认为来自集体文化的勇气缺乏，常常作为彻底的变态或是蒙昧或是创造力的枯竭而被不屑一顾。不过，更多的英语世界的评论家一定已经注意到，20 世纪的重要文学作品在很大程度上颠覆了那些来自某些 19 世纪伟大小说家的关于文学本质的看法，尽管这些看法在 1967 年仍发出回音。可是这些评论家对真正的新文学的态度，通常犹如基督教时代之前一百年的拉比，他们谦恭地承认自己的时代在精神上不如伟大的先知时代，但同时坚定地合上经典的先知书，宣布——更多的是如释重负，而不是遗憾（我们猜想）——先知的时代业已终结。同样足以令人震惊的是，在英美文学评论中，仍被称作“实验主义”或是“先锋”的时代，反复地被宣称已经完结。每当有当代的天才打破过去的文学理念时，庆贺之余往往伴随着不安的坚持，认为他的作品是卓越少产的先锋作品的最后一部。到如今，这种对现代文学的复杂而狭隘的看法，铸就了英美——尤其是美国——文学评论几十年来无与伦比的趣味和辉煌。不过，这种趣味和辉煌是建立在品位的沦丧和某种近乎完全欺骗的手段上的。评论家对现代文学提出的重要新主张视而不见，加上他们对现代文学中时常出现的“拒绝现实”和“自我的失败”颇为懊恼，因此，很多精彩的英美文学评论不再讨论文学的结构问题，将其自身转化为文化评论。

我不想在这里重复我在其他文章中提到的，关于另一种批评方法的观点。尽管如此，还是要提及这种不同的批评方法。

即使只是讨论一部作品，如《眼睛的故事》的激进性质，也涉及关于文学自身和作为艺术形式的散文叙述这些问题。而且，如果不是欧洲文学界在半个多世纪里一直痛苦地全力对文学本质进行重估，巴塔耶这样的书根本就不会出现；但缺了那样的背景，对于英美读者而言，这样的书就难以接受了——只被视为“纯粹”的色情，难以言喻的幻想垃圾。如果非得要讨论色情作品与文学是否对立，如果不得不坚持色情作品可以属于文学，那么这种主张意味着对何为艺术的全面考察。

非常概括地来说：艺术（和艺术创造）是一种意识形式；艺术的素材就是意识的各种形式。不管按照哪种美学原则，这种关于艺术素材的理念都不可能排斥那些超越社会人格或个人心理的极端意识形式。

当然，在日常生活中，我们会有道德约束来抑制我们身上的这种意识状态。这种约束似乎实用可靠，不仅可以在最大程度上保证社会秩序，而且让个人与他人建立和保持高尚的关系（虽然这种关系可能或短或长会断绝）。众所周知，当人们想进入意识深处探询时，他们是在拿自己的理智冒险，也就是拿他们的人性冒险。但是，将适用于日常生活和行为的“人性标度”或人文主义标准，用于艺术似乎并不合适。它过于简单化了。如果在上个世纪，艺术作为自主行为被赋予前所未有的地位——近乎世俗社会所认可的神圣的人类活动——那是因为艺术所承担的职责之一就是冲击、占领意识的前沿（通常对艺术家个人而言是极端危险的），并且将其情况予以公布。作为精神险阻的自由探索者，艺术家具有特殊的许可，举止可以与其他人不同；与其职业的异常相合，他的生活方式可能也相应地颇为怪异，但也可能不是这样。他的工作就是创造出其经验的战利品——让人心醉神迷、神魂颠倒的事物和姿态，而不仅仅是为了（如同以前那些艺术家的观念所定义的）启发和娱乐。他让人沉迷的主要方法是在愤怒的对立中更进一步。他寻求让自己的作品令人反感、暧昧晦涩、难以接近；简言之，他提供的作品是，或者看上去是，观众所不想要的。不过，不管艺术家给予观众的不快有多么强烈，他的可信性和精神权威最终取决于观众对艺术家给予自己的不快的感知（不管是已知的还是推断出来的）。典型的现代艺术家就是疯狂的经纪人。

艺术是极大的精神冒险所带来的昂贵成果，其代价随着每个加入游戏的新人而高涨，这种艺术观念需要修订整套批评标准。在这种观念支持下创作的艺术毫无疑问不是，也不可能是“现实主义的”。但是，“幻想”和“超现实主义”这些词语只是颠覆了现实主义的指导方针，并没有将一切澄清。幻想很容易堕落成“纯粹的”幻想；而关键在于形容词“幼稚”。从精神治疗的角度，而不是从艺术的角度遭到指责的幻想终结于何处，想象又开始于何处呢？

因为当代评论家不可能真正打算在文学领域中禁止非现实主义的散文叙述，我们不禁怀疑对于性主题具有特殊标准。当我们联想起另一类作品，也是另一种“幻想”，这一点就更清楚了。情节发生在没有历史背景的梦幻之地和独特凝固的时间之中，这些在科幻小说中出现的频率和在色情文学中几乎一样。毫无疑问，众所周知多数男女都没有色情文学中的人物所享有的那种性能力；器官的大小、高潮的次数和持续时间、性能力的灵活多样、性活动的能量，所以这一切都显得非常夸张。没错，不过，科幻小说描绘的航天飞船和大量的行星也并不存在。以理想的环境作为叙述的所在，这不会让色情文学和科幻小说丧失作为文学的资格。对现实、具体、立体的社会时间、空间和人格的否定——以及对人类能力“幻想式”的放大——这些其实正是构成另一种文学的因素，只不过这种文学是建立在另一种意识模式上的。

作为文学的色情作品之素材，准确地说，是人类意识的一种极端形态。无疑，很多人都会同意，迷恋于性的意识可以在原则上作为一种艺术形式进入文学领域。关于淫欲的文学？有何不可？可是他们会在同意之后附加说明，使得所谓的同意名存实亡。他们要求，要成为文学的话，作者必须和其在作品中表现的迷恋保持适当的“距离”。这个标准完全是虚伪造作的，也再次说明，从根本上说，普遍用来评判色情文学的标准都是精神病学和社会领域的，而不是艺术标准。（自从基督教提高了赌注，专注于将性行为作为美德的根本，在我们的文化中，任何关于性的事物都成为“特殊的个案”，激起极为对立的态度。）凡·高的画作始终是艺术，尽管他的绘画风格似乎是来源于他疯狂的精神状态导致他所看见的现实如同他的画作，而非他对表现手段的有意识选择。同样，《眼睛的故事》是艺术而不是个案的历史，因为正如巴塔耶附在作品中的特殊的自传文章所揭示的，书中描写的其实正是他本人对性的迷恋。

决定色情作品成为艺术史的一部分，而不是垃圾文学的，并不是所谓的距离，也就是叠加在迷恋色情的“疯狂意识”之上的，与日常现实生活更为一致的意识。事实上，决定的因素正是体现在作品中的那种“疯狂意识”本身具有的独创、完满、真实和力量。从艺术的观点来看，色情作品所蕴涵的思想的排他性本来就不是反常和反文学的。

不管故意与否，这类作品具有的目标或效果——给予读者性刺激——也并非缺点。只有陈腐机械的性观念才会误导人们认为被《爱德华达夫人》这样的书激发性欲是件简单的事。当色情作品被作为艺术来看待时，其为评论家所诟病的单一目的性便混合出很多共鸣。读者阅读时不知不觉产生的生理反应同时也触及其整个人性经验——包括他的人格和身体的界限。其实，认为色情作品目的单一是错误的，但其目的之侵略性则不假。看起来像目的的部分更是一种手段，具体得异常令人吃惊和压抑。而目的部分反而没有这么具体。色情作品是旨在探讨迷惑和精神错置的文学分支——科幻小说则是文学中的另一分支。

在某些方面，将性迷恋作为文学主题与另一类几乎无人争辩的文学主题的运用颇为相似：对宗教的迷恋。相比之下，我们所熟悉的色情作品对其读者的明确、侵略性的影响便显得有点不同，其广为人知的激起读者性欲之目的其实是一种皈依的劝诱。作为严肃文学的色情作品所追求的“刺激”方式，与描述宗教体验的极端形式的书籍追求“使人皈依”的方式是一样的。

3.

近来两本由法语译成英语的作品，《O 的故事》和《色像》，正好可以用来阐明色情作品是文学这一论述中的一些问题，而这些问题在英美评论界几乎无人谈及。

《O 的故事》1954 年以“波利娜 · 雷阿日”的名字出版，立刻轰动一时。书的成功在一定程度上是因为让 · 波朗(Jean Paulhan)为该书作序，促成书的出版。人们一度认为书就是波朗本人所写——这可能是因为波利娜这名字有暗示波朗的味道，还因为有巴塔耶的例子在前。1937 年巴塔耶发表《爱德华达夫人》第一版时用的是“皮埃尔 · 昂热利克”的假名，他在其中加了一篇署名是他自己的文章。但是，波朗一直否认《O 的故事》是自己写的，始终说是一位以前从未发表过作品，住在法国其他地方的女性创作的，而这位女性坚持不肯泄露自己的身份。虽然波朗的话并没有能消除大家的怀疑，但认为他就是作者的看法还是渐渐消失了。这些年来，一些更有创造性的推测认为巴黎文学界的其他名人是书的作者，这些推测一度被人们相信，但不久就被丢弃。“波利娜 · 雷阿日”的真实身份是当代文学界少数几个严守的秘密之一。

《色像》在两年之后，也就是 1956 年出版，用的也是笔名，“让 · 德 · 贝格”。更加神秘的是，它不仅是献给“波利娜 · 雷阿日”的，还有一篇“波利娜 · 雷阿日”写的前言，而从此以后，“波利娜 · 雷阿日”也就销声匿迹了。（雷阿日的前言简短且容易遗忘，波朗的前言则篇幅较长且非常有趣。）不过，在巴黎文学圈内，关于“让·德·贝格”身份的流言比起关于“波利娜·雷阿日”身份的要更肯定。只有一个传闻席卷整个圈子，说“让·德·贝格”其实是一位有影响的青年小说家的妻子。

不难理解为何对这两个笔名好奇的人会往法国文学界的知名人物上猜。因为说其中任何一本是业余作家的创作都让人难以置信。虽然《O的故事》和《色像》两书十分不同，但它们都显示出一种特质，而这种特质不可以简单归结为丰富却司空见惯的文学创作中的感性、活力和才智。当然，这两本书显然也具有这些特点，但却是经过艺术技巧之间的互动处理的。叙述中那严肃的自我意识与所谓的缺乏克制和技艺相去甚远，而后者一般被认为是耽于淫欲的表现。两本书的叙述都和其主题一样让人着迷(如果读者不觉得其主题可笑或是邪恶，中途放弃阅读的话)，它们更关注对色情素材的“运用”，而不是对它的“表现”。这种运用具有突出的——没有其他词可以表达这一点——文学性。《O的故事》和《色像》中追求暴虐快感的想象与极端情感的形式实现和耗尽体验的过程这些理念是紧紧相关的，而这些理念不仅与文学和近来的文学历史有联系，也与情欲的非历史相关。为什么不呢？体验并不是色情的；只有意象和表现形式——想象的结构——是的。这就是何以一部色情作品时常让读者想到的是其他色情作品，而不是自发的性——而且这不一定会对他获得的性刺激有所损害。

例如，整部《O的故事》都带有18世纪法国和英国大量出现的色情文学或“浪子”文学的影子，这些作品大多不值一提。其中对《O的故事》影响最明显的是萨德（Sade）。这里，我们要考虑的不仅是萨德本人的作品，还有二战之后法国文学界的知识分子对萨德的重新解读。这种批评姿态对于引导文学品位和法国严肃小说的实际发展趋势所具有的重要性和影响，与二战开始前美国文学界对詹姆斯的重新评价相类，只不过法国对萨德的重估持续时间更长，而且似乎触及的层面更深。（当然，萨德从未被遗忘过。福楼拜、波德莱尔和几乎所有法国19世纪晚期的激进文学天才都曾狂热地阅读过他的作品。他被超现实主义运动视为先圣，在布雷顿的思想形成中也占有一席之地。不过，还是1945年之后关于萨德的讨论才真正确立了他作为探索人类状况的激进思想第一人的地位。波伏瓦的知名论文，吉尔贝·莱利孜孜不倦创作的学术传记，还有没有翻译成英语的布朗肖、波朗、巴塔耶、克洛索夫斯基（Klossowski）和莱利斯的作品，都是战后重新认识萨德最出色的记录，也正是这些文章确保了这次对法国文学意识极为艰难的改造。事实上，英美文学界的知识分子对于法国的萨德研究的质量和理论深度难以理解。在他们看来，萨德可能属于个人和社会的精神病理学历史上的一个范例，但无法接受他是一位严肃的“思想家”。）

但是，在《O的故事》后面的不仅是萨德提出的问题，以及那些以他的名义提出的问题。它还承继着法国19世纪大量出现的“浪子”文学的传统。这些作品一般都以幻想中的英国为背景，主人公是性器官巨大、嗜好暴力的残忍贵族，故事一般以性虐为主轴发展。如同《眼睛的故事》中的埃德蒙爵士，

O的第二个情人—占有者的名字，斯蒂芬爵士，无疑是在向这一过去的幻想致敬。需要强调的是，作为一种文学指涉，它所影射的那类常见的色情元素，与小说主要情节（该情节直接移植自萨德的色情作品）的时空错置的背景是吻合的。叙述从巴黎开始（O上了情人勒内的车，四处兜风），可接下来的情节基本都发生在读者更加熟悉，但更不可信的地方：远离人世的城堡装修奢华，仆役成群，一群富人在这里聚集，而女人在这里完全是奴隶和供男人们分享其野蛮而新奇的淫欲的对象。屋子里有鞭子和锁链，女人出现时男人们都戴上面具，映衬着壁炉中的熊熊炉火，然后是难以言喻的性侮辱、鞭打和其他更有创意的身体伤害。当大客厅中的群交所带来的刺激渐渐褪去时，还有几场女同性恋的场面。简言之，这部小说里有一些色情作品中最老套的描写。

我们能对此较真吗？情节的简单概括可能使人觉得，与其说《O的故事》是色情作品，还不如说它是准色情作品，是对色情作品的出色戏仿。当《蜜糖》几年前在这里出版的时候，也有人提出相似的看法。在此之前，它作为几乎是公认的下流书籍在巴黎已经流传好几年了。《蜜糖》没被认为是色情作品，而被认为是对低级色情叙述的一种讽刺和诙谐模仿。我个人的看法是，《蜜糖》可能比较有趣，但它仍然是色情作品。因为色情作品不是一种可以戏仿自身的形式。色情想象的天性倾向于人物、背景和情节的现成传统。色情作品是类型戏剧，从来都不是个性戏剧。对色情作品的戏仿，只要它具有真正的力量，那它永远只会是色情作品。的确，戏仿正是色情作品创作的一种常见形式。萨德自己就时常用它来颠覆理查森的道德教育小说。在理查森的小说中，女性的美德总是会(通过断然拒绝或是随后死去)战胜男性的淫邪。就《O的故事》而言，与其说它是对萨德的戏仿，不如说它是对萨德的“运用”更为准确。

单单《O的故事》的格调就表明，书中可以解读为戏仿或好古癖的一切，都只是构成叙述的几个要素之一。(虽然作品绘声绘色描写的性场面包括了所有各种想象得到的情欲宣泄，但其行文风格相当严谨，语言是高品位的，甚至可谓典雅。)萨德式的呈现特征体现在情节的塑造上，但叙述的基本线索却和萨德的作品迥然不同。首先，萨德的作品具有内在的开放性和永不满足的原则。他的《索多玛120天》可能是迄今(就篇幅而言)最具雄心的色情作品，几乎囊括了所有的色情想象；即使是删节本，仅存的部分叙述和场景还是令人极为震撼和不安。(萨德1789年被迫迁往夏朗东时，不得不将书稿留在巴士底狱直到去世，他以为书稿已经在巴士底狱的夷平过程中毁掉，其实它却被意外地抢救了出来。)萨德的暴虐快车沿着无垠而平坦的铁轨飞驰。他的描述流于简略，无法激起读者的感官共鸣。虚构的情节也是为了说明其不懈重复的观点。反观其备受争议的观点，它们似乎更像是一种戏剧艺术的原则而不是一种实质性的理论。萨德将人视为“事物”或“物品”，将身体视为机器，将群交视为几部机器相互合作的无限可能性的存在，这些观念看起来主要是为了实现一种永无止境、没有高潮、完全没有感情的情节结构。与萨德目录式或百科全书式的静态原则相反，《O的故事》的情节具有明确的发展，事件具有逻辑性。在大部分叙述中，作者都容忍了“情侣”关系（O和勒内，O和斯蒂芬爵士）——在色情文学中一般被否定的关系——的痕迹存在，这有力地推动了作品的情节发展。

此外，当然O本身的形象也与众不同。虽然她的感情要一直坚守一个主题，但其中还是有些变化，而且描写得十分细致。尽管举止被动，但比起萨德笔下那些关在偏远的城堡中，被无情的贵族和邪恶的牧师蹂躏的傻瓜，O是截然不同的。而且O也呈现出主动的一面：既有表面的主动，如对雅克琳的引诱，更为重要的是，她在塑造自己的被动上，也具有深刻的主动性。O与其萨德作品中的原型只是表面相似。在萨德的作品中，除了作者的意识之外，没有其他的个人意识。但是O确有自己的思想意识，她的故事也是从这个角度展开的。（虽然作品是以第三人称写的，但作品的叙述都是按照O的视角，也从未逾越她的理解能力。）萨德意在消除性的个人联系，表现一种非个人的——或是纯粹的——性遭遇，而“波利娜·雷阿日”的叙述的确表明，O对不同的人表现出不同的反应方式（包括爱），在与勒内、斯蒂芬爵士、雅克琳和安妮-玛丽的关系中尤为显著。

从色情作品的主流传统来看，萨德的创作似乎更具代表性。既然色情的想象是要让人与人可以互换，所有的人和事物可以互换，那么像描写O一样描写一个人，刻画她的意志（她一直试图丢弃它）和思维状态，根本就不起作用。色情文学中充斥的主要都是萨德的朱斯蒂娜式的人物，既没有意志，也没有智慧，甚至也不长记性。朱斯蒂娜始终生活在惊讶之中，从未从自己的纯真所遭受的反复蹂躏中学到任何东西。每一次被欺骗出卖之后，她马上又重蹈覆辙。她从不汲取教训，心甘情愿地去相信下一个专横的浪子，而她的信任所获得的回报就是再一次丧失自由，遭受同样的凌辱和同样亵渎神明的邪恶说教。

大致来说，色情作品中作为性对象的人物与喜剧中主要的“气质型人物”具有相同的品质。朱斯蒂娜就像“老实人”①，他也是无足轻重，毫无价值，永远天真，从自己的痛苦经验中学不到任何教训。在熟悉的喜剧结构中，人物作为暴乱的静默中心出现（如巴斯特·基顿的经典形象），这也重复出现在色情作品中。色情作品中的人物，和喜剧作品中的一样，只能以行为主义的角度从外部观察。按照定义，观众是不可能彻底深入了解他们，从而产生感情共鸣。在许多喜剧中，笑料正是滋生于轻描淡写或是麻痹的感情与极为残暴的事件之间的不协调。色情作品的手法与此相似。不动声色的叙述语调，作品中的好色之徒对其所处环境令一般读者难以置信的反应不力，带来的不是笑声，而是性反应。这种性反应原本来自窥阴，但潜意识中直接让自己扮演性行为的一个参加者的角色，可能更有助于确保性反应的出现。因此，色情作品中的情感肤浅，既不是艺术性的缺陷，也不意味着原则上的非人性。唤起读者的性反应需要如此。只有缺乏直接描写的感情，色情作品的读者才能有自己的反应空间。如果作者在叙述事件时加入明显的情感，读者可能会被这些情感打动，但就很难被事件本身

① Candide，伏尔泰讽刺小说《老实人》的主人公。

所打动了。[①]

喜剧默片从很多方面揭示出，持续兴奋或是不断运动（闹剧）的形式原则与不动声色的形式原则，其实是殊途同归——对于观众情绪、其对“人道”方法的认同和对暴力情形作出道德判断的能力，予以减弱、抵消或疏离。同样的原理也运用在所有的色情作品中。色情作品中的人物并非不能令人信服地具有情感。他们可以。但是，反应不力和狂热刺激的原则使得情感氛围自我消解，所以色情作品的基调才是情感匮乏和冷漠的。

不过，这种情感匮乏的程度是可以区分的。朱斯蒂娜是典型的性玩物形象（总是女性，因为大多数色情作品都是男性或是用典型的男性视角创作的）：一个迷惘的受害者，经验从未改变她的意识。但O却熟谙此道；无论付出怎样的痛苦和恐惧，她都对有机会被引入神秘世界而心存感激。那神秘世界就是丧失自我。O学习着，承受着，改变着。她一点一点地成为她自己，这同时也是她完全清空自己的过程。在《O的故事》所表现的世界观中，最高尚的是个性的超越。情节的发展并不是水平的，而是一种经由堕落的上升。O不单要认同其性功用，她还希望达到完美，成为一个物品。她的情况，假如可视

① 这一点在热内的作品中表现得非常清楚。虽然他的作品对性经验描写直白露骨，但对大多数读者而言并没有性刺激。读者知道（热内也多次说明过）热内自己在写作《玫瑰奇迹》和《鲜花圣母》等作品时处于性兴奋之中。读者强烈不安地接触到热内自己的色情刺激，它是推动作品那满是隐喻的叙述前进的动力；不过与此同时，作者的兴奋就将读者本身的兴奋排除在外了。因此，热内说他的书不是色情作品，是完全正确的。——原注

为一种非人性化，也不是她被勒内、斯蒂芬爵士和其他人在卢瓦西奴役的副产品，而是她个人发展的意愿，是她追求并最终得到的东西。展现她成就的最终画面出现在作品的最后一幕中：带着铁链、肢体伤残的O被装扮成猫头鹰带到晚会上，没人认得出她来——她完全不像人类，以至于没有客人想要直接和她说话。

O的探求巧妙地概括在她的名字——这个富有表现力的字母里。O暗示着一幅主人公性的卡通画面，不只是关于她个人的性，而是关乎整个女性的；它也代表着空无一物。但是，《O的故事》阐述的是关于完满的虚空和空虚即充盈的精神悖论。作品的力量正是来自这悖论不断出现所激发的苦痛。“波利娜·雷阿日”提出的同样是人性本身的地位问题，但比起萨德粗拙的阐释和话语，她显得远为条理练达。而且，萨德感兴趣的是从权利和自由的角度出发来消除人性，而《O的故事》的作者感兴趣的则是从快乐的角度出发来消除人性。（在英语文学中最接近这一主题的陈述是劳伦斯的《误入歧途的女人》中的一些段落。）

不过，要让这一悖论具有真正的重要性，读者必须持有与大多社会有识之士不同的性观念。主流观点——卢梭主义、弗洛伊德学说和自由主义社会思潮的混合——认为性是情感和生理愉悦的一种虽然独特珍奇，但完全可以理解的来源。困难来自西方基督教对于性冲动的长期扭曲，事实上这个文化中的每个人都带着这一丑陋的伤疤。首先是内疚和焦虑。然后是性能力的降低——如果不是变成真的阳痿或性冷淡，至少会损耗性活力，压抑性欲的很多自然要素（“性变态”）。再就是导致公众变得不诚实，对他人的性愉悦表现出嫉妒、迷恋、反感和怨恨。正是因为对文化的性健康的污染，才导致出现色情文学这种现象。

我不想质疑关于西方性欲的扭曲的历史论断。然而，在我看来，社会中多数受过教育者的观点的关键假设却是更为可疑的——如果不横加干预，人类的性欲是一种自然的愉悦功能；而“淫秽”是一种成见，是由确信性功能、包括性愉悦具有可耻一面的社会虚构出来强加于自然的。以萨德、洛特雷阿蒙、巴塔耶和《O 的故事》以及《色像》的作者为代表的法国传统，所挑战的正是这些假设。他们的作品提出，“淫秽”是人类意识的原初概念之一，比对病态社会中的身体厌恶的后果要深刻得多。撇开基督教的压制不谈，人类的性是种十分可疑的现象，而且至少可能属于人性的极端体验，而不是普通体验。虽然可以被压制，但性仍然是人类意识中具有魔力的力量之一——促使我们不时接近禁忌和危险的欲望：从对他人忽然任意施加暴力的冲动，到对消除个人意识以及死亡本身的颓靡渴望。即使就生理感觉和情绪的层面而言，做爱也无疑更像癫痫发作，而不是像吃饭或和某人交谈那样。每个人都感觉过（至少在幻想中）生理虐待的色情魅力，以及在可耻和令人反感的事物中的色情诱惑。这些现象部分构成了真正的性的范畴，如果它们没有被当作精神失常而一笔勾销的话，那情况就会和一般公众的观点不同，也更为复杂。

有人可能会巧言辩驳，指出多数人无法达到完全的性高潮是有充分理由的。因为性如同核能，可能因内心顾忌而被驯服，不过也可能不是这样。在如此令人不安的状况下人们很少能经常，甚或从未体验过他们的性能力，这并不意味着极端体验就不可信，或是其可能性从未萦绕在人们心头。（除了性之外，宗教可能是最古老的让人兴奋的来源。但是，在虔诚的人群中，能冒险深入这种意识状态的人数肯定也很少。）人的性能力——至少是文明人的性能力——确实有设置不当和可能混乱的地方。人是病态的动物，要忍受他体内让他发狂的欲望。这种对性的理解——性是超越好与坏，超越爱，超越理智的；它是严峻考验和打破意识界限的力量来源——贯穿在我这里讨论的法国文学经典中。

《O的故事》志在完全的人格超越，完全以这一黑暗而复杂的性观念为前提，与美国弗洛伊德主义和自由文化所支持的乐观看法相去甚远。这个除了O没有其他名字的女人，作为人的存在的消失和作为性的存在的实现过程是同时进行的。难以想象，怎么会有人确定在“自然”或是人类意识中，真的存在支持这种分裂的事物。但是，似乎可以理解，这种可能性一直萦绕着人类，就像他习惯于谴责这种分裂一样。

O的追求扮演了色情文学自身的存在所扮演的另一角色。色情文学所做的正是要在人作为完整的人的存在和作为性的存在之间打入楔子，而在日常生活中，健康的人会阻止这裂口的展开。通常，我们不会体验，至少不想体验，我们的性满足与我们的个人满足不同或是相对立。但可能它们在某种程度上就是不同的，不管我们喜欢与否。既然强烈的性感受确实包括近乎迷恋的关注，那它所涵盖的经验中就有个人感觉失去“自我”这一体验。从萨德到超现实主义，到近来的这些作品，都利用了这种神秘；他们将这种神秘分离出来，使读者认识它，并邀请读者参与其中。

这种文学既是最黑暗的色情祝祷，同时，在某些情况下也是驱魔咒。在《O的故事》中，作品虔敬、严肃的基调几乎没有变化；主题同样是自我与自我疏离之历程，但基调多样混杂的作品则有布努埃尔的电影《黄金时代》。作为文学样式，色情作品有两种模式——一种相当于悲剧（如《O的故事》），色情主体—受害者坚定冷静地走向死亡，另一种相当于喜剧（如《色像》），对性行为的执著追求最终获得满足，主角与其惟一渴望的性伴侣获得美满生活。

4.

将色情以及其迷恋与羞辱的威胁呈现得最为黑暗的作家是巴塔耶。他的《眼睛的故事》（初版于1928年）和《爱德华达夫人》[①]被认定为色情文本，是因为它们的主题都是十分引人入胜的性追求，完全不考虑人物与其性演出无关的方面，而对这一追求的实现描述得绘声绘色。但是这样的说明并没有传达出这些作品的特殊品质。因为对于性器官和性行为的露骨描写

① 遗憾的是，《爱德华达夫人》惟一的英文译本只有原作的一半。它收录在《奥林匹亚读本》的第662至672页，由丰林出版社1965年出版，只翻译了故事（récit）部分。但《爱德华达夫人》不只是一部包括同样由巴塔耶创作的序言的故事。它是由两部分组成的创作——评论和故事——缺少其中一个部分，就几乎无从解读另一部分。——原注

并不一定是淫秽的；只有这种描写具有特别的笔调，并获得某种道德反响时，它才是淫秽。而且，巴塔耶小说中少量的性行为和类似性侮辱的描写，根本难以与《索多玛120天》中无限的机械性的创造性相比。不过，因为巴塔耶对越界具有更加出色与深刻的认识，所以他的描写似乎比萨德笔下最耸人听闻的放荡还要更为震撼和无耻。

《眼睛的故事》和《爱德华达夫人》之所以给人印象深刻，让人读之不安，原因之一是巴塔耶比任何我所知道的作家都更明白，色情作品其实根本不是关于性，而是关于死亡的。我并不是说，每一部色情作品都在公然或隐蔽地谈论死亡，只有那些关于性欲的具体而最强烈的变化——“淫秽”——的作品才是这样。真正的淫秽追求往往是在经历和超越性爱之后，向死亡的满足发展的。（主题并非“淫秽”的色情作品有卢维关于性之难以满足的欢乐传奇《三少女和母亲》。《色像》的主题则并不明朗。虽然三个人物之间谜样的交往充满着淫秽的意味——这里的淫秽更像是一种预兆，因为它已经被降格为窥阴的一部分——但书的结尾却是毫不含糊的美满结局，叙述者最终还是和克莱尔团圆了。但《O的故事》和巴塔耶的作品同属一类，除了它在结尾玩了点智性游戏：书的结尾模棱两可，只有寥寥数行，大意是最后被删去的一章有两个版本，其中之一是说在斯蒂芬爵士打算抛弃她时，O得到他给她的死亡许可。尽管这双重结尾与作品“同一开头”的两个版本令人满意地相呼应，但我认为，它并不能削弱读者对O必死的感觉，不管作者对她的命运表达出多么的不确定。）

巴塔耶的多数作品是色情文学中的室内乐，都采取故事(récit)的形式(有时还附上一篇论文)。它们统一的主题是巴塔耶自己的意识，一种处于剧烈、冷酷的痛苦中的意识；但是，正如在早些年代，具有同样不同凡响才智的人会写出痛苦的神学，巴塔耶写出了痛苦的色情。他愿意透露其叙述的自传性来源，在《眼睛的故事》中附上了一些源于自己暴虐可怖的童年的生动意象。(记忆之一：他那失明、患有梅毒，精神失常的父亲无法小便。)时间业已消解了这些记忆，巴塔耶解释说；经过许多年后，它们已经在很大程度上失去了对他的影响，它们“只能以畸残的、几乎无法辨认的形象出现，而在这畸残的过程中获得淫秽的意义”。淫秽，对巴塔耶而言，既唤醒了他最痛苦的经验，同时又获得了战胜那痛苦的胜利。也就是说，淫秽，作为色情体验的极致，是生命活力之源。他在《爱德华达夫人》的论文部分指出，人类只有通过超越才存在，而愉悦取决于“想法”，或取决于让自己处于一种“开放的存在”状态，不仅对快乐开放，也对死亡开放。大多数人试图欺骗他们自己的感情；他们想接受愉悦但将“恐惧”拒之千里。在巴塔耶看来，这是愚蠢的，因为恐惧可以增强“吸引”，刺激欲望。

巴塔耶在极端色情的体验中所揭示的是它与死亡暗藏的联系。巴塔耶没有通过设计后果致命的性行为来传达这一洞见，他的叙述中并没有尸横遍野。(例如，在恐怖的《眼睛的故事》中，只有一个人死去；作品的结尾，三位性冒险家完成了他们从法国到西班牙的堕落之旅，在直布罗陀弄到一艘快艇，去其他地方继续他们的丑行。）他更为有效的方法是赋予情节让人感到确实“致命的”扰人的重量。

然而，除了在范围和表述手段上明显不同外，萨德和巴塔耶的理念有一些相似之处。和巴塔耶一样，萨德并没有沉溺于感官，而是另有智性探求：探索越界的范围。而且他也具有巴塔耶那样关于性与死最终一致的观点。但萨德决不会同意巴塔耶“色情的真相就是悲剧”这一观点。在萨德的作品中，时常有人死去，但这些死亡总是看似不够真实。还有那些在夜晚的放荡中肢体被残害的受害人，用上一种神奇的药膏第二天早上便完全康复了，这同样也难以让人置信。从巴塔耶的观点来看，读者肯定会被萨德对死亡的不诚实所吸引。（当然，许多远不如萨德作品有趣和成功的色情作品在这一点上也同样不诚实。）

的确，我们可以推测，萨德作品让人疲乏的重复是他想象失败的后果，因为他没能面对色情想象的真正系统化冒险的必然目的地和栖息所。当色情想象的长期冒险系统化时，也就是说，它更注重越界的愉悦而不是愉悦本身的时候，死亡是其惟一的终点。因为他不能或不愿到达他的终点，所以萨德停滞不前。他将自己的叙述变得繁复、凝重，沉闷地重复狂欢群交的排列组合。而他小说中的他我不时打断一场强奸或鸡奸，对其受害者长篇大论地讲什么是真正的“教化”——关于上帝、社会、自然、个性和美德的丑陋真理。巴塔耶设法避免了任何类似反理想主义的东西，反理想主义是萨德构建的亵渎（它使那些在幻想背后被摒弃的理想主义得以永存），而巴塔耶的亵渎是独立存在的。

萨德的作品是色情文学中的瓦格纳音乐剧，既不精致，也不紧凑。巴塔耶达成效果的方法远为简约：是一个无法换人的室内乐团，不同于萨德的性玩家和职业受害者的那种歌剧式的繁复。巴塔耶通过极端的浓缩来呈现他激进的否定。作品的每一页都由此而更具魅力，也使得他那简洁的作品和精辟的思想显得比萨德的更为深刻。即使是在色情作品中，简约也可以是深沉。

巴塔耶还为色情作品叙述中一个长期存在的问题——结尾——提供了十分新颖有效的解决方法。色情作品最通常的程式是其结尾并不存在任何内在的必然性。因此，阿多诺断定，色情作品的标志是它既没有开始，中间，也没有结尾。不过阿多诺在这一点上缺乏洞察。色情作品的叙述确有结尾——当然是突兀了点，而且，按照传统的小说标准，也缺乏动机。但我们不一定非要反对它。（在一部科幻小说中，发现一颗外星人的行星，也同样是突兀的和动机不明的。）突兀是邂逅和经常性的反复邂逅的特性。它不是色情作品叙述中某种不幸的缺点，并不需要加以剔除才能让这些作品够格成为文学。这些特征构成了色情作品中对世界的想象或看法。在很多情况下，它们提供的正是所需要的结尾。

不过，这并不排除还有其他类型的结尾。把《眼睛的故事》以及《色像》作为艺术作品来考量，其中一个显著的特征是它们显然对更加系统和严格，但仍然属于色情想象的结尾感兴趣，它们并没有受到诱惑，变成更具现实主义色彩或更具体的小说。概言之，它们的解决之道，就是构建一种从一开始就更多严格掌控、更少自然流露和丰富描写的叙述。

在《色像》中，惟一的隐喻，“色像”，控制着整个叙述（虽然读者要直到小说结尾才能完全理解作品题目的意义）。一开始，这隐喻的含义似乎十分清楚惟一。“色像”仿佛意味着“平面”物体、“二维的平面”，或是“被动的反映”——所有这些指的都是女孩安妮，克莱尔让叙述者随便使用安妮来满足其性目的，把她变成“完全的奴隶”。但是作品却在正中间（只有十章的小说的“第五章”）发生了断裂，一个谜一般的场面传递出“色像”的另一含义。克莱尔在和叙述者独处时，给他看了一组安妮在淫秽情境下拍的奇怪照片；这一场景的描述暗示着，在迄今似乎缺乏动机、但却残酷赤裸的情境中，蕴涵着不解之谜。从此时开始，到小说结束，读者将一方面意识到小说虚构的真实“淫秽”情境，一方面还要留心对这情境的间接映射或复制的暗示。这个负担（双重角度）直到作品的最后几页才得以解脱，正如最后一章的标题所示，“解铃还需系铃人”。叙述者发现安妮并不是克莱尔无偿赠送给他的色情玩具，而是克莱尔的“色像”或是“投影”，前来教导他如何爱她。

《眼睛的故事》的结构同样严格，而涉及的范围则更广。两部小说都采用第一人称叙述，叙述者都是男性，处于三角关系之中，其性关系构成了作品的故事。但两书叙述的组织原则极为不同。“让 · 德 · 贝格”讲述了叙述者如何知道原来不知道的事情；所有的情节都是线索和证据；而结尾则出其不意。巴塔耶所讲述的则确实是心灵深处的情形：三个人（没有冲突地)共同拥有同一个幻想，是集体性变态愿望的实现。《色像》强调的是晦涩、难懂的行为。《眼睛的故事》首先强调的是幻想，其次是它与某种自然“创造”出来的行为的联系。叙述的发展依循着行为实现的阶段。对围绕许多普通对象的色情迷恋，巴塔耶给出了其获得满足的阶段表。因此他的组织原则是空间性的：一系列对象，按照明确的顺序，在激烈的色情行为中被捕获、利用。玩弄、玷污这些对象及其附近的人构成了小说的情节。在比任何以往都更大胆的越界中用完最后一个对象(眼睛)之后，叙述便结束了。故事中没有新的发现或惊人之处，也没有新“知识”，只有对已知的进一步强化。这些看似无关的因素其实是相关的；事实上，它们都是同一事物的不同样式。第一章中的鸡蛋只不过是最后一章中西班牙人被拔掉的眼球的最早样式。

每一个具体的色情幻想同时是一种类型幻想——实现“被禁止的”一切——它还额外制造出一种，显示性的强烈、不安分与痛苦的气氛。读者似乎在不时地目睹不动情感的放荡欲望的实现；有时却又在参与持续的否定进程。巴塔耶的作品比我所了解的一切其他作品更好地揭示出色情作品作为艺术形式潜在的美学价值：《眼睛的故事》是我所读过的色情散文小说中艺术成就最高的，而《爱德华达夫人》则是其中最具原创性和智性力量最突出的。

当我们想到那些整日处于性困扰的人通常生活极为悲惨时，谈论作为艺术形式和思想形式的色情作品的潜在美学价值就显得有些麻木不仁和冠冕堂皇。不过，我还是认为色情作品揭示的远不止是个人梦魇的真相。虽然这种想象的形式有点狂乱和重复，但它确实创造出与非色情狂的一般人有(思想的、美学的)共同点的世界观。其实，这种共同点正在于通常被作为情色思想的界限而被忽略的东西。

5.

所有色情想象的产品，其突出的特点都是它们的活力和绝对性。

通常被称为色情的作品，其首先、完全和主要的关注是对性“企图”和性“活动”的描写。我们还可以加上性“感觉”，不过这个词似乎有点多余。色情想象中的个人感觉，在任何时刻，不是与他们的“行为”相同，就是处于准备阶段，也即“企图”阶段，除非生理上受到阻碍，否则就是在进入“行为”的边缘。色情作品中涉及感觉的词汇不多且粗糙，全都与行为动作有关：感觉想要行动(性冲动)；或是感觉不想行动(羞愧、害怕、厌恶)。不存在没有理由或不起作用的感觉，也没有与当下事情没有关系的、推理性或意象性的思考。因此，色情想象所在的世界，不管其中的事件如何重复，依然无与伦比地简约。这里适用的是最严格的相关性标准：一切都必须与色情情境有关。

色情想象所勾勒的是一个完整世界。它的力量可以吸收、变化和转换所有进入其中的关系，并将一切都降格成惟一的通货——色情需要。所有的行动都被视为一组性的交流。所以，色情作品拒绝设定两性之间的区别，允许各种性倾向和性禁忌的存在，其原因可以“从结构上”被解释。双性恋、漠视乱伦禁忌和其他色情作品叙述中的相似特质，都是用来增加交流之可能性的。理想上，每个人都能够与所有其他人有性的联系。

当然，色情想象绝不是惟一提出一个完整世界的意识形式。另一种是产生现代符号逻辑的想象。在逻辑学家的想象所提出的完整世界中，所有的陈述都可以被分解或消化，以使它们能够以逻辑语言的形式重新呈现自己；普通语言中不适合的部分就干脆被剔除掉了。还有一个例子是宗教想象的一些众所周知的情形，也同样以这种残酷的方式吸收一切可利用的物质，将它们重新转化为充满宗教二元对立的现象（神圣与亵渎，等等）。

后一个例子，显然与我们当前讨论的主题关系密切。在很多现代的性爱文学——尤其是热内的作品——和一些色情作品中，都包含着丰富的宗教隐喻。《O 的故事》大量使用宗教隐喻来描写 O 所经历的折磨和考验。O“希望得到信仰”。她完全处于他人的性奴役之下，这种极端的状况被反复描写成一种拯救模式。在痛苦和焦虑中，她交出了自己；而“从此之后，再也没有间断，没有寂静的时刻，也没有宽恕”。虽然她肯定是完全丧失了自由，但 O 获得了权利，得以参与实际上的圣典。

> “张开”这个词和“张开她的腿”这个短语，从她情人的唇上说出，具有如此令人不安的力量，以至于她每次听到总会感到一种内心的崇拜和神圣的屈从，好像是神，

而不是他在对她说话。

虽然她在被鞭打或受到其他残酷虐待之前感到害怕，“可一旦结束之后，她会为自己的经历而高兴，如果特别残酷，而且持续时间很长，她会更高兴”。鞭打、烙印和肢体残害都被（从她的观点来看）描绘成例行的考验，以检验进行精神苦修的人的信念。她最初的情人和后来的斯蒂芬爵士要求她“完全服从”，这与天主教耶稣会对新会士和禅宗对学生所明确要求的自我消除相仿。O是“一个茫然的人，她放弃了自己的意志以便获得重生”，她被再造成为另一个意志服务，这个意志远比她自己的意志更为强大和权威。

《O的故事》中宗教隐喻的直白导致了对这本书的一些相对比较直白的理解，这也在意料之中。小说家芒迪亚格在《O的故事》美国版的前言（这篇前言放在波朗的前面）中，毫不犹豫地形容它是“一部宗教神秘主义作品”，因此，“严格来说，不是一本色情书”。《O的故事》所描述的是“一个完整的精神转化过程，可以称之为苦行”。不过问题并非如此简单。芒迪亚格没对O的精神状态予以心理分析，因此没有将小说的主题简化成“受虐狂”，这一点是正确的。正如波朗说的，“女主人公的热情”用传统的心理分析术语是难以说明的。小说运用了一些关于施虐/受虐的传统主旨和象征，这个事实本身就已说明了问题。可芒迪亚格犯的几乎同样是简单化的错误，只是略不低俗而已。当然，使用宗教语汇并不是除使用心理分析语汇之外的惟一简单化错误。但是，这两种简单化倾向的存在就再次证明，不管近来的性自由如何广为人知，对性体验的范围和严肃性根深蒂固的蔑视仍然统治着我们这个文化。

我个人的观点是“波利娜·雷阿日”写的是一本色情小说。《O的故事》隐含的性爱神圣之观念，不是作品表面（色情）意义——对O的奴役及其堕落的淫荡仪式——下面的“真相”，而恰是它的隐喻。如果陈述无法真正表达出更有力的意味，为何要说得更有力呢？尽管今天大多数受过教育的人，对于宗教语汇后面的实际体验无法理解，但对其中的庄严情感，还是具有持续的虔诚。对大多数人来说，在完整运作的想象中，宗教想象不仅是首要的而且事实上是惟一可信的实例。

那么，新的或是具有激进色彩的完整想象，在上个世纪出现后——特别是那些来自艺术家、色情狂、左翼革命家和精神病患者的想象——习惯性地借用宗教语汇的声望，也就不足为奇了。而很多各种类型的完整体验，都不断地被理解为只是宗教想象的复兴或转化。力图以全新的方式最严肃、最激切、最热情地来谈话，打破宗教的封闭，是知识分子思考未来的首要任务之一。按现在的情况来看，类似《O的故事》的这一类思想都被重新吸收到无药可救的宗教冲动的复兴之中，所有的思考和感觉都被贬低了。（黑格尔试图创建后宗教语汇的努力可能最为宏大。他试图从哲学中创造出一套后宗教语汇，将宗教语汇中的激情、诚信和情感适度这些宝藏加以运用。但是，他最引人关注的信徒却坚定地破坏了黑格尔流传其思想的抽象的元宗教语言，而把全部精力集中在黑格尔过程思维的革命形式——历史主义——的具体社会实践应用上。黑格尔的失败如同躺在智性探索道路上的硕大而让人烦扰的巨人。黑格尔之后，再也没有人具有足够的雄心、抱负和精力，来挑战这一任务。）

所以，在各种完整想象和完全严肃的让人眼花缭乱的选择中，我们仍然倾向于宗教想象和语汇。我们这里所讨论的，“现代”西方的色情文学(东方和穆斯林世界的色情文学与此极为不同)发展的最深层的精神反响，就是在垄断着完整想象的古老宗教想象自 18 世纪后期开始崩溃以来，人类的热情和严肃性所面临的巨大挫折。许多色情文字、色情电影和色情绘画的可笑与技巧匮乏，观者都显而易见。在色情想象的典型产物中，不常提及的是色情作品中的感伤。多数色情作品——这里讨论的作品也不例外——指出的是甚至比性伤害更普遍的东西。我指的是，现代资本主义社会未能为人类永久的天赋——强烈的幻想迷恋——提供真正的排解，没能满足对于在注意力和严肃性上进行高度自我超越的模式的欲望，由此产生了巨大的精神创伤。人类超越“个人”的需要和人类成为一个个人，一个个体的需要同样意义深刻。但这个社会没能好好满足这一需要。它提供的主要就是超凡的语汇，将这需要放置其中，并由此开始行动，建构行为惯例。人们可以选择的思想和行动的语汇，不仅是自我超越的，也是自我毁灭的。

6.

不过，我们不能只将色情的想象理解为心理绝对主义的一种形式——对于心理绝对主义的一些产物，我们要用更多的同情、智性的好奇心或是审美世故(从鉴赏家，而不是客户的角度)来看待。

我在前文中几次提到，色情想象可能说出了一些值得聆听的东西，虽然其形式可能是堕落的，而且时常让人难以辨认。我还特别强调，这种人类想象的极为晦涩的形式仍然有其揭示真理的独特途径。当这一关于感性、性、个体人格、绝望和限度的真理将其自身投射在艺术中时，它便可以被人所分享。(每个人，至少在梦里，都曾经在色情想象的世界中栖息过几个小时，几天，甚或更长的时间；但只有一直生活在那里的人才能创造出偶像、奖品和艺术。)被称为越界之诗的话语也是知识。越界的人不仅打破了规则，他还去了别人没有去的地方，知道了别人所不知道的。

色情作品，作为人类想象的一种艺术或艺术生产形式，是威廉·詹姆斯称为“病态思想”的表达。但是，詹姆斯在定义病态时提到，比起健康思想，它包括“范围更广的体验”，这一点无疑是正确的。

可是，很多明智而敏感的人发现，在过去几年，几乎全部的色情作品都有了平装本，年纪很轻的人也十分容易读到，他们觉得这个事实让人沮丧。该对他们怎么说呢？可能是这样：他们的担忧是正当的，但可能有点过度。我这样说不是针对一般的抱怨者，他们觉得既然性就是肮脏下流的，那沉醉于性的书籍肯定也是(而电视上每晚都在上演的大屠杀却显然不是)。还是有相当一部分人，他们反对和抵制色情作品不是因为他们认为色情作品肮脏下流，而是因为他们知道色情作品可能会成为心理不健全者的依赖，并使品德单纯的人变得残酷无情。因为这些原因，我也厌恶色情文学，对其日益普及所带来的后果感到不安。可是，这担心是否有点错位呢？什么才是真正要关注的呢？应该关注知识的运用本身。有一种看法认为一切知识都是危险的，因为并不是所有人都处在与认识者或潜在的认识者相同的状况下。可能多数人不需要“范围更广的体验”。也许，没有细致广泛的心理准备，任何体验和思想的扩展对多数人来说都是有害的。那我们就要问，我们对于现在其他类型知识的大规模普及抱以轻率的过度自信，对通过机器去转化和扩展人类能力予以乐观的默许，这又有何道理呢？色情作品只是社会中流通的许多危险商品之一。虽然它可能缺乏吸引力，但按照所造成的人类痛苦来衡量，它并不那么致命，也不过于昂贵。除了法国作家—知识分子的一个小圈子外，色情作品被看作一种可耻的、一般受到鄙视的想象。它处于许多事物所拥有的巨大的精神威望的对立面的卑微地位，虽然这些事物远比它更加有害。

在最终的分析中，我们分配给色情作品的位置取决于我们为自己的意识和体验设定的目标。但是，A可能并不高兴看到B采用自己的意识目标，因为他断定B不够资格，或经验不足，或缺乏敏感。而B可能对A采用自己已经声明要用的目标感到沮丧甚至愤慨；当A拥有这些目标的时候，它们变得专横而浅薄。可能这种对于邻人能力的长期相互猜忌的状况——它有效地提出了关于人类意识的能力层次问题——永远不会获得人人满意的解决方法。人类意识的品质差异如此之大，怎么可能满意地解决这个问题呢?

在几年前关于这一主题的文章中,保罗·古德曼写道:“问题不在于要不要色情作品,而在于色情作品的质量。”这完全正确。我们还可以将它引申一点。问题不在于要不要意识或要不要知识,而在于意识和知识的质量,这便带来对人类主体质量和健康程度的考量——这是最棘手的标准。这个社会中的大多数人如果现在不是疯子,那就是改善过或潜在的疯子,这么说似乎又无道理。但有人会按这个认识生活,甚或老实地承认它吗?如果有那么多人处在谋杀、灭绝人性、性畸形和绝望的边缘,而我们还按照这个认识生活,那所需要的审查制度比色情作品的愤慨反对者所想象的会激进得多。因为如果那样的话,不仅色情作品,所有形式的严肃艺术和知识——换句话说,一切真理——都是可疑和危险的。

[1967]

(王磊 译)

“自省”：反思齐奥兰

不断变换同样站不住脚的观点，总是在同一层面上寻求由来，究竟所为何来？

塞缪尔·贝克特

每刻都可能会出现绝对的虚无；虚无的可能性。

约翰·凯奇

在我们这个时代，所有的智性、艺术或道德活动都为历史化这一意识掠夺性地占有。任何叙述或行为都可以被视为必然短暂的“发展”，抑或，在更低层面上，被贬为纯粹的“时尚”。今天，在人类思想中，这种对自身成就的看法几乎是一种第二天性，而它极大地损害了这些成就所具有的价值和所体现的真理。一百多年来，历史化观点一直占据着我们理解一切事物的中心。也许它一度不过是意识的边缘抽搐，现在却变成一种巨大而无从控制的姿态——一种让人类得以不断保护自己的姿态。

我们将事物置于由多种因素决定的时间连续体中来理解。存在不过是在过去、现在和未来这一剧烈变动的流动中意义并不稳定的实现。但是，即使在最具意义的事件中，也带有其过时的形式。因此，单部作品最终要融入一批作品中去；生活细节构成整个生活史的一部分；个人的生活史离开社会、经济和文化的历史会显得难以理解；而社会生活就是“之前情况”的总和。意义淹没在生成的潮流中：即毫无目的、连篇累牍的出现和废弃的循环运动。人的生成就是耗尽其可能性的历程。

不过，历史化观点同样有害，并不比历史意识这一恶魔高明。遗憾的是，如今人类正置身其中的持续耗尽可能性的状况（这种状况被思考和历史本身所揭露和质疑）看来不只是一种思想“态度”，没有办法通过改变思考的重点来废止。在过去的一百五十年中，西方最好的智性和创造性思考在整个人类生活期中似乎无可辩驳是最具活力、最深入、最敏锐、最有趣和最真实的。然而，同样无可辩驳的是，所有这些天才思考的结果是我们意识到自己立于思想的废墟中，濒于历史和人类自身毁灭的边缘。（我思故我在因而盛行。）最明智的思想家和艺术家日益成为这些生成中的废墟的早熟的考古学家，或义愤或坚忍的挫折诊断专家，或高深莫测的编导，在恒久的天启时代，主导着个体生存必需的复杂精神活动。追寻新的共同愿景的时代可能业已结束：如今，无论是最乐观的和最沮丧的，最愚蠢的和最睿智的，都已有定论。但个体对精神引导的需求却前所未有地迫切。各自逃生。

历史意识的兴起，当然是和19世纪早期，神圣庄严的哲学体系构建之崩溃相关联的。自希腊以来，哲学(无论是融合在宗教中还是被视为一种现世的智慧)大致上一直是一种集体或超个人的认识。哲学宣称在不同的认识论和本体论的层面上对“是什么”予以阐释，实际上却在秩序、和谐、明晰、智性和一致这些理念的庇护下，间接地暗示了未来“应该如何”(ought to be)的标准。但决定这些集体的非个人认识留存的哲学陈述，其表达方式可以有多种多样的阐释和运用，因此意料之外的事件构不成对它们的挑战。神话运用极为复杂的叙述模式来解释事物的变化和概念的矛盾，但哲学没有采用神话的这种便利，而是大力发展出一种新的修辞样式：抽象化。哲学的权威便一直基于这一抽象、非时间性的话语之上——其自称可以描述支撑多变世界的非具体“普遍性”或固定形式。更普遍的是，客观的可能性，也就是传统哲学提出的对存在和人类知识的形式化认识，依赖于永恒结构和人类经验的变化之间的特殊关系，在此关系中“自然”是支配一切的主题，变化则是隐性的。但是，在法国大革命中，“历史”终于赶超“自然”，获得领先，也正是在这时，上述关系被——永久地？——颠覆了。

从历史取代自然成为人类经验的决定架构之时，人便开始历史性地思考其经验，而传统的非历史性哲学范畴则变得日渐空洞。黑格尔是惟一直面这一可怕挑战的思想家。他相信通过将哲学实事求是、不偏不倚地作为哲学史来呈现，自己能够在这种人类意识的激进改变中拯救哲学事业。然而，由于包含着历史性观点，黑格尔无法避免地将其体系陈述为真理——也就是超越历史。只要黑格尔的体系是真理，那么它便终结了哲学。只有最后一个哲学体系才是真正意义上的哲学。由此，“永恒”再次被重建，历史也(将)终结。但历史并未停止发展，时间就见证了黑格尔哲学作为一个体系的崩溃，虽然在方法论上它还依然存在。(作为方法论，黑格尔哲学存在于所有人类科学中，是巩固历史意识最大的智性推动力。)

在黑格尔的努力之后，这种对永恒的探求——一度如此迷人和无可避免的意识姿态——作为哲学思考的根基，如今只剩下其悲怆幼稚的一面暴露在外。哲学堕落成为思想中过时的白日梦，褊狭的精神认识，就像是人类天真的童年时代。不管哲学陈述与所陈述之论点的融合程度有多紧密，似乎都无法驱除对于构成这些陈述的术语“价值”的完全置疑，也无法恢复对于哲学陈述的语言媒介的信心(这种信心早已遭受重大损伤)。日益世俗化，也更为有力和有效的人类意志倾向于控制、操纵和改变“自然”，这种新的浪潮令哲学迷惑，而哲学对具体的伦理、政治事务的介入又远远落后于人类愿景的急速历史变化(这些变化也包括储存在印刷出版的书籍和文献中的、具体经验知识的累计)，因而哲学的主导话语显得过于武断，又或者显得缺乏深度和意义。

由于这一前所未有的大规模变化所带来的消耗，哲学传统上的“抽象”过程不再具有意义；它们已不再被智者的经验所验证。无论是作为对存在(现实、世界、宇宙)的描述，还是在另一标志着哲学事业首次重大缩减的概念(存在、现实、世界和宇宙都被视为精神“之外”的事物）中仅仅作为对精神的描述，哲学都未能激起人们的信心，没人相信它能实现其传统的抱负：为理解任何事物提供形式模型。至少，人们觉得话语的进一步缩减和重置是必要的。

19世纪哲学体系崩溃的反响之一是意识形态的兴起——这些活跃的反哲学思想体系，以各种“实证的”或描述的科学形式出现。孔德、马克思、弗洛伊德以及人类学、社会学和语言学领域中的开拓者直接进入了思想领域。

另一反响是一种新的哲学化：个人化（甚至是自传性的）的、警句格言式的、抒情性的、反体系化的。主要的典范包括克尔恺郭尔、尼采和维特根斯坦。齐奥兰（Cioran）是这一传统在当今最出色的代言人。

这种现代后哲学的哲学化传统的出发点是认识到传统形式的哲学话语业已破碎。留存下来的可能大多是破碎的、不完整的话语（格言、笔记、备忘录）或是可能变成其他形式的话语（寓言、诗歌、哲学故事、评论注释）。

齐奥兰显然选择了随笔的形式。从1949年到1964年，他一共出版了5本书：《简明分析》（1949），《苦痛三段论》（1952），《存在的诱惑》（1956），《历史与乌托邦》（1960），《过去之罪》（1964）。按照一般的标准，这些随笔颇为古怪——充满沉思冥想，论述支离破碎，警句格言构成了文章的基本风格。这位出生于罗马尼亚，在布加勒斯特大学学习哲学，从

1937 年起生活在巴黎，用法语写作的作家，其作品中具有德国新哲学思想的悸动。德国新哲学思想的座右铭就是：格言或永恒。（此类例子甚多：利希滕贝格和诺瓦利斯的哲理格言；当然还有尼采；里尔克的《杜伊诺哀歌》中的部分段落；以及卡夫卡的《反思爱、罪、希望、死亡、道》。）

齐奥兰支离破碎的论述方法不像拉罗什福科或葛拉西安的格言写作那样是客观的，在他们的作品中，论述的停滞和开始都反映出“世界”支离破碎的方面，而齐奥兰的论述则是思考的心灵陷入僵局的见证，思想在不断地向外延展，然后只被其思维方式的复杂性停止和中断。对齐奥兰而言，格言式风格不仅是现实原则，更是认识原则：每个深刻的观念都注定会很快被另一观念所击溃，而这个观念正是在原来的观念中默默产生的。

因为仍然希望享有与以前相似的尊荣，哲学现今须得不断证明其自身的真诚。尽管现存的哲学概念工具业已失去内含的意义，但它们有可能通过思想者的激情而重新焕发活力。

哲学被认为是思想者的个人事业。思想成为“思考”，而思考——又进一步——被重新定义为，如果不是极端行为和具有风险，便一钱不值。思考具有忏悔和驱魔的色彩：详细记录着最私密的思想变化。

笛卡儿的飞跃作为第一步保留了下来。存在仍然是以思考来定义的。区别在于它并不是简单的沉思，而是某种艰难的思考。思想和存在既不是残酷的事实也不是合理的假定，而是矛盾、变化的状况。因此，齐奥兰才可能构思出那篇引发他的一部著作之标题的随笔，这同时也是他第一部英文著作的标题——《存在的诱惑》。“存在，”齐奥兰在那篇文章中写道，“是一种我不会放弃获得之希望的习惯。”

齐奥兰的主题是关于精神，最缜密精妙的意识的存在。对他的作品的盖棺定论，正如人们能猜到的，与克莱斯特在“论木偶剧”中提出的经典论点颇为接近。在那篇文章中，克莱斯特写道，不管我们多希望修补意识造成的混乱，回复人的自然和谐，但都不可能以放弃意识来达到目的。我们没有回头路，不可能回到纯真年代了。我们别无选择，只有去到思想的尽头，(也许)在那里，在完全的自我意识中，我们会重新获得恩典与纯真。

因此在齐奥兰的作品中，精神是窥视者。

不过它所窥视的不是“世界”，而是其自身。齐奥兰在一定程度上与贝克特相似，关注的是思想的绝对纯粹性。也就是，将思想化简为对思考的思考。“惟一自由的精神，”齐奥兰指出，“与存在和客体完全无关，只不断增加其自身的空虚。”

但是，这种掏空精神的做法始终保留着“浮士德式的”或是“西方式的”热情。齐奥兰认为，出生在这一文化中的人，不可能达到——作为跳出陷阱的一种出路——“东方式的”对精神的弃绝。(我们可以比较一下齐奥兰自觉无望的对东方的渴望，和列维-斯特劳斯对“新石器时代意识”的积极的怀念向往。)

哲学成为痛苦的思考。思考吞噬着自己，尽管(也许正因为)在重复地自我残杀，它却毫发无伤地继续发展着，甚至还兴盛起来。在思想的激情表演中，思想家既是正面角色，又是反面角色。他既是受难的普罗米修斯，又是那只冷酷的鹰，啮噬着普罗米修斯不断新生的内脏。

齐奥兰思索的是存在的不可能状态和难以想象的思想(自省思考，等等)。但在他之前的尼采，早在一个世纪前就已经写下了齐奥兰几乎所有的观点。一个有趣的问题：为何具有如此敏感、强势思想的人重复大多已经说过的观点？是为了要将这些观念实实在在地变成他自己的吗？还是因为，如果这些观念当初写出来时是正确的，现在就更加正确了吗？

无论答案为何，尼采的“事实”对齐奥兰具有无可置疑的影响。他必须精益求精，使得论述更厚重，推敲更精确，修辞更丰富。

齐奥兰写作的特色是，他用以开头的正是别人用以结尾的。由结论开始，他就是从这里开始写。

他写作的对象是那些业已了解他所谈论的问题的读者。这些读者已经自行穿越这些令人头晕眼花的思想。齐奥兰不像一般人那样要“说服”读者，他喜欢不时地用一连串抒情方式来表述其思想观点，毫不留情地讽刺，以及恰到好处地引用自希腊以来的整个欧洲思想。论述是用来被“认可的”，而且不需要太多的帮助。好的品位要求思想家仅精炼地提供对智性和精神苦痛的一瞥。因此，齐奥兰的语气总是极为威严，固执，时而戏谑，还常带点傲慢。不过，除了这些表面看来的倨傲，其实齐奥兰绝无自得之意，有的只是他的无用感和对于精神生活毫不妥协的精英态度。

如同尼采想要的是道德孤独，齐奥兰想要的是深奥。不是说他的文章难懂，而是其中的道德含义，可以说是对深奥的不断揭示。典型的齐奥兰式论述可以视作一张由各种思考方案构成的网——伴随着坚持这些思想的理由的消散，更不要说在其基础之上“行动”的理由的消散了。通过对精神困局复杂而智性的阐述，齐奥兰为深奥建构出一个闭合的宇宙，成为他的抒情主体。

齐奥兰是当今思想最精细，写作最具真正力量的人之一。细致、讽刺和精巧是其思考的本质特征。然而在《论风雨中的文明》一文中，他却宣称：“人的精神需要一个简单的真理，一个回答他们问题的答案，一个福音，一座坟墓。精致的瞬间掩藏了死亡法则：微妙的思想最为脆弱。”

是自相矛盾？不尽如此。自哲学体系崩溃以来，哲学里这样的双重标准我们并不陌生：为整个文化维持着一个（健康的）标准，而对孤独的哲学家则另有一个（关于精神追求）的标准。第一个标准，如尼采所说，需要付出智性。第二个标准则需要付出健康、世俗的快乐，通常还要求牺牲家庭生活和参与其他群体机构的机会，甚至可能还要付出健全的心智。在自克尔恺郭尔和尼采以来的这种哲学化传统中，哲学家的殉难倾向几乎就是其优雅风格的一部分。作为一名哲学家，其品位出色的标志最通常的就是对哲学的公开蔑视。因此，才会有维特根斯坦的观点，认为哲学像是种疾病，而哲学家的工作就是研究哲学，犹如医生研究疟疾，不是为了传播疾病，而是为人们治愈它。

但是，这种表现不管是哲学家的自我憎恨，还是对空虚的玩弄，它所蕴涵的远不止矛盾对立。就齐奥兰而言，他对精神的否定依然真实可信，因为这否定是来自一个殚精竭虑、专用精神的人。他在 1952 年发表的文章《死胡同：一封信》中，就充满着言辞激烈的劝谕。齐奥兰在文章里指责自己的一位朋友将会成为“怪物”作家，因为后者在书中描写了绝妙的“超然、轻视和静默”，而这正与这些原则相违背。作为法国当时的知名作家，这样的论述让齐奥兰自己的位置显得有点奇怪。齐奥兰不仅展示出对自身职业明显的矛盾心理，更表达出自由的智性投入写作，需要寻求听众所经历的痛苦而又自相矛盾的体验。不管怎么说，自己选择殉难牺牲和折中妥协是一回事，建议一个朋友也这么做则完全是另一回事。而对齐奥兰来说，运用思想是一种殉难，所以公开运用思想——说得更具体些，成为一名作家——就是成问题的、有点可耻的举动；它总是令人起疑，而分析到最后，对社会和个人而言，它都是为人不齿的。

在反对智性——唯心论对“唯心论”的反抗——的欧洲知识分子的忧郁大军中，尼采和马克思是最著名的人物，而齐奥兰则是其中的新丁。他关于这个主题的论述，很大一部分与 19

世纪和20世纪的无数诗人、哲学家业已说过的几乎没有差别，更不要说法西斯主义在言辞和实践中恶意扩大的对智性的指责。不过，一个重要的论述不新颖并不意味着我们就可以不认真对待。而且，齐奥兰重新论述的观点，即思想的自由运用最终是反社会的，对群体健康是有害的，还有什么比这个更有意义呢？

齐奥兰在许多文章中，将自己的立场坚定地放在启蒙运动的批判者一边，这在《论风雨中的文明》和《命运小论》中表现得最为清楚。“自从启蒙运动时代以来，”他写道，“欧洲一直以宽容之名在不断地弱化她的偶像。”但是，这些偶像或是“偏见——文明的有机组成——确保了它的持久，留存着它的面貌。文明须得尊重它们”。在上面提到的第一篇文章中，他还写道：“如果我们想留在历史之中，就必须将无意识减到最少。”“破坏文明的弊病”中最厉害的是思想的过度增长，它使得“具有灵性的愚蠢观念……成功的思想升华都再无容身之地，意识的吸纳与分裂都未能阻碍这一增长进程”。因为任何文明，“一旦暴露促使它成长、让它光华四射的错误，一旦置疑自身的真相时，都会犹疑”。然后，正如我们所熟知的，齐奥兰为欧洲对缺乏文化的人和非思想家的压制而遗憾。“他所有的本能都被他的体面所扼杀了，”这是他对英国人的评论。远离苦痛的考验，“在普遍的倦息和怀旧中耗尽精力”，一般的欧洲人现在都为“生活舒适（衰落时代的癖好）这一观念”所占据和迷惑。欧洲业已走上了“褊狭的命运之路”。新的全球霸主是不那么文明的美国人和俄国人，以及无数来自“全球边缘”的更缺乏文明的暴民，他们时刻准备着成为历史的主人，未来就掌握在他们手中。

过去的论述在齐奥兰这里大多没有改变。古老的英雄主义，思想对思想的指责，再次以对立的名义出现：内心对头脑，本能对理智。“过于简单明了”的结果是失去平衡。（齐奥兰在《死胡同》和《作为冒险的风格》两篇文章中表达出对于书籍、语言交流和文学本身——至少在当前阶段——的怀疑，而上述的看法正是隐藏其后的论点之一。）

不过，至少有一个常见的对立——思想对行动——得到提炼深化。在《论风雨中的文明》中，齐奥兰的观点与 19 世纪浪漫主义的标准看法一致，关注的主要是思想的运用对行动能力的影响。“行动是一回事，知道自己在行动则是另一回事。当简单明了包围了行动，潜入其中，行动就被破坏，随之而来的就是偏见，而其功用正是让思想服从、奴役于行动。”但是，在《自省》中，思想与行动这一对立则论述得更加微妙别致。思想不是在简单地阻止行动直接而有力的表现。齐奥兰在这里更加关注的是行动反过来对思想的侵袭。他指出，“意识的空间在行动中缩减了”，并认同从行动中“解放”出来是人类自由的惟一真实模式的看法。

甚至在《论风雨中的文明》相对有些简单化的论述中，当齐奥兰引用典型的欧洲形象，“疲倦的知识分子”时，也不仅仅是为批判知识分子这一职业，而是在试图确定值得区别的两种状况之间的真正不同：文明人和人格损毁的人（后者有时被褊狭地称为“过度文明的人”)。这一名词可能引发争执，但这样的情况确实存在，而且颇为猖獗——在专业知识分子中极为普遍，但也不局限于他们。正如齐奥兰指出的，过度文明的主要危险在于，因为完全的疲惫和对“刺激”的需求无法满足，人很容易回归到低俗消极的不文明。因此，“揭除自身假象的人”，不加选择地追求现代自由文化所提倡的简单明了，“放弃了自己的资源，也在某种意义上放弃了自己。最终的结果是，他会接受其他否定自己的假象，因为这些假象不可能从他自己的内心深处冒出来”。由此，齐奥兰得出结论，“人如果考虑到自身的均衡，就不会有超过一定程度的简单明了和分析。”

但是，这个要求节制的建议最终并没有限制齐奥兰自己的进取心。这位典型的欧洲思想家，沉浸在对广为流传和(在他看来)无可避免的欧洲文明之衰落的认同中，看似已从对自己和社会的健康的责任中解脱出来。齐奥兰是他所蔑视的正在衰落、命运褊狭的文明的一分子，也是为这文明书写挽歌的天才。他也许是哀挽“欧洲”消逝的最后作家之一——他所哀挽的是欧洲的苦难、欧洲知识分子的勇气、欧洲的活力和欧洲的过度复杂性的消逝，而他自己则决心坚定地完成这一冒险。

齐奥兰惟一的抱负是：“与无可救药者同行。”

这是精神苦训的信条。“因为每一种生活形态都是对生活的背叛和腐蚀，真诚生活的人承担着与世俗极度的不相容，不屈不挠地经营着快乐，也经营着痛苦……”(引自《存在的诱惑》。)毫无疑问，在齐奥兰看来，这一所有思想中最具抱负的思想，虽然真切地反映了一般意义上的生活和人类前途的整体，但会在世俗层面付出高昂的代价。从行动上来说，它意味着对徒劳的接受。徒劳不应该视为个人希冀和渴望的挫折，而是一个珍贵和安全的有利之点，意识正可由此飞跃入其自身的复杂之中。当齐奥兰说，“徒劳是世界上最困难的事”，他所指的正是这一令人向往的情形。这要求我们“必须切断我们的根，成为形而上学意义上的外来者”。

齐奥兰认为这是项艰巨的任务，而这也许恰好证实了他自己残存的、坚不可摧的良好健康状态。这同样也解释了为何《孤独的民族》这一文章——在我看来——是齐奥兰少数缺乏他通常的睿智和敏锐的文章之一。犹太人，对于齐奥兰、黑格尔以及他们之间的作家来说，一样“出色地代表了疏离状况”，但齐奥兰在写作中对这一主题的当代发展缺乏道德敏感，的确让人吃惊。即使没有萨特在《反犹与犹太人》中对相同主题几近权威的阐释，齐奥兰的文章如此粗略和专横仍令人瞠目。

齐奥兰的作品中具有奇怪的辩证：熟悉的元素融合在复杂的组合中。一方面，和传统的浪漫主义者以及活力论者一样，他蔑视“智性”，以及以身体、情感和行动能力为代价的精神过度发展。另一方面，他又把以身体、情感和行动能力为代价的精神生活提高到激进和专横的程度。

与这种对意识的矛盾态度最接近的模式是诺斯替教神秘主义传统，在西方基督教传统中，它来自亚略巴古的狄奥尼修斯和《未知之云》的作者。

齐奥兰关于神秘主义的观点正适用于他自己的思想。“在大多数情况下，神秘主义创造了自己的对手……他的思想用算计和策略假定了他者的存在：这是没有结果的策略。他的思想最终归结为与自己的争论：他试图成为一个群体，即使这只不过是为自己不停地制作新的面具，增加不同的面孔：他像他的造物主，永远带着那一份装腔作势。”

在这段文字中，除了反讽，齐奥兰对于神秘主义的嫉妒是明白无误的。神秘主义的目标与齐奥兰自己的如此相像——都是要“找到在其经验的解体中逃脱或残存的事物：在自我的感应之下非即时性的残余”。然而，和他的老师尼采一样，齐奥兰也被钉在无神论思想的十字架上。他的文章作为一种无神论思想的手册来读，再好不过。“一旦我们不再将上帝与我们的秘密生活联系起来，我们就可以如同那些神秘主义者一样有效地飞升极乐，不需求助彼岸便可征服世界。”这是《论神秘主义者》中最后一段的第一句。

政治上，齐奥兰应该算是个保守主义者。自由人文主义对他而言，根本就不是可行和值得关注的选择。在他看来，对激进革命的渴望会随着精神的成熟而消失。（因此，在《命运小论》中提到俄国时他写道：“‘拯救’世界的渴望是一个民族青年时代的病征。”）

也许应该回想一下，齐奥兰是(1911)出生于罗马尼亚的，而几乎所有罗马尼亚著名的流亡知识分子不是对政治不感兴趣，就是公开反动的；此外，除了五部文集之外，他惟一的一部书是（在1957年出版的）约瑟夫·德·梅斯特作品集。齐奥兰为这本书撰写了前言并选择了其中的文章。[①]虽然他从未像梅斯特那样发展出一套明确的反革命神学，但梅斯特的观点与齐奥兰心照不宣的看法颇为接近。和梅斯特、多纳索·柯特以及近来的埃里克·沃格林一样，齐奥兰具有——从一个角度来看——右翼“天主教”意识。在他们看来，现代社会中以正义和平等的名义煽动革命，推翻已有的社会秩序，不过是幼稚的狂热。这就好像一位年老的红衣主教眼中的那些低俗的庆祝千禧年的教派活动。在同样的思想构架中，我们可以发现齐奥兰认为马克思主义是“乐观主义的过失”的看法，和他反对启蒙主义的“宽容”理想与思想自由的立场。（另外可能值得注意的是齐奥兰是一位希腊东正教牧师的儿子。）

不过，尽管齐奥兰在大多数文章中隐约表现出一种明确的政治态度，他的思考方式并非根植于宗教皈依。不管他的政治、道德立场与右翼天主教意识如何相似，正如我前面指出的，齐奥兰自己所执著的是无神论神学的悖论。他认为，仅仅有信仰，是解决不了任何问题的。

也许，齐奥兰之所以没有皈依哪怕是世俗形式的天主教神学，是因为他对于浪漫主义运动的精神假设理解透彻并深为认同。尽管齐奥兰批评左翼革命，甚至有点自命不凡地分

① 他还曾发表过一篇论马基雅弗利和一篇论圣-琼·佩斯（St-John Perse）的文章，但都还没收入文集。——原注

析指出“造反在我们之中享有过分的特权”，但他不能否认的一点是“几乎我们所有的发现都来自暴力和不稳定的加剧”。因此，虽然在齐奥兰的有些文章里不乏保守的含义，对社会阶层的拔根现象也颇含轻视，但在《自省》一文中，他还是表达出对造反的既嘲讽又肯定的态度。文章的结尾警告说，“既然我们还无法给予绝对一个对应的含义，那就让我们向一切造反投降吧：它们会以反对自己，反对我们的方式走到尽头……”

齐奥兰显然无法抑制对过度、恣意和偏激的赞赏。其中一个例子是西方主要神秘主义者过度恣意的苦修。另一个例子则是积聚在伟大的疯子经验中的偏激。“我们的活力来自内心大量的癫狂，”他在《存在的诱惑》中这样写道。然而，在论神秘主义者的那篇文章中，他谈到“我们能将自己全心投入癫狂的能力并不神圣。在未知之中，我们不需要使用圣人的方法，也可以走得如同他们一样远。对我们来说，能很长一段时间抑制理性，业已足够”。

从现代意义上来说，齐奥兰的立场并非真的保守，原因是他的立场首先是一种贵族式的姿态。这种姿态仅需一篇文章作为例证，这就是《超越小说》。在文章中，齐奥兰雄辩而有力地谴责了小说，批评了小说精神上的粗俗——因为小说所关注的是他称之为“低级层次的命运”。

综观齐奥兰的作品，所提出的都是有关好的精神品位的问题。避免自我的低俗和淡化是先决条件，之后便是艰巨的双重任务——既要保持可以始终肯定地完成自我，同时又要超越它。齐奥兰还为自怜的情绪辩护：当人已无法再怨叹，悲悼业已终了时，他只有丢弃自己的不幸，将它们置于“他的本性和声音之外……来达到与自己生命的交流，此时他的生命转化成为一种客体”。齐奥兰一如既往地鼓吹抗拒幸福和“幸福之绝境”的诱惑看似有点过分。一旦我们认可他那不可能完成的计划，我们就会发现上述的看法并非无情的矫饰：“去往乌有之处，即使并无外在情形迫你如此……将自己从俗世中解脱出来——如此彻底的消除有多么辛苦！”

更现实一点的可能是，最好有连续的条件，一种生活方式和一种环境，可以让部分富于冒险的意识自由地发展。我们可以回想一下齐奥兰在《命运小论》中关于西班牙的描述：“他们生活在一种优美的粗糙和可悲的不严肃之中，正是这样才将他们从低俗、快乐和成功中解救出来。”

无疑，齐奥兰的作品表明，作为作家不可能提供这样的精神力量。在《流亡之好处》和简短的《文字的造物主》中，他阐述了文学职业，特别是诗人职业，创造出无法逾越的不真实情形。人可以经受磨难，但一旦他将这些磨难融进文学之中，结果就是“困惑的堆积，恐惧的膨胀和过时的战栗。我们无法不断更新地狱，因为它的特征就是单一……”

作为哲学家是否就少点妥协，也是无法证明的。（齐奥兰在《作为冒险的风格》中说，哲学和艺术中的理性都在消亡。）但我认为，齐奥兰会觉得至少哲学所恪守的标准要高些。哲学家不会被诗人要面对的名声和感情报偿所诱惑，也许能够更好地理解和尊重难以言说的节制。

齐奥兰认为尼采的哲学是“各种态度之和”——学者们对此错误地大加分析，尽管哲学家本人早已否认这些——这清楚地说明，他接受了尼采哲学对作为系统和连贯的“真理”的批判，把这当作自己的标准。

在《死胡同》一文中，齐奥兰提到“真理崇拜中与生俱来的愚蠢”。和其他地方出现的一样，这里的言下之意是，真正的哲学家所说的并不是“正确的”，而是必要或解放性的。因为“真理”一定是非个人化的。

需要再次指出的是，不要过分强调齐奥兰对尼采的承继。对这两位作家来说，对“真理”的批判都是与对“历史”的态度密切相关的。

因此，要理解尼采对普遍的真理价值和对特殊的历史真理效用的质问，必须掌握这两者之间的联系。尼采拒绝历史性思考不是因为它不正确。相反，正因为它是正确的才必须拒绝——一定要推翻这日渐衰败的真理，好让人类思想向更具包容性的方向发展。

正如齐奥兰在《存在的诱惑》中所讲的：“历史不过是一种无关紧要的存在方式，是我们背弃自我最有效的形式，是形而上学的拒绝。”而在《自省》一文中，他提到，“历史是人对自己的侵略。”

尼采的印记同时体现在齐奥兰的思考方式和原则态度上，

但他与尼采最为相像的还是气质。与尼采相似的气质和个人风格，解释了齐奥兰作品中各种全然不同的素材之间的联系。这些素材包括：强调怀有抱负的精神生活之艰苦；计划以“自省”来掌握自我；反复出现的尼采式主题——力量与软弱、健康与疾病的针锋相对——以及无情甚至有时尖刻的讽刺（与克尔恺郭尔作品中讽刺与严肃几近系统、辩证的互动颇为不同）；致力摆脱平庸和乏味；对诗人职业的矛盾态度；富有吸引力但最后总是被拒绝的宗教意识的诱惑；当然，还有对历史和“现代”生活大多数方面的敌意。

齐奥兰作品中缺少的，是尼采那种试图克服虚无主义（永恒轮回的法则）的英雄主义式努力。

齐奥兰与尼采最大的分歧在于，他没有像尼采那样批判柏拉图主义。尼采虽然轻视历史，但仍然为时间和人的必然死去所困扰，所以他拒绝重提柏拉图确立的超越时间和死亡的豪言壮语。事实上，在尼采看来，柏拉图式的理智超越中包含着根本的欺骗和有害的信念，他所努力揭示的也正是这些。齐奥兰显然对尼采的观点并不信服。所有古老的柏拉图式二元论都再次出现在齐奥兰的文章中。它们构成了论述中的本质联系，齐奥兰在运用时只是偶尔透露出一点谨慎的讽刺。我们可以找到时间与永恒、心灵与肉体、精神与物质的对立，也有更为现代的二元对立：生命与生活、存在与生存。运用这些二元论的认真程度如何则很难加以判断。

我们应该将齐奥兰思想中的柏拉图学派体系视为美学范式吗？还是，抑或应该作为一种道德理疗呢？不过，尼采对柏拉图主义的批判仍将适用，也仍然未有答案。

在英美知识界从事理论研究的人之中，惟一在智性力量和广度上可与齐奥兰相比的只有约翰·凯奇。

作为后哲学和反哲学传统中运用碎裂、格言式话语的思想家，凯奇和齐奥兰一样，反感“心理学”和“历史”，而致力于全面重估价值观。但是，虽然凯奇的思想在思考范畴、兴趣和活力上与齐奥兰的相若，其实两者是截然不同的。也许来自气质上的巨大差异，凯奇所关注的世界里完全不存在齐奥兰所关注的大多数问题和任务。齐奥兰的话语世界中充斥着(个体和社会的)疾病、绝境、痛苦和死亡这样的主题。他的文章提供了对这些问题的诊断，并且，如果它们不是直接的治疗方法，至少也可以指导人们如何获得精神品位，不让自己的生活成为物体、事物。凯奇的话语世界——和齐奥兰的同样激进和富有精神抱负——则拒绝接纳这些主题。

齐奥兰始终如一地坚持精英主义，而凯奇的精神世界是完全民主的，是“自然活动”的世界，在这世界中，“大家知道所有一切都是洁净的：没有污垢”。齐奥兰在智性和道德问题上，有关于高尚品位和低俗品位的巴洛克式的标准，而凯奇认为不存在什么高尚或低俗的品位。齐奥兰指出错误和衰败的存在，以及个人行为(可能)的救赎，而凯奇则提出，只要我们愿意承认，永远都有完美行为存在的可能性。“错误是一种想象，其实并不具有现实性。不去想起因和结果，就可以写出完美的音乐。其他类型的音乐里都有错误。换句话说，精神和物质融合为一，没有分离。”在同一本书《静默》中，他还写道：“当人们已经接受‘别再提心理学了’，我们要怎么来谈错误呢？”齐奥兰的目标是强调不断的适应调整和智性的敏锐灵动(如何找到正确的有利地位，如何在艰险的世界中站到正确的位置)，凯奇则认为在我们所体验的世界中，没有比我们所做的事情更好的事情，也没有比我们所在的地方更好的地方。他说：“认为我们应该身在别处只会让人烦恼。我们现在就在这里。”

通过这一比较，我们可以清楚地看到，齐奥兰虔诚地相信意志和其改变世界的能力。比较一下凯奇的观点：“你只要不去做任何事，事物自己就会转变的。”先看看齐奥兰再看看凯奇，就可以知道在对历史的激进反对之后，怎样大相径庭的观点会随之出现。凯奇写道：“存在并存在于此刻。这会是重复吗？只有当我们认为我们拥有它的时候，才会这样。既然我们并没拥有，它就是自由的，我们也一样。”

阅读凯奇，让我们意识到，齐奥兰仍然局限在历史化意识的前提中。虽然他渴望超越那些历史化意识的姿态，还是无可避免地继续重复它们。因此，齐奥兰的思想必然是处于对这些姿态痛苦的重复和真正的重估之间。也许，只有像凯奇那样的思想家，才能做到完全地重估，因为他们承继的这个文明中的苦痛和复杂，大部分已经被他们抛弃——这究竟是来自精神力量还是精神冷漠则是次要问题。齐奥兰热烈而又极富争议的推测，出色地总结了西方思想迫在眉睫的衰败，但除了理解之后的满足感之外，并没有提供任何解脱之道。当然，解脱根本不是齐奥兰的目的。他的目的是分析诊断。要想解脱，可能我们必须放弃拥有知识和由此感受所带来的优越感——这种局部性的优越感业已让我们每个人都付出了可怕的代价。

诺瓦利斯曾说，“哲学完全是一种思乡病，总是希望四处为家。”如果人的思想可以四处为家，那他最终必然要放弃这局部性的“欧洲”优越感，让其他的东西——也许看来冷漠奇怪，智性上也很简单——进来。凯奇用他独特绝妙的反讽写道，“只需要给它时间中的一段空寂，让它充分展示自己的迷人之处。”

［1967］

（王磊　译）

Ⅱ

戏剧与电影

戏剧与电影之间是否存在着不可逾越的鸿沟，甚至是不可调节的矛盾？是否真的存在着纯粹的“戏剧”元素和纯粹的“电影”元素，而两者又有本质的不同呢？

几乎所有观点都认为两者的本质区别是存在的。一个常见的论调就是戏剧与电影是不同的——甚至是对立的——艺术门类，并发展出了各自的评价标准和基本原则。欧文·帕诺夫斯基在他著名的论作《电影风格与表现媒介》（发表于 1934 年，1956 年改写）中提出，评价一部电影好坏的一个重要标准就是看它是否能够摆脱戏剧做作的风格并获得艺术表现上的自由，从而必须首先对电影“这种媒介的基本性质”有所定义。按传统观念认知戏剧的人已经极少采取排他主义的态度了，他们对戏剧未来的看法也不像影迷看待电影那样乐观。

电影的历史常被看作是其摆脱戏剧模式的解放史。在电影的发展过程中，首先被打破的是戏剧的“静态正面表现法”（机位固定，就好像一位观众坐在位子上看戏剧演出一样），接着是戏剧的表演方式(演员不需要像戏剧里那样故作姿态或毫无必要地夸张，因为电影里可以使用特写镜头突出演员的动作)，然后就是戏剧的布景(这些布景毫无意义地疏远了观众的感情，放弃了将观众引入现实的机会)。有人认为，电影对戏剧的发展就是使表现方式从静态变为动态，从刻意做作变为自然直接。但这种观点过于简单了。

这种过于简单的看法证实了电影视野不可捉摸的广度。电影镜头可以是相对被动的、未经选择的，也可以是高度选择(剪辑)过的，而且后者更为常见。所以说，电影既是一种媒介，也是一门艺术——它可以对任何其他的表演艺术进行记录、压缩，并通过自身特有的转录形式表现出来(电视的出现，使得电影作为非艺术形式的“媒介”功能得以广泛化，并且，电影作为一种艺术形式也在电视上得以转录和微缩)。我们可以拍摄话剧、芭蕾、歌剧或体育赛事，人们看到的是被拍摄的事件，而不是电影本身。从这个角度来说，电影是透明的载体。但是剧场绝对不会成为一种“媒介”。我们可以将戏剧变为电影，却无法将电影变为戏剧。电影与戏剧的联系虽然早就存在，却也很偶然。最早期的电影中，有一些就是对戏剧的转录。早期电影角色杜丝和伯恩哈特孤独、可笑，也令人同情；在1913年拍摄的一部英国电影里，福布斯·罗伯森扮演了哈姆雷特；埃米尔·杰林斯出演了1923年在德国拍摄的《奥赛罗》。最近，海伦娜·魏格尔与柏林人剧团合作的《勇敢的母亲》、(由马卡斯[Mekas]兄弟拍摄的)“生活剧团”版的《双桅船》以及彼得·布鲁克导演、卫斯编写的《马拉/萨德》

也相继问世。

然而，就算电影只是一种“媒介”，而摄影机也只是一种“记录”工具，其从诞生之日起所记录下的对象也远远不止是舞台剧。同摄影相似，电影记录的事物有时候是安排好的，但有的时候，电影的价值正在于它所记录的事物不是安排好的。在后一种情况下，镜头就像一个目击者、一个隐身的观察者、一个毫无风险的偷窥者(或许，公共事件报道——也就是新闻——的对象，是介于安排好的事件和现场事件之间的；但“新闻影片”通常是将镜头作为一种“媒介”)。将转瞬即逝的现实事件变为胶片上的记录档案是一个与戏剧没什么关系的概念，除非被记录的“现实事件”恰巧是一场舞台演出。事实上，摄影机最早正是用来将平常的、未经安排的现实事件记录存档的；卢米埃尔于19世纪90年代在巴黎和纽约拍摄的集会场面比任何拍摄戏剧的电影镜头都要早。

电影的另一个典型的非戏剧性功能就是制造幻象、虚拟幻想。在电影出现的早期，梅里爱就做到了这一点，并留下了经典。梅里爱(同后来的许多导演一样)也认为矩形的电影镜头类似于古典的戏剧舞台。在他的影片中，不仅场景是安排好的，而且诸如奇异的旅程、想象的物体和物体变异之类的影像也是事先设计的；除此之外，他也总是把摄影机置于所拍摄的事物之前，很少移动。尽管如此，梅里爱的电影仍然是非戏剧化的。也许有人反对这一观点，但从梅里爱将人物作为事物(客观物体)来处理的手法以及他的电影中时间和空间的不连续性来看，他的电影是典型的“电影化”的——如果所谓“电影化”特性确实存在。

如果戏剧与电影的对立不能简单地说成是它们所表现事物的不同，那么两者的对立就应存在于更普遍的意义上。

如一些著名的论述所言，戏剧与电影的区别主要是就其本体而言的。戏剧注重技巧，而电影注重真实。西格弗里德·克拉考尔曾发人深省地说过，摄影机“重现”了艺术表现形式中来自客观世界的终极真实感。这一激进的想法影响了很多知识分子，有人还提出这样的论断：以现实生活场景为背景拍出的影片要比在摄影棚里拍出的影片更好（比如，更电影化）。喜爱弗拉哈迪和意大利新现实主义派，以及以鲁什、马可、吕斯波利为代表的电影写实主义派的人应该对20年代因《卡利加里博士的小屋》而流行起来的纯影棚摄制的影片不以为然，而对同时期的瑞典影片颇有好感，因为前者总是卖弄舞台装饰和人工布景，而后者却千方百计地到大自然中现场采景。由此，帕诺夫斯基批评《卡利加里博士的小屋》中表现的不过是“事先定调的真实”，并号召电影人“致力于利用和拍摄未经设计的真实景物以自成风格”。

然而，只按一种模式拍电影是缺乏理由的。我们必须注意到，曾经大力推崇“非人为的真实”的电影典范——现实主义，最后也悄悄站到政治伦理的立场上去了。电影通常被称为是民主的艺术，是服务于大众的卓越艺术。一个认真坚持这一观点的人（如帕诺夫斯基和克拉考尔）倾向于看到电影在一个世俗艺术的层面上始终反映它的本源，始终忠实于它的广大、单纯的观众，始终保持其中微弱的马克思主义倾向和浪漫主义基本原则的结合。

很快就流行起来的电影被认为是一种真实的艺术；与电影相反，戏剧意味着粉墨行头、装腔作势、谎话连篇，代表着贵族趣味和阶级社会。在影评家们批评《卡利加里博士的小屋》的布景舞台痕迹明显、服装夸张，批评雷诺阿的《娜娜》表演浮华，批评德莱叶的《盖特尔德》台词啰嗦的声浪背后，凸显出人们的这样一种意识：这些电影都是虚假的，因为它们表现出一种既虚伪又返古的艺术体验，已经与由民主和世俗主导的现代社会不合拍了。

无论个例是否有美学缺陷，电影就总体而言并不一定要看成是变化了的戏剧。从电影的襁褓时代开始，就有许多画家和雕塑家宣称，电影的未来将寄托于技巧和结构。电影的命运不在于采用何种方式进行叙述(现实主义的也好，“超现实主义”的也罢)，而在于它的抽象性。迪欧·范都斯伯格在1929年发表的论文《电影：纯粹形式》中预言电影将成为“视觉诗歌”、“光的动态建筑”和“运动的装饰”的载体，并且将成为“巴赫梦寐以求的音乐韵律结构的视觉对应物”。尽管只有罗伯特·布瑞尔等少数导演在为此而努力，但谁又能否认抽象性也是电影的本质特征呢?

还有什么比前述的抽象性更偏离于戏剧的本质吗？让我们慢慢来探讨这个问题。

帕诺夫斯基通过比较正常情况下看戏剧与看电影时观众所处环境的不同来说明戏剧与电影的区别。在剧场里，“空间是静止的”，也就是说，“舞台上展现的空间就如同眼睛与眼镜的距离一样是不可调整的”；“但在电影院里，座位上的观众在物理上是固定的，但他们作为审美活动的主体却是不固定的”。在剧场里，观众不能改变他们视野的角度；在影院里，“随着镜头不间断地在距离和方向上进行切换，观众的审美体验也是在不断变化的”。

上述说法确实是符合实际的，但这并不能将戏剧与电影完全区分开来。同许多影评家一样，帕诺夫斯基以一种“文学性”的概念来理解戏剧，认为其中包含着很多基本的戏剧化的文字(剧情介绍、台词)；与之相反，他认为电影主要是一种“视觉体验”。当然，他的这一观点主要是来源于视觉表现手段得到了很大发展的无声电影时代，而对于当今的许多成功的有声电影，声音不仅仅是对影像的补充。从戏剧的角度来看，现在许多活跃在舞台上的剧目也已被认为大大不同于从埃斯库罗斯时代到田纳西·威廉斯时代的传统戏剧。

帕诺夫斯基不仅强烈反对电影对戏剧的渗透，也反对戏剧向电影的渗透。他认为，与电影不同，剧场“舞台上的布景在一幕剧之内是不能移动的(除了偶尔的月升月落、云卷云舒，以及不合理地借鉴电影的一些道具，如转动的翅膀或移动背景)”。帕诺夫斯基不仅认为戏剧就是演出，还默认，一个理想的舞台应该空无一物或是一个真实的房间，就像《无路可逃》展示的那样。而他的一个补充观点则更显武断：凡不是明显地服务于影像——更准确地说，动态影像——的元素在电影中都是不合理的。帕诺夫斯基进一步宣称，“无论是用诗歌表达感情，还是突然响起的音乐，抑或设计好的文字（我不得不遗憾地指出，甚至连格劳乔·马克斯灵光一现的妙语也得包括在内），只要这些元素与动态的视觉镜头完全没有联系，那么它们只会让敏感的观众觉得无所适从。”可是，我们应该怎样看待布列松和戈达尔的电影呢？他们的电影中富有睿智的隐喻之辞，而且拒绝仅仅将电影看作视觉体验也是两位导演一贯的风格。我们又如何解释小津安二郎能用几乎静止的电影镜头做出恰如其分的表达呢？

从帕诺夫斯基发表于1934年的论文初稿中，我们可以找到为什么他教条般地反对电影中的戏剧痕迹的部分答案，并且，他的反对也无疑源于他当时看了大量糟糕的有声电影。不可否认，早期的有声电影相比于20世纪20年代末期的无声电影来说，平均水平显著下降。尽管这一时期的有声电影也不乏一些大胆创新的优秀之作，但总体下降的趋势到了1933年或1934年的时候已经显露无遗。这段时期电影的无趣并不能简单解释为电影向戏剧的倒退，但30年代电影比20年代更频繁地汲取戏剧题材确是一个不争的事实。其中，《外展训练》、《雨》、《晚宴》、《欢乐的精灵》、《梦》、《20世纪》、《跳河的人》、帕尼奥尔（Pagnol）的三部曲、《侬本多情》、《三便士歌剧》、《安娜·克莉丝蒂》、《假日》、《疯狂的动物》、《化石森林》以及其他许多电影都是成功转录了舞台剧。作为艺术大部分电影都不值一提，但其中一些堪称一流（相关剧目也很优秀，但电影与其戏剧原型各自的优点并没有太多联系)。然而，这类电影的得失并不适合提炼为某种反戏剧的电影元素。通常情况下，人们评价一部由戏剧改编的电影的好坏时，会考虑电影是否适度修改了原著的情节以及是否重现了原著中的台词，比如说改编自王尔德和萧伯纳戏剧的英国电影以及奥立弗改编的莎士比亚电影(如《亨利五世》)和舍贝里改编的《朱莉小姐》。但是对电影背叛戏剧原作的基本反对仍然存在。(最近的例子是：德莱叶精心制作的《盖特尔德》正是改编了1904年的丹麦戏剧，他充分尊重原著，让人物对话庄重冗长、机位基本固定，还多采用中镜头，却招来了不少愤怒与敌意。)

我本人的看法是：就算一部电影对话正式、繁复，机位相对固定，或仅仅在室内拍摄，也不能说它就是戏剧化的——不管它是不是改编自戏剧；与之相反，电影公认的“本质”也不是必须大范围调动镜头或是让声音从属于影像。黑泽明的《蜘蛛巢城》是电影，其中对原著《麦克白》做了大量修改，人物对话也简洁；而他的《底层》也是不折不扣的电影，尽管他忠实于高尔基的原著并且大部分镜头都在室内拍摄。梅尔维尔在《小捣蛋》中近乎幽闭恐惧症的静止镜头在电影世界中是独特的，而福特在《日落狂沙》中以及雷诺阿在《衣冠禽兽》的开场火车旅行场景中表现出的动感与活力也是独特的。

但是，如果一部电影中的叙述带有欲盖弥彰的自我意识，那么它确实有令人不快的戏剧化的倾向。奥当-拉哈在《照顾好艾米丽》中就成功运用电影技巧融合了对话和戏剧元素，而奥菲尔斯在《轮舞》中则处理得很拙劣。

阿拉达斯·尼柯尔在《电影与戏剧》(1936)一书中指出，电影与戏剧都属于演出类艺术，两者的区别在于使用演员的不同。“具体来说，凡是鲜活的舞台人物都具有典型性，而观众却要求电影人物既具有个性又能展现独立的生活方式。”(帕诺夫斯基也从人物的角度区别戏剧与电影，却得出相反的结论：电影的本质要求选用普通、平庸的人物。)

细想之下，尼柯尔的论点也并非武断。我们常常忽略这样一个事实：最富感染力和情绪化的镜头以及最成功的人物塑造中往往包含着一些“不相关的”或没有用处的细节(随手举一例：艾弗里的《莎剧演员》中小学校长手里的乒乓球)。从绘画与摄影艺术中，电影发展出了与文学叙事中的“顾左右而言他”相类似的一个技巧：中心偏移，即许多成功的电影都用观众可以接受的方式使人物风格不统一，很可能也就是尼柯尔所说的“个性化”。与之相反，细节的前后连贯(第一幕挂在墙上的枪到了第三幕一定要打响)是西方叙事戏剧的一个原则，并给人以人物风格始终一致的印象(这种一致性对应于“典型”的树立)。

尽管我们可以做出以上让步，但是如果尼柯尔的观点是建立在“观众去剧场纯粹是为了看戏”的想法之上，那仍然有不妥之处。所谓纯粹的戏剧，除了传统的技巧之外，还能有什么呢?(似乎艺术要么是自然的，要么是人工的，但并不都是纯粹的。)按照尼柯尔的说法，剧场里的观众“必须接受戏剧作品中各种‘不真实的成分’，并且只能要求一种‘戏剧化的真实’”；而看电影的时候情况则有所不同：尼柯尔提出，电影观众无论所受教育水平的高低，都几乎一致地认为电影不会撒谎，电影演员和其所演的角色其实就是一个人，影像与影像的本源密不可分。电影带给我们的感受使我们仿佛置身于真实生活之中。

然而，难道戏剧就不能将表现真实生活和尊重传统技巧融合起来吗？或者戏剧中的繁文缛节正是刻意而为？戏剧的目的是否正是与观众进行交流？——这一点，电影可做不到。

帕诺夫斯基批判电影中戏剧痕迹的观点也许并不明智，但他却不无道理地指出：在电影的发展历史中，戏剧只是融入电影的诸艺术门类中的一种。电影流行起来以后，更多的是被人们称为运动的图像，而不是“相片戏剧”或“银幕戏剧”。相比于借鉴戏剧这样一种表演的并且已经在运动的艺术，电影从多种静态艺术中借鉴的更多，其中，帕诺夫斯基列举了19世纪的历史题材绘画、伤感风格的明信片、杜丽莎夫人蜡像馆中的蜡像以及连环漫画。除此以外，帕诺夫斯基不该忘了诸如家庭相册这样的用以记述历史的静态摄影作品。爱森斯坦在其著名的评狄更斯的论文中还指出，19世纪小说中出现的关于事物描述和场景设置的风格也是造就电影的原型之一。

毫无疑问，电影由在动态中摄制的影像（通常是相片）构成。但一部电影的本质并不在于它是影像的组合，而在于前后影像连接起来的原则。在影像的连接模式上，电影与戏剧并不是对立的。

如果电影与戏剧之间存在着某个最简单的区别，那这个区别就是两者对空间的利用方式的不同。戏剧总是存在于一个符合逻辑的、连续的空间里；而电影（通过剪辑基本元素——镜头）则可以表现在非逻辑的或非连续的空间之中。

在戏剧演出时，演员要么在舞台上，要么就“下场”。台上的所有演员密切地联系在一起，观众要么可以看得到他们，要么可以在场景中想象得到他们的存在。而在电影中，镜头并不一定要始终交代演员之间的关系（例如，帕拉杰诺夫的《我们遗忘的祖先之影子》中最后一个镜头）。一些看上去强调空间连续性的电影，如希区柯克的力作《绳》和大胆打乱时间顺序的《盖特尔德》，被认为是在模仿戏剧而招致反感，但进一步分析之下，我们会发现这两部电影中对空间的处理是非常复杂的。长镜头多见于有声电影，而短镜头多见于无声电影。电影的本质与镜头的长短并无绝对的联系。

由此可见，电影的本质不在于摄像机移动得是否灵活，也不在于镜头切换的频率有多高，而在于影像（现在也包括声音）是如何被组织起来的。梅里爱尽管偏爱相对固定的机位，但他却提出了一个颇有启发性的关于如何连接影像的概念。他强调，剪辑就如同魔术师的戏法，并由此造就了电影的一个与众不同的特点：在电影中，任何事都有可能发生，任何事物都能够逼真地表现出来。在梅里爱本人导演的电影中，他也通过剪辑呈现事物与行为的不连续性，并且这种不连续性是有实际用处的，那就是改变了日常生活中的真实感。然而，在电影叙事中对空间的重构（包括表现短暂的时间不确定性）不仅仅是实现了电影构建“视觉影像”、向观众展现全新世界的功能，其更重要的现实作用是为一部叙事有“结构”的电影提供了有疏有密的节奏(科克托说过：“我最为关心的是如何防止电影镜头衔接得太紧密，我希望镜头之间能够互相独立，每个镜头在电影中都有明确的位置，彼此之间若即若离。”科克托还认为，“电影是思想的载体而不是娱乐的工具”，但如果把电影看作一种结构的构建，则无需排斥其娱乐性)。

戏剧是在三维空间展开的(如同舞蹈)，而电影是在平面空间展开的(如同绘画)，这是两者显而易见的差异；但我认为，两者对于空间连续性处理的不同才是更为重要的区别。戏剧对空间与时间的处理要比电影粗糙和麻烦得多，也不能像电影那样准确地重复影像，将画面与台词进行复制或配对，或是分列与跳转镜头(灯光技术的进步以及巧妙地使用柔光使得演员可以“渐入”或“渐出”舞台，然而舞台技术无论如何也做不到电影中的“闪入”和“闪出”)。

有人认为，戏剧与电影的区别体现在戏剧剧本与电影脚本的差异。戏剧被认为是一种有中介的艺术，因为戏剧通常都有一个事先就写好的剧本，再通过仔细推敲表演细节以表现剧本的某种含义。而电影则相反，被认为是一种无中介的艺术，因为电影提供了比日常生活更广阔的视野，对观众有着不可抗拒的视觉冲击力，并且如帕诺夫斯基所说，“电影的中介就是其表现的活生生的现实”，“电影中的人物在审美上就是演员本身”。然而，如果换一个角度，我们说电影是有中介的，而戏剧却没有中介也未尝不可，因为看戏剧时我们是直接看到了舞台上的一幕幕，而看电影时我们还要借助于摄影镜头。

电影中的叙述伴随着省略（“删节”或切换镜头）；电影的视角虽然是一个整体，却也在不断地转换中。然而，镜头的切换也带来了问题，我们不禁要问：镜头究竟代表了谁的视角？这样一个在电影叙事中视角不确定的问题是不会出现在戏剧中的。当然，我们也不能低估视角的无序性在电影中的积极作用，例如：布斯比·伯克利通过后拉摄影机，能使一个三十英尺深的普通镜头扩展为一个三百英尺深的广镜头；再有，雷奈以某人物的视野为出发点，移动镜头360度，再落到该人物的面部。

就具体的存在形式而言，电影制作完成后就是一种实物（甚至是一种产品），而戏剧则必须通过表演才能最终形成。但这一区别很重要吗？从某种角度来说，并不重要。艺术，不论是实物（如电影和绘画）或是以表演形式存在（如音乐与戏剧），首先必须是一种精神活动、一种意识的表现。电影和戏剧的存在方式都只是手段——用来表达艺术体验的手段，而这种艺术体验才是本质，并且“贯穿于”整个艺术活动之中。每一个审美主体都以自己的尺度来塑造审美体验。就一个单独的艺术体验而言，是采取电影这样一种完成后就不可更改的方式，还是采取戏剧这样一种每次演出都可以大幅修改的方式，并不十分重要。

实物艺术与表演艺术的区别正说明了帕诺夫斯基的论断：“与戏剧表演不同，银幕上的形象在美学上是不能独立于演员的表演而存在的。”也就是说，电影中的人物就是演员自身。

这是因为，一部电影作为一个实体，其整体已经被确定了，角色由演员的表演所塑造，已经不可再改变了；而西方的戏剧被认为是一种不断加成而组织不严密的整体，只有剧本是“固定的”，从而剧本也独立于舞台演出而存在。

然而，正如帕诺夫斯基所考虑的，戏剧与电影的上述特点并非一成不变。正因为电影脱离了舞台环境而不需要为布景做出精密设计(电影的背景可以很平常，如起居室、卧室或如大楼一旁这样的公众场合)，所以电影可以在原来版本上进行修改。哈里·史密斯完成拍摄后，在每一个原始版本中都拍了互不重复的内容。而戏剧也不仅仅是在既定剧本基础上一次次或好或坏的翻新演出。在时事戏剧中，在街头或民间戏剧中，以及在近期的某些戏剧演出中，表演与“剧本”完全一致，就如同电影的内容与电影本身绝对统一一样。

尽管戏剧与电影在上述方面可以调和，但两者还是存在着一个很大的区别。电影是实物，所以完全是可操控、可计算的。书籍也是一种可携带的实物，电影很像书，拍一部电影就如同写一部书，都要创造出一个非生命的实体，每个细节都是确定的。并且，这种确定性使得电影像音乐一样，有了类似数学的形式(一个镜头持续多少秒钟，“搭配”两个镜头要调换多大角度)。(无论电影导演想在多大程度上进行有意识地干预)电影一旦杀青就不会再改变了，因此，一些电影导演会不可避免地设计机巧以使自己的意图表达得更准确。布斯比·伯克利只使用一台摄影机就拍摄了他所有的歌舞巨片，每一个“布置”都已被设计好——甚至是计算好——从一个角度进行拍摄，而他的方法既不荒谬也非独创。布列松在自主设计摄影角度方面比布斯比·伯克利更进一步，他宣称，导演的任务就是找到每一个镜头的惟一的正确角度。布列松认为，单一的镜头并无意义，一个镜头真正的“意义”在于其与时间上前后相继的其他镜头之间的具体关系。

法国批评界公允地称导演为电影的“作者”，而戏剧导演所担负的艺术责任要远远少于电影导演，戏剧的编排也无法像电影拍摄那样细致入微。这是因为戏剧是一种表演，是“活的”，舞台上发生的一切无法像电影那样准确地加以控制，各种舞台效果也不可能完完全全融为一个整体。

如果我们就此下结论说，好的电影就是那些导演在最大限度上做出深思熟虑的安排的电影，或是那些实现了复杂计划的电影（即导演凭着直觉和本能拍摄，却无意中构建了一部复杂的作品），那我们也过于简单化了。有时候，计划是错误的、愚蠢的或空泛的。更重要的是，电影拍摄包含着各种灵活的方式：有的方式将电影造就成与戏剧不同的一种程式化的艺术，这样的电影比较常见；而有的方式却带来了引人注目的“即兴”电影（以戈达尔的作品为代表的、虽有纪录片的“外表”却服务于形式主义目的的电影不在此列）。

然而，不可辩驳的是，电影从其潜能到其本质，都代表着一种比戏剧更严密的艺术。既可以保证形式上的严密，又有着广大的观众，电影作为一种艺术形式有着毋庸置疑的优势和魅力。除了朱利安·贝克的“纯粹戏剧”、朱迪思·马利纳的“生活剧团”和耶日·格洛托夫斯基的实验剧场可以满足观众极端的情感诉求之外，戏剧作为一种艺术形式，其未来让人们普遍感到担忧。

戏剧自古以来就在社会生活中发挥着各种各样的作用，如表现神圣仪式、增进对集体的忠诚、引导道德、为人们的暴力欲望找到治疗性的发泄渠道、显示社会各阶层的地位、传授实践经验、提供娱乐、使庆典更隆重和颠覆现有权威等。然而，今日的戏剧已如明日黄花，与拥有着大量无组织、无互动的观众的电影相比，已处于下风。这是一个不争的事实，但究其原因，并不仅仅是因为戏剧缺乏创新。与此同时，电影也继续着在形式上的大刀阔斧的创新(20 世纪 60 年代以来欧洲、日本和美国的商业电影就是这方面的例子，顺着它们叙事和表现越来越简化的路子走，我们想不出几年后的观众会习惯于看什么样的电影)。

但是，我们不能忽视：电影，这一最年轻的艺术，也承担着记忆的重负。电影是一部时间机器。戏剧无论多么尊重经典，多么复古，也只能在“现代环境”中演出；而电影重现了过去：它让死者恢复美貌，让废墟完好如初，让可笑的旧俗不失庄重，让幼稚的话题故作严肃。电影中再现的独特的历史环境栩栩如生，以至于所有出品于四五年前的电影都饱含着伤感(我所说的伤感不仅仅是指人们看老照片的感觉，这在动画片、抽象电影和普通电影中都能找得到)。电影会老去，就像一件物品；而戏剧则不会，历演弥新。戏剧中的“现实”不会给我们带来道德上的伤感，我们在看一部精彩的马雅可夫斯基的戏剧时的反应，与我们在 1966 年看普多夫金拍摄的充溢着思乡之情的电影带给我们的审美体验完全不同。

值得注意的另一点是：与戏剧相比，一部电影的创新会更有效地被其他电影所吸收和分享，其中一个原因就是新电影能得以迅速而广泛地发行，另一个原因就是由于电影的历史较短，几乎所有的制作经验都可以被当代电影人所借鉴（我们有许多电影图书馆，其中最著名的就是法国电影库）。大部分电影导演对电影全部历史的了解都要多于大部分戏剧导演对戏剧哪怕是最近几十年发展的了解。

谈到电影，就离不开“可能性”这个词。帕诺夫斯基有一句引人关注的论断：“早期的迪斯尼电影，在其自身设置的限制内……展现了电影的可能性中最纯洁的一面。”在这里，“可能性”不仅是一个区分类别的中性词，还隐含着富有挑战性的意思：电影的种种可能性暗示着电影将淘汰和取代戏剧。

由此，帕诺夫斯基将摄影镜头的中介功能描绘为“打开了一个舞台表演所不能想象的、充满可能性的世界”。早在 1924 年，阿尔托就宣称电影淘汰了戏剧。电影“拥有一种仿真的力量，使其能够深入人的内心并发现以往不可想象的可能性……电影中美妙的幻想能够与其指向的超自然元素适当地结合，而戏剧则远远不能企及，所以我们将把戏剧束之记忆的高阁”（但是，当有声电影出现后，阿尔托又对电影失去了兴趣，并转而支持戏剧）。

面对直接的挑战，梅耶荷德认为戏剧的惟一出路在于大量模仿电影。他号召“将戏剧电影化”，即舞台表演必须“产业化”，必须吸引数以万计的观众，而不是寥寥数百人。在接受了有声电影的出现标志着电影由盛转衰的观点后，梅耶荷德似乎还颇感欣慰，因为他相信电影的国际影响力完全源于电影演员不需像戏剧演员那样说本国语言。但20世纪30年代的电影技术(配音、字幕)解决了语言难题，却是他始料不及的。

相对于戏剧，电影究竟是胜利者、竞争者还是拯救者呢?

从社会学角度而言，电影的确是戏剧的众多对手之一。至于电影是否战胜了戏剧，部分取决于人们是如何看待戏剧的衰落的。我们无法肯定戏剧是否能摆脱难以逆转的颓势，尽管公众对其也时有热情。艺术形式总是会被抛弃的(而并不一定是因为被其他艺术形式“淘汰”)。

但为什么戏剧被说成是电影的淘汰品呢?那些提出淘汰机制的预言都建立于这样一种逻辑：任何一种事物都有其存在的特定目的，从而当另一种事物可以更好地实现这一目的时，淘汰也就发生了。然而，戏剧的存在是否就是凭其禀赋实现某个目的，而电影又正好能更好地实现该目的?

那些预言戏剧将消亡的人声称电影涵盖了戏剧的全部功能，并试图辩称，电影与戏剧的关系就如同照片与绘画的关系。如果绘画的全部作用就是复制原型，那么照相机的发明确实就可以淘汰绘画了。但是美术作品不仅仅是图片，电影也不是被民主化的传达给大众的戏剧(因为电影是标准化的便携物件，便于复制和传播)。

在照片与绘画的不复杂的关系里，后者只需宣称一点即可暂时摆脱被淘汰的困境：绘画还有一个任务，就是抽象。照片的现实性明显占有优势，但同时也解放了绘画，使其得以发展抽象性。同理，电影展现(而不仅仅是激发)想象的强大力量也被认为是鼓动了戏剧，使其放弃了传统的“情节”模式。

这样此消彼长的关系只是我们的推断，而事实却并没有这样发展。绘画和摄影其实是共同发展，而并非竞争或替代。电影与戏剧的关系同摄影与绘画的关系不太一样，但大体上也是共存大于竞争。戏剧的可能性在于其可以超越心理意义上的现实主义，更多地发展了抽象体验，但这与叙事电影的未来也有关联；与之相反，电影被看作是真实生活的目击者，是证据而非人为杜撰，是对公众历史事件的记录，而非个人“戏梦”的演绎，但这与戏剧也不无关系。想到纪录片及其更加精致的后继者，“真实电影”，我们也不该忘了记录性质的戏剧，即所谓的“纪实剧”，如霍赫胡特的作品、卫斯的《调查》以及彼得·布鲁克最近与伦敦皇家莎士比亚公司合作的名为《美国》的几部剧集。

尽管帕诺夫斯基对戏剧与电影做了严格区分，但我们没有理由认为两者不能相互借鉴，事实上，现阶段两者正在相互借鉴。

戏剧对早期电影的影响大家已经熟知了。按照克拉考尔的说法，《卡利加里博士的小屋》(以及其他一些 20 世纪 20 年代的德国电影)中独特的灯光使用方式可以追溯到不久前马克斯·赖因哈特导演的舞台剧《乞丐》中所做的试验。即使在近期，电影与戏剧也是相互影响的。“表现主义电影”所取得的成功立刻就被表现主义戏剧吸收了。受电影“聚焦”技术的启发，舞台灯光也开始突出单独的演员或场景的一部分，而将其他部分留在黑暗中。旋转舞台被用来模仿电影中快速的镜头切换(最近，我们还听到了来自列宁格勒高尔基剧院的报道，乔治·托夫斯托诺戈夫导演自1956年以来就开始巧妙利用一道水平的光幕而做到了舞台场景的迅速转换)。

目前，除了少量的反例外，电影向戏剧的渗透是大势所趋。尤其是在法国、中欧和东欧，许多戏剧的舞台布置都是从电影里得到灵感。将新电影技术运用到舞台上(不包括将戏剧直接摄制为电影)的目的似乎主要是使舞台表演更加紧凑和学习电影在调动和聚集观众注意力方面的绝对控制力。但戏剧导演的观念可能会更直接地电影化。比如说，由约瑟夫·斯沃博达执导、恰佩克兄弟编写、在布拉格的捷克国家大剧院首演(近日也到伦敦演出)的《昆虫剧》就试图在舞台上安装起到视觉媒介作用的工具，以便能像电影镜头那样不连续地强化视觉效果。按照伦敦一位剧评家的描述，“该剧舞台上以一定的角度悬吊着两个巨大的棱镜，就像酒瓶塞子或被极度放大了的苍蝇眼那样折射着舞台上发生的一切。只要角度合适，演员的形象就会被多次反射，从后到前都是重影；更特别的是，观众不但能够面对面地看到演员，还能从上而下地俯视，就如同有一台摄像机挂在鸟身上或直升机上所拍摄到的一样。”

也许是马里内特第一个提出，让电影成为戏剧表现的一个元素。他在1910年到1914年的论文中预言，戏剧将成为各种艺术的最终综合体，其中也包括艺术家族中最年轻的一员——电影。毫无疑问，电影人也希望电影元素能加入到戏剧之中，因为马里内特对所有现存的流行娱乐方式都给予了很高评价，包括综合舞台剧和咖啡馆歌剧（他将所提到的所有艺术种类都归纳为“未来主义综合戏剧”）；而在当时，几乎所有人都认为电影是一种低俗的艺术。

一战以后，此类观点频繁出现。20世纪20年代，包豪斯小组（包括格罗佩斯、皮斯卡托等）导演的全部戏剧作品中大量使用了电影元素。梅耶荷德也坚持将电影添加到戏剧中去，并称他的计划是为了实现瓦格纳提出的在戏剧中“使用一切能够使用的艺术形式”的“纯粹乌托邦式”的设想。阿尔班·贝尔格更是付诸具体实践，在他的歌剧《露露》的第二幕中准备使用无声电影来叙事。到目前为止，戏剧中的电影应用已经有了相当长的一段历史，其中包括30年代的“活报剧”、“史诗剧”和时事剧。今年，一些百老汇剧目也开始使用电影。两部颇受欢迎的讽刺风格的音乐剧——伦敦开演的《与我一起去揭秘》和纽约开演的《超人》——都中途使用屏幕放了一段有关流行明星私生活的电影。

然而，在戏剧中使用电影的方式有模式化的趋向。电影常常被当作纪录片，在戏剧中起着证明和补充的作用（如布莱希特在东柏林的作品）。电影的另一个重要作用就是制造幻象，近期的例子有鲍伯·怀特曼的时事剧和一种新的夜总会演出方式，即安迪·沃霍尔在《可塑的必然》和默里在《K的世界》中使用的混合媒体摇滚舞蹈。从戏剧的角度来看，电影在戏剧中的使用范围是在不断扩大的；但就电影的表现潜力而言，只发挥了非常有限的、单一的作用。

帕诺夫斯基在撰写论文时并没有意识到，戏剧与电影的对立不仅关系到其各自作为一种艺术“媒介”的“本质”究竟为何，不仅关系到应该怎样给予它们静态的定义，也敏感地关系到它们激进化的可能进程。

任何一种受到欢迎的审美趋向都是一种激进主义的表现。每一个艺术家都必须回答：我的激进主义体现在哪里，是如何被我的才能与气质所决定的。当然，并不是所有的当代艺术家都相信艺术会进步；一种激进的立场不一定是进步的立场。

目前有两种关于艺术的主流激进立场：一种立场提议打破各种艺术门类之间的界限，并最终将其统一，在同一时间表现各种不同的艺术行为，形成一股相互融合的喷薄熔岩；另一种提议保持艺术的多样性，严格区分不同艺术种类的界限并强化各自的特点，即绘画只能使用绘画技巧，音乐必须是纯粹的音乐，而小说也不能同其他文学体裁相混淆。从某种角度来说，这两种立场是不可调和的，但它们也一直持续着现代艺术对于终极的艺术形式的不断追求。

一种艺术，如果是完全严密的或是最为基本的，则可以被称为是终极的。由此，叔本华提出而裴特更是断言，所有艺术都追求音乐的境界。近来，狂热的影迷也延续着这一思路提出，所有艺术的归宿是电影，因为电影一方面刻画事物非常精确，另一方面也有可能将音乐、文学与影像都融合在一起。

一种艺术，如果能在最大限度上做到包罗万象，则也可以被称为是终极的。瓦格纳、马里内特、阿尔托、凯奇以及其他所有预言戏剧将成为终极艺术的人，也正是将“一切艺术都能为戏剧所用”的判断作为自己预言的基础。随着越来越多的画家、雕塑家、建筑师和作曲家认为艺术应该融合，戏剧仍然是他们选择艺术至高形式时的首选。由此而言，戏剧的地位大大打击了电影的野心。戏剧的拥护者认为，音乐、绘画、舞蹈、电影和语言都可以在“舞台上”一同展示，而电影最多只能使视野更大(多屏幕、360 度放映)，拍摄时间更长或内部构建更细致复杂。戏剧可以无所不包，但电影最终只能是电影。

戏剧与电影的共同点不仅是它们都有伟大的终极理想，还包括它们共同的憎恶。早在麦克卢汉的著作问世之前，贝拉·巴拉克斯就于 1923 年详细说明了电影——作为新的“视觉文化”的先驱——将一扫几个世纪以来占统治地位的“平面媒介”在刻画人体方面的不合理、不传神和不生动，让我们得以重视自己的身体，尤其是面部。电影对于文学、平面出版物及其“概念文化”的憎恶同样启发了当代对于戏剧的有趣思考。

在对于戏剧与电影的定义与描述中，没有理所当然的论点，哪怕是诸如“两者都是时间艺术”这样的看起来不言自明的论断。的确，戏剧与电影的内容像音乐一样（与绘画不同）不是在同一时刻展现的，但现阶段两者的重要发展则突出了其非时间性的一面。戏剧中混合媒体的尝试不仅可以使其更丰富和复杂（如瓦格纳的戏剧），也可以使戏剧表演更紧凑，向绘画靠拢。马里内特提出，未来的戏剧可能很简洁，他称这种简洁为同步性，并认为同步性是未来主义美学的核心概念。作为所有艺术的综合体，戏剧“可以利用 20 世纪新发展的光电技术和摄影技术，从而戏剧可能在时间上非常短暂，因为新技术可以将各种元素同步呈现，以在最短时间内展示戏剧综合体的表现力”。

将暴力行为视为艺术的观念在电影与戏剧中蔓延，并成为未来主义与超现实主义的审美角度，阿尔托的戏剧剧本以及路易·布努埃尔的《黄金时代》与《一条安达鲁狗》就是其中的重要代表（近期的例子有，尤奈斯库早期的电影至少在构想上有此倾向；希区柯克、克鲁佐、弗朗叙、罗伯特·阿尔德里奇和波兰斯基拍摄了“残忍的电影”；还有“生活剧团”的作品、在实验剧场和摇滚舞厅上演的一些新电影主义的灯光表演，以及拉蒙特·扬与凯奇晚期的有声电影）。如果观众是被动的、懒惰的、放纵的，那么艺术就少不了攻击性；甚至，艺术就成了暴力的同义词。

尽管暴力美学适于当今观众的理论是可以理解并有价值的（就如同是对“艺术即仪式”的观点的补充），但我们还是对这种理论——尤其是其在戏剧中的应用——提出质疑。如果暴力美学成为戏剧传统，那么它最终也会与所有的戏剧传统一样，加剧——而不是消除——观众的麻木（瓦格纳就认为，终极戏剧的作用就是强化德国的庸俗文化）。

此外，暴力的程度也应被客观地评价。就戏剧而言，真正的暴力应该达到阿尔托剧本里的程度。阿尔托在文章中指出，戏剧应该是一种毫无保留地表达思想的从属工具（那么思想中的严酷与残忍也应被表现出来）。至今还没有一部戏剧作品能达到这样的程度。彼得·布鲁克于是机敏而直率地批评他的同行们的所谓“残酷戏剧”其实名不符实，并宣称自己的名作《马拉/萨德》只是一部不足道的阿尔托式的戏剧（所谓的不足道，是从阿尔托的角度而言，而不是从我们的角度）。

一段时间以来，所有有关艺术的、有价值的观点都极其复杂。有的人认为艺术是排他的：绘画就是绘画，雕塑就是雕塑，诗歌就是诗歌而不会是散文；有的人认为艺术是相互补充的：绘画可能有“文学性”并具有雕塑的形态，诗歌可以是散文，戏剧可以模仿并包容电影，而电影也可以戏剧化。

我们需要的是新观点，很可能是一个非常简单的观点。但我们找得到吗？

［1966］

（何宁　译）

伯格曼的《假面》

人们常常会不假思索地将伯格曼的电影奉为经典。从1960年开始，新的电影叙事风格破茧而出，并借由其中最著名的(如果不是最出色的)《去年在马里安巴》而声名远播。观众不断地接触到叙事简略、内容复杂的电影。近几年来，随着雷奈在《穆里爱》中进一步发挥了想象力，一批更为复杂、更为成熟的电影得以问世。尽管此类电影数量颇丰，但其中却没有一部被影迷认为能在原创性和成功度上超越《假面》。然而，令人遗憾的是，《假面》在纽约、伦敦和巴黎公映后所受的关注远远没有达到它应得的程度。

可以肯定的是，《假面》在影评界所受的部分冷遇更多的是指向电影的内容，而不是电影本身。通过《假面》，我们看到了一项汇聚天才的、永不停息的、不断创新的事业；我们看到了一部精巧流畅，展示纯粹美感，却也(似乎)有些过于自我膨胀的作品；我们也看到了一种饱含创造力、不避情色又带有夸张的品位，这种品位看起来有些自命不凡，却足以让格调低下的知识分子汗颜。由于意大利导演费里尼(Fellini)的巨大成功，苛求的影迷从不指望伯格曼，这位“北欧的费里尼”能拍出什么真正的伟大电影，这也没有什么可指责的；然而，《假面》却令人欣慰地改变了影迷对导演不再抱有更大希望的先入为主的态度。

《假面》受到冷遇的另一个原因是观众在感情上无法接受。《假面》用一种几乎是侮辱性的控诉口吻诉说了人类个体的苦痛。伯格曼近期的其他电影都是如此，尤其是他之前最成功的作品《沉默》，而《假面》也借鉴了《沉默》的主题与演员框架(这两部电影的主角都是两位既身陷激情却又倍感苦恼的女性，而且其中一位有个年幼却失宠的儿子。两部电影的主题都是性丑闻，都突出了暴力与无助、理智与疯狂、话语与沉默、睿智与愚蠢的对立)。但伯格曼的新作还是相对于《沉默》有所进步，并且在调动感情和处理微妙细节方面达到了前所未有的高度。

在现阶段，感情的控制力度和细节的微妙程度是衡量那些非常“难以理解”的电影的尺度。《假面》必然会让影迷感到困难、迷惑、沮丧，至少会像当年的《去年在马里安巴》那样。对于《假面》，影评家不但冷漠，而且出言很谨慎，还故意淡化了这部电影令人迷惑的特质。有的人温和地说，伯格曼新作表现出了毫无必要的晦涩；有的人则说，伯格曼过分追求他一贯的苍凉风格了。言下之意，伯格曼在新的尝试中已经力有不逮，艺术已被他变成了矫揉造作。然而，该片所具有的复杂性与所取得的成功远远超过了这些满口陈词滥调的影评家的判断。

当然，可以说明《假面》难以理解的证据是随处可见的——即使我们不考虑相关的诸多论战。但是，还有什么原因使得在影评家剖析该片内容的文章中充斥着自相矛盾和明显的曲解呢？同《去年在马里安巴》相似，《假面》带有挑衅般的晦涩。总体上看，该片与雷奈的电影中那种内在、抽象、空中楼阁般的温情毫不沾边；其空间处理和布景修饰的方式是反浪漫主义的、冷酷的、平凡的，既有（从某种意义上来说，确实如此的）诊所里的冷静感，又带有现代的中产阶级情调。但这样的环境里也潜藏着秘密。演员的举止与语言注定让观众感到困惑，分不清这一切是发生在过去、现在还是未来，是发生在现实中还是幻想里。

对于这类已为人们所熟知的晦涩的电影，常见的分析方式是不去注意电影中光怪陆离的差异性，而将整部电影视为一个整体，也就是说，将电影的细节放到一个统一的精神主题中去考虑。但在我看来，这种分析方法其实是掩盖了影片理解中的难点。在整体结构中包含着个别元素相互间的关系，观众起初会感觉到有些情节是真实的，而有些情节是虚幻的（可能是狂想、梦境、幻觉或超自然体验）。在影片的某一段落，有些情节会显出若隐若现的联系，而在另一段落，这些联系就显得荒诞可笑了；对于同一情节，电影会给出若干看似都有道理却互不相容的解释。在回顾影片时，我们会觉得这些矛盾的联系既相互交织又浑然一体，但它们又确确实实是不可调和的。我必须指出，将《假面》视为一部以某一人物的心理活动为背景的主观性电影，与将其（当下看来如此简单）视为对《去年在马里安巴》阐扬之作——正是后者对传统叙事时间顺序的摒弃和对幻想与现实的界线的清晰刻画启发了伯格曼导演《假面》的思路——同样无济于事。

然而，将《假面》视为一部客观叙事的电影进行分析，并忽略影片中布满大量相互矛盾的视觉符号这样一个事实，也并不合理。即使由最专业的影评人来尝试，也无法在不忽略、不抵触其他关键片断、影像、步骤的前提下从《假面》中提炼出一个独立可信的故事。如果这种尝试不够专业，就很可能随波逐流给予该片一个平淡苍白的不正确评价。

按照多数人的看法，《假面》是一部叙述两个女人之间关系的室内心理剧。女主角之一是一位三十多岁的事业有成的女演员，名叫伊丽莎白·沃格勒（由丽芙·乌尔曼饰演），她患有奇怪的精神病，主要症状是不说话和由精神紧张引起的虚弱。另一位女主角是一位二十五岁的漂亮护士艾尔玛（由碧比·安德森饰演）。从精神病院到海边小屋（小屋的主人是伊丽莎白的心理医生，也是艾尔玛的监护人，借给前者供其疗养），艾尔玛一直负责照顾伊丽莎白。按照影评界的共识，该片叙述的是两位女主角如何通过一个神秘的过程相互置换了身份。外表健康的艾尔玛越来越虚弱，还渐渐变得像她的病人那样糊涂多病；而被绝望（或是精神病）击倒的伊丽莎白却重新开始说话并回复了正常的生活。（我们并没有完全看清这一转换如何发生，故事在结尾处演变成了恼人的困局。但有报道说，该片在发行之前曾删掉过末尾的一个镜头，其中伊丽莎白又登台演出，明显是痊愈了。观众由此可以推断艾尔玛已变得像过去的伊丽莎白那样在绝望的折磨下说不出话了。）

在确立了《假面》半“叙事”半“寓意”的观点后，影评家们又读出了其中更深层次的意味。有人认为伊丽莎白和艾尔玛的交往显示了一种人既无法摆脱又无法控制的社会规律，从而伊丽莎白或艾尔玛个人不该对她们的行为负有完全的责任。也有人认为女演员伊丽莎白是在有意识地对艾尔玛进行摧残，而影片也寓示着艺术家积习难改的、榨取他人活力以滋灵感的邪恶欲望。[①]还有人急切地将对《假面》的分析提到了更普遍的层次，认为该片反映了当今社会中的人格分裂、善意与信任的必然沦落、富裕社会中人性冷漠等命题的正确性、疯狂的本质、精神病治疗方法及其局限性、美国的越南战争、西方文化遗产中的性原罪意识和纳粹对六百万犹太人的屠杀。（部分影评家还将庸俗教化主义的罪名强加在伯格曼头上，如米歇尔·古诺几个月前就在《新观察家》上发表了类似言论。）

---

① 比如，理查德·科里斯(Richard Corliss)在1967年夏的《电影季刊》上说：“艾尔玛渐渐意识到自己不过是伊丽莎白的另一个‘道具’。”诚然，艾尔玛读过伊丽莎白写给精神病医生的信而痛苦地得知了伊丽莎白的意图，从这个角度来说，科里斯的观点是正确的；然而，观众要想对影片中究竟发生了什么做出任何明确的结论都缺乏证据，从这个角度来说，科里斯的观点又不足为信。科里斯正是利用了这种模棱两可，从而不需要从影片中寻找证据就可以做出任何关于伊丽莎白的结论，再比如，“女演员生了一个孩子以帮助自己‘扮演母亲的角色’，但当儿子决定摆脱这种表演以后，她便心生厌恶。如今，她想如同抛弃一部提词用的剧本一样抛弃艾尔玛”。

弗农·扬(Vernon Young)也持有相同观点，在1967年夏的《哈德逊评论》中，他批评了该片，并将伊丽莎白看作反映艺术家无耻的寄生欲的实例。科里斯和扬都提到，伊丽莎白与《魔术师》中的主角都姓沃格勒。——原注然而，即使仅仅把《假面》当作一个故事来看，主流的评论观点总体上也显得过于简单并颇有偏差。确实，随着影片情节的发展，艾尔玛的处境看起来越来越危险，她一步一步地被引向歇斯底里、残忍、焦虑、孩童般地依赖他人，甚至(可能)处于迷幻的境地。而另一方面，伊丽莎白也确实显得越来越坚强有力并渐渐重获活力和灵敏，尽管她的变化非常微妙，直至影片快结束时还拒绝开口说话。但是，艾尔玛与伊丽莎白各自发生了变化并不等同于影评家所谓的两者的性格与身份发生了“置换”。同样的，尽管艾尔玛渴望变成伊丽莎白并为此而痛苦，但这并不意味着她就如大多数影评家所说的那样陷入了伊丽莎白的困境。并且，这种困境究竟指的是什么，影评家们也远远没有说清楚。

我认为，我们在分析该片时，一定要抵御添油加醋的诱惑。比如说，影片中有这样一段情节：一个戴着黑色眼镜的中年男子(由贡纳·贝宁斯特雷德饰演)出现在艾尔玛与伊丽莎白幽居的海边小屋旁；接着他径直走向艾尔玛，不断地喊她“伊丽莎白”，尽管艾尔玛一再纠正；面无表情的伊丽莎白就在咫尺之外，而这名男子不顾艾尔玛的抗拒，试图拥抱她；突然，艾尔玛放弃了抵抗，倒在他怀中说：“我就是伊丽莎白，”并同他共赴云雨，而真正的伊丽莎白就在旁边紧盯着他们。(下一个镜头中？)我们看到两位女主角单独待在一起，好像什么事也没有发生过。这段情节可以用来说明艾尔玛已渐渐地将自己与伊丽莎白视为一体，并反映了艾尔玛在用何种程度的行为模仿伊丽莎白(是在现实中？还是在幻想中？)。在伊丽莎白也许主动地通过禁言这种方式来表达自己不想再做演员的想法的同时，艾尔玛却被动且痛苦地被转变成那个已不复存在的演员伊丽莎白。在影片中，我们找不到任何证据来说明这段情节是真实的——像影片开始时两位女主角移居海边一样真实。[①]当然，我们也不能绝对肯定地说，这个事件或类似事件没有发生过。毕竟在影片中，我们看到了事件发生的过程。（电影的一个本质特征就是给予片中所有情节一种同等的真实性，而不说明真假；电影所放映的内容都不加区分地呈现在观众的眼前了。）

《假面》的晦涩难解源于伯格曼屏蔽了那些可以将事实与幻境区分开来的信号。布努埃尔在《白日美人》一片中就运用了这类信号，他试图通过一系列暗示使得观众理解自己的作品；而在伯格曼的作品中，此类暗示很少出现，这意味着伯格曼希望保持影片的神秘。观众只能不断接近而无法准确把握其影片情节的真实性。但是，对幻觉与现实做出区分有助于我们理解《假面》，所以我必须论证，围绕着海滨小屋发生的一切，很可能大部分是出自艾尔玛的幻想，尽管影评家们不这么认为。最为重要的证据来自两人移居海滨小屋后发生的一段情节：观众看见伊丽莎白走进艾尔玛的房间，站在艾尔玛身旁，突然揪起她的头发；第二天早晨，面色苍白、心事重重的艾尔

① 大多数影评家却认为这段插曲不但真实，而且是重要的情节。理查德·科里斯就断言："伊丽莎白失明的丈夫来访，误将艾尔玛当作伊丽莎白，并与其寻欢。"但是，惟一支持科里斯关于伊丽莎白丈夫失明的观点的证据不过是其带了一副黑眼镜，以及科里斯本人要给这段离奇插曲的真实性寻求解释的愿望。——原注

玛问伊丽莎白："昨晚你有没有来过我的房间？"伊丽莎白略显古怪、焦虑不安，摇摇头表示否认。看起来，没有理由怀疑伊丽莎白回答的真实性。从观众的角度看，既没有证据表明伊丽莎白恶意地想要让艾尔玛怀疑自己的理智，也没有证据显示伊丽莎白失去记忆或神志不清。既然如此，影片在开始阶段就给出了两点重要的信息：第一，艾尔玛产生了幻觉，并且以后可能继续发作；第二，影片中表现艾尔玛幻觉的场面会和正常的情节自然地交替，从而，即使是艾尔玛主观的想象看起来也和"真的"一样(其他一些暗示性的情节更能说明这一点，但由于描述起来很复杂，就不再赘述了)。如果这些看法都可以被接受，那么至少有关伊丽莎白丈夫的那段情节就很有可能是出自艾尔玛的幻想了。同样的，两位女性之间多情而迷离的肢体接触镜头反映的也只是艾尔玛的心理活动。

然而，将《假面》中的幻觉场面和现实场景区分开来——即将艾尔玛想象到的事物与被认为是真实存在的事物区分开来——只不过是一个次要的分析成果，并且很容易导致我们误入歧途。区分想象与现实的工作，只有作为研究《假面》中说明与叙事方法的大命题的一部分时，才有意义。正如我前面所提出的，《假面》的构建形式并不是平庸的叙事，该片也并不是简简单单地在描述伊丽莎白与艾尔玛、病人与护士、明星与少女、灵魂与面具的关系，无论这种关系是如何模糊抽象地被呈现了出来。如果把《假面》看作一个故事，最终也就意味着伯格曼的影片仅仅从单一维度的心理体验的角度加以表现。心理体验的确是存在的，但若想真正理解《假面》一片，我们还必须分析得更加深入。

伯格曼允许观众按照不同的方式理解伊丽莎白的失语：有可能是非主观的精神疾病，也可能是自己决定不说话——意欲自我净化或自我摧残。但是，不论伊丽莎白究竟是因为什么而失语，伯格曼都希望观众关注的是伊丽莎白不说话这一事实本身，而不是她的病因。在《假面》中，失语就是一种带有一定精神道德意义的行为，这种行为本身即造就了其与“他者”行为之间在精神道德上的因果关系。

我认为，在伊丽莎白与艾尔玛一同去海滨小屋之前，其与精神病医生之间的一段谈话在影片中有着很重要的地位。医生告诉伊丽莎白自己了解她的病况，并着重强调，伊丽莎白希望能够真诚面对生活、不必撒谎、不必表演、不必里外不一。正因为如此，伊丽莎白在放弃了以死求解脱的打算之后，决定不再说话。医生最后建议伊丽莎白在海边居住一段时间以摆脱以往不愉快的经历，并预言伊丽莎白最终一定会开口说话，重新过上正常的生活……但是，即使我们认为这段话起到了开宗明义的作用，也不能认定《假面》一片的关键之处便在于此，更不能认定医生的话已全面解释了伊丽莎白的状态(医生可能犯了错误，或者至少是将问题简单化了)。其实在这段独白出现之前，医生已经向艾尔玛泛泛地说明了伊丽莎白的病情；但自从两位女性去了海滨小屋以后，影片就再也没有明确地提到医生的“解释”。由此可见，伯格曼事实上既考虑到了心理体验，却又淡而化之；他既没有完全摒弃心理学的解释，却又将伊丽莎白的“动机”在影片中的作用放在了次要的位置。

《假面》的立意不只是对心理的探究，也不只是对情欲的表现。毫无疑问，影片中包含着一些与情色有关的内容，比如说艾尔玛在伊丽莎白的注视下，与前来“拜访”的后者的丈夫发生了性关系。除此以外，艾尔玛的语言、动作和幻想也表现出了两位女主角之间热烈的接触、爱抚和炽热的情感，她们之间的强烈而又受到压抑的情欲不言而喻。但事实上，欲望的感受在很大程度上被转化成了某种超越性、甚至超越情色的东西。影片中，最纯粹地与情欲有关的情节就是艾尔玛与伊丽莎白隔屋相坐，开始向后者讲述自己在海边的一次意外的狂欢经历；艾尔玛的身体难以动弹，她一边回忆这段往事，一边有意识地将自己难以启齿的秘密告诉伊丽莎白，仿佛是将心中最珍贵的礼物献给亲密无间的情人。整个经过都是通过艾尔玛的口述展现的，没有一个闪回的现场镜头，从而营造了一种强有力的情欲氛围。但这种呼之欲出的情欲并没有外在地“展现”出来，也没有明确地证明两位女性之间的关系。从这个角度说，《假面》的结构相对于《沉默》做出了明显的改动。在《沉默》一片中，两姐妹之间的爱恨关系中毫无疑义地存在着情欲的冲动，尤其是姐姐(由英格里德 · 苏琳饰演)的感受更为明显。在《假面》中，伯格曼通过故意把两人之间关系的情色暗示做删除或者超越的处理从而达到了更为引人入胜的效果，并在说明两者关系时令人叹为观止地实现了道德与心理的平衡。(从心理角度来说)两位女性的情欲关系是不确定的，但伯格曼既无意回避这个问题，又始终让故事的发展受囿于正常的心理状态之内。

伯格曼之所以要保持《假面》在心理体验上的不确定性(其具有内在的可信性),是因为这样一来,他就有更多的发挥空间而不必拘泥于叙述故事。他所要展现的不是一个完整的故事,而是某些更粗糙——或者说更抽象——的东西:一个饱含素材的主题。主题或是素材既制造了相当的模糊与多变,也使得导演能够轻易地将其外化在确定的情节与镜头之中。

在如此一部包含了以上原则的影片中,情节会显得断断续续、相互渗透,并时时暗示出信息的缺失或某些不能明确表达的东西。这并不意味着故事的叙述放弃了“意义”,但却表明了意义并不一定要和确定的情节联系在一起。换个角度说,故事中的某些事件虽然没有被(完全地)直接呈现,却可能发生或已经发生,它们有可能构筑了故事的扩展情节。影片叙述的不断推进,靠的是故事各部分情节的互动——比如说,不同场景之间的置换,而不是普通的(以心理体验为主要衡量标准的)现实因果联系。也许影片中存在着隐藏情节,但如果影评家认为导演出于笨拙、犯错、故弄玄虚、缺乏技巧等原因而遮盖了部分情节,并想替导演还原故事的全貌,则大可不必。在这样的叙事方式中,问题的关键不是哪些情节被错置,而是哪些情节(至少是部分地)被删略。这种删略情节的意图不论是出于导演本意还是来源于对影片的猜测,都有其价值,并应该加以考虑。

比如说,信息的问题。传统叙事模式所采用的一个策略就是提供“完整”的信息。(我所谓的完整信息,就是按照故事所涉及的范围以及相关程度所确定的全部须知信息。)在这种模式的理想状态下，观众或读者在影片与书籍的结尾恰巧可以知道自己想知道的全部信息，可以了解故事的来龙去脉。（当然，这种对信息的追寻是被高度操控的；艺术家的任务就是让观众相信：他们在影片结束还不能获取的信息，要么是不可能知道的，要么是不需要知道的。）与此相反，新叙事模式的一个显著特点就是故意挫伤观众的求知欲。去年在马里安巴究竟发生了什么？《奇遇》里的女孩究竟变成了什么样？在《假面》的结尾，艾尔玛登上公车后究竟去了哪里？

人们曾经认为，（部分）求知欲也许被系统化地压制了，旧式的对情节求解的欲望已不再久持。此类电影（或相似的散文体小说作品）已不再需要"戏剧冲突"，不再需要像传统叙事模式那样向观众或读者提供种种满足感。一开始，我们认为在此类作品中情节仍在，只是通过某种含混晦涩的角度加以展现，叙述视角也很模糊。但事实上，传统意义上的情节已经不复存在了；这类作品的关键不是在于引诱观众猜测情节，而是在于直接让观众关注除情节以外的其他方面，比如说，故事叙述的手法。（福楼拜是探索这种叙事概念的伟大先驱，他在《包法利夫人》一书中就不断地借助次要细节完成描述。）

新叙事模式造就了一种反戏剧化的趋势。比如说，《意大利之行》表面上是在讲述一个故事，但叙述又非常不完整。观众非常迷惑，难以捉摸出影片中缺失的核心意义，而导演本人对此也并不清楚。导演公然表现出的不可知论的态度可能被认为是轻狂或是对观众的不屑。安东尼奥尼也由于类似原因触怒了许多观众，他宣称自己也不知道《奇遇》一片中的迷途女孩究竟命运几何，究竟是自杀还是出走。然而，这些观点都是在深思熟虑之后才提出的：如果一位艺术家宣称对自己作品的了解并不比观众更多，也就表明了所有的意义都存在于作品本身，而没有“弦外之音”。只有在那些根深蒂固地认为叙事艺术(包括电影和文学作品)必须遵从固定模式的人眼中，新电影才是缺乏理性和意义的，他们认为电影的意义只能存在于其“指代”的影片之外的事物，如“真实的世界”或作者的“意图”。但这是一个武断专横的判断。电影的意义并不是再现某个生活在与影片内容一一对应的“现实世界”中的理想观众的价值观，也不同于作者对于影片内容的态度。无论电影、小说或戏剧，叙述的意义都不是为特定的情节服务。在传统模式中，叙述是建立在故事之上的，其主要问题就是构造完整的情节和塑造人物。但其他的叙述模式同样存在。比如说，故事内容可以被看作是一种主题性资源，而不同的(也可能是并立的)叙述结构则是从同一种资源的基础上发展出的多种变体。不可否认的是，叙述结构的真正使命与故事内容的使命是不同的，并且，若干个故事的平行发展也并不能代替多样化的叙述结构。这种不同最突出的表现也许就是对于时间的处理。

故事的目的就是将观众引入各种可能发生的情境。故事的进程绝大多数是线性的，尽管其中也会有曲折和分支。先从 A 到 B，再让观众期待着 C；如果情节安排得好，观众的兴趣又被引向了 D。链条中的每一环一旦发挥了作用，也就自我废止了。与之相反，主题—变体式的叙述模式就不会是这样线性的了。当然，线性的叙述进程不会被完全废除，因为作品中的事件需要时间来展开，观众或读者也需要时间来完成阅读。但是，这种前进式的推进过程会受到倒退式叙述方式的极大挑战；后者会不断地运用倒叙和交叉引用。这类作品会提供全新体验和多重视角，并要求观众或读者在同一时刻把握叙述中不同时点的内容。

为主题—变体式叙述模式所特有的这样一种要求，回避了传统模式所必须建立的时序叙述结构。在新式影片中，时间可以多种形式表现：某种事物永恒存在；或者各种事件交相混杂，分不清它们是发生在过去、现在还是将来。《去年在马里安巴》与罗伯-格里耶的《不朽》就是严格遵循此类模式的典型。在《假面》一片中，伯格曼则使用了混合的方法。尽管从影片的主体来看，对时序的处理看起来大致符合实际和正常状态，但在影片的开头和结尾，“前”和“后”的痕迹被明显地抹去了，关于时间的标识已经模糊难辨。

在我看来，《假面》的结构最好被归结为主题基础上的变体模式。主题是一种层叠；而变体则按照主题的主要可能性展开。（在形式与心理体验的层次上）主题的可能性包括复制、倒置、互换、分合与重复。镜头的意义不能从单一的角度加以解释。如果说《假面》展示的是两位偶然相遇的分别叫做伊丽莎白和艾尔玛的女性如何在角色的竞争中难以自拔，固然有一定道理。但如果说，《假面》展示的是同一个体的两个神秘的对立面如何争斗，也同样合适；这两个对立面指的就是人堕落的一面——由时时刻刻在伪装表演的伊丽莎白表现，和人虽然纯洁却受到堕落诱惑的另一面——由不断挣扎徘徊的艾尔玛表现。

隐藏与坦白的对立也是一个次要主题。英语的“人”字来源于拉丁语“persona”，后者的原意就是演员脸上的面具。成为一个人就意味着拥有一副面具。在《假面》中，伊丽莎白的面具是她的失语，而艾尔玛的面具则是她的健康、乐观和正常的生活(订了婚，也喜爱着自己熟练的工作等等)。但随着影片的发展，两人的面具都被击碎。

不能简单地将这出剧的梗概总结为：女演员伊丽莎白将对自己的折磨如何转嫁到了艾尔玛身上。更为接近事实的情况是：痛苦、恐惧和无力都是“磨难”在意识中残留的体验。伯格曼不仅要讲述一个有关两个女人精神磨难的“故事”，更是要把磨难本身作为影片主题的组成部分。这一层叠的主题与其说是一个来自心理体验的灵感，不如说是一个形式观念。正如我已经强调的那样，伯格曼隐藏了很多信息，从而使我们不可能对两位女性的交往过程勾勒出清晰的轮廓。此外，伯格曼也表达了一系列有关表象的本质的思考(比如说，影像、语言、动作和电影媒介本身在再现事物过程中的重要性)。《假面》不仅再现了两位人物的交往，更思考了电影在“表现”人物过程中的作用。

在对电影中介的思考中，最为外露的部分就是影片开头与结尾部分的时序。在对此的处理中，伯格曼试图将电影变成一种客观存在物：内容有限、人为制造、脆弱不堪、终有一亡，从而只能存在于一定的时空之中。

《假面》以一片黑暗开篇；接着两个亮点逐渐扩大，直到观众看清是弧光灯的两个碳棒。在一段标题一闪而过之后，一系列难以辨别的影像飞速掠过：某部无声滑稽电影中的一段追逐镜头；直立的阴茎；一颗被锤子钉在手掌里的钉子；从舞台后面看到一位盛装女演员在惟一亮着的脚灯旁大声朗诵（这个镜头不久将被重复，观众也将得知这是伊丽莎白病前的最后一次演出）；一位佛教徒在南越自残；停尸间里横陈着多具尸体。所有的镜头都快速闪过，其中大部分都难以辨认；但渐渐地，镜头转换的速度慢了下来，好像故意延长了每个镜头的持续时间，好让观众看个清楚。最后一组镜头按正常的速度切换：一个瘦小而病态、看起来十一岁左右的男孩，俯卧在一间空病房里靠墙的小床上，身上盖着床单；观众会下意识地将他同刚刚见到的死尸联系起来，但这个小男孩突然动了起来，他笨拙地踢掉身上的床单，翻过身，戴上一副圆边大眼镜，找出一本书读了起来。接着，男孩的面前出现了一团难以辨认的稀薄迷雾，渐渐变成了一张很大的、模糊的、美丽女性的脸。恍惚之间，男孩试探性地慢慢靠近那个脸的影像，并开始轻轻抚摸。（他所触到东西的表面似乎是电影屏幕，又像是一幅肖像画或一面镜子。）

这个男孩是谁？大多数人认为他是伊丽莎白的儿子，因为影片中有这样一个情节：住在医院里的伊丽莎白将丈夫寄来的儿子的照片撕个粉碎，从而我们得知伊丽莎白有一个儿子；并且，很多人认为开头部分出现的那张人脸就是伊丽莎白的脸。其实不是。伯格曼不但故意让那张脸模糊不清，而且事实上是将伊丽莎白和艾尔玛的脸来回切换。如果仅以这点理由就给小男孩确定身份，也太过轻率了。我倒是认为，我们不应该试图找出小男孩的身份。

不管怎么说，在影片的主体内容中，小男孩再也没有出现过。直到影片结尾，情节已经交代完毕，才出现了一段由破碎影像组成的短暂的蒙太奇，在最后一个镜头中，小男孩做出抚摸的姿势，试图靠近一张巨大、模糊又膨胀着的女人的脸。然后，伯格曼将镜头切换到晃眼的弧光灯，倒置了影片开场的一幕：碳棒渐渐暗淡，光明终于消失。影片，就在观众的眼前，死去了。它就像一个普通的物体或一件普通的事情，在宣布自己油尽灯枯之后，摆脱了导演意志的控制。

任何忽略《假面》的开场与结尾或将其重复视作偶然的评述，都仿佛是在谈论一部并非由伯格曼拍摄的影片。很多影评家认为，《假面》的结构太过节外生枝和哗众取宠，但在我看来，《假面》所要表达的核心思想就是贯穿于影片始终的美学上的自省。这种自省的成分绝不是主观武断，绝不是对戏剧化情节的简单附加。这种自省清晰地向我们说明：影片是通过艾尔玛与伊丽莎白的交往——这样一个心理体验层面的主题，来反映层叠或重复——这样一个形式层面的主题。形式上的“层叠”是对整合影片题材的层叠主题的极大延伸。

影片中最具震撼性的情节也许就是艾尔玛对伊丽莎白母子关系的长篇描述，形式层面上与心理体验层面上的双重主题的共鸣在此被充分展现了出来。这段独白在全片中重复了两次，一次是表现伊丽莎白在听，一次是表现艾尔玛在说。镜头的结束场面也非常引人入胜：两张重叠或复合在一起的脸，一半属于艾尔玛，一半属于伊丽莎白。

伯格曼在此指出了电影艺术中的悖论：电影总是给人以错觉，以为它是以窥视者的角度展示一个原本的现实，以中立的视角展示事物的原貌。从某种角度来说，被拍摄的东西就好像被“记录存档”了一样。但当代电影艺术家越来越多地注重表现观察这一过程本身，并提供理由和证据来说明，对于同一事物可以从不同的角度加以观察，而观察者对于事物的理解既可能是即时的，也可能是一个连续的过程。

伯格曼对上述想法的处理方式具有显著的原创性，但对于这种意图，我们并不陌生。在这部自我反省、自我关注，甚至是自我吞噬的影片中，我们看到的伯格曼不是在卖弄个人的机巧，而是在展现一个已经牢牢确立下来的思潮。这种思潮指的是一种展现“形式主义”思想的艺术冲动，它关注的是媒介自身的本质和悖论。在19世纪关于情节与人物的形式结构退潮之后，新的思想席卷而来。（相较于前者，新思潮对于客观世界复杂性的认识要深刻得多。）当代艺术作品中的自我意识，被普遍认为太过雕琢，并导致了自我残害的倾向；但如果我们能够滤去嘲讽轻视的先入之见，就会发现：正是这种自我意识释放了思想与感觉的活力。

这对我来说，是藏于我们熟知的观念——新旧电影的区别在于电影镜头所处状态的不同——之后的希望。在旧式电影的审美观念里，镜头总是试图不被察觉到，使观众只注意其拍摄的景象，而忘了镜头本身的存在。与之相反，新式电影的标志——正如帕索里尼所说的那样——就是让观众“感觉到镜头的存在”。（不需赘述，新式电影指的不仅是最近十年才拍摄的电影。在众多的影坛先驱中，我想提到两位：一位是维尔托夫，他在《背摄像机的人》（1929）一片中，用皮兰德娄式的玩笑口吻说明了电影作为一个客观物体和作为一堆鲜活影像之间的对立；另一位是本杰明·克里斯滕森，他在《女巫们》（1921）一片中让电影来回穿梭在小说与纪实报道之间。）然而，伯格曼超越了帕索里尼的标准，他让电影变成了看得见的物体，并将这一思想深深嵌入了观众的意识之中。这一手法不仅运用在影片的开场与结尾，也运用在影片主体部分的这样一个镜头中：艾尔玛惊恐的脸庞像镜子一样碎裂，并开始燃烧起来。下一个无关的镜头紧接着切入（好像上一个镜头不存在一般）。观众的脑海中不仅浮现出艾尔玛一脸惊恐的余像，更感觉到来自电影本身带有魔力的恐惧，仿佛电影自身也不堪承受艾尔玛巨大的苦痛而崩溃了，但在下一个镜头到来时，又魔术般地恢复了。

在《假面》的开场、结尾以及中间部分恐怖的镜头中，伯格曼都在表明自己的意图。布莱希特通过不断提醒观众是在看戏来保持戏剧与观众的距离，而伯格曼的想法与之截然不同，甚至是前者的对立面，并带有浪漫主义色彩。有人认为，应该提醒观众其观看的是人为制造的电影——而不是现实，但伯格曼不太注意这一观点。相反，他告诉我们电影可以反映的事物复杂多样，并断言，对任何事物的深入、确定的认知最终都会带来破坏性。在伯格曼的影片中，如果一个人物身心投入地感知某一事物，则最终都将心思用尽、一无所知，而必须转向其他的事物。

植根于伯格曼内心感受深处的精神投入原则，决定了他要特立独行地运用新的叙述方式。在伯格曼的作品中，丝毫看不到戈达尔作品中的生动活泼、《朱尔与吉姆》中纯真的智慧火花以及贝托鲁奇和史柯林摩斯基分别在《革命之前》和《分离》中表现出的诗意。伯格曼作品的风格是缓慢，对节奏的着力控制和福楼拜式的沉重感，并以此造就了《假面》（与之前的《沉默》）令人痛苦不安却不加修饰的特质。这种特质被很肤浅地理解为悲观主义。其实伯格曼对生命与人类社会并不悲观——这根本不是要点所在。当他忠实于自己的内心感受时，所关心的就只有一个问题：意识没入其中的深度。如果维护人格意味着保持面具的完整，而人性的真实又要求击碎面具，那么要想还生命整体以真实，就必须打破一切表象——其过程背后暗藏着绝对的残忍。

再次，我们必须分析《假面》中表面上对政治事件进行暗示的情节。伯格曼提到越南战争和六百万犹太人死于二战的意图同戈达尔提到阿尔及利亚战争、越南和中国的意图差别很大。伯格曼并不像戈达尔那样对时事和历史感兴趣。在《假面》中，伊丽莎白在电视里看到了一个佛教徒在西贡自残的场面，也曾紧盯着那张描述一个小男孩被从华沙难民营带走并将被屠杀的经典照片。但这些画面在伯格曼看来，都归结为反映纯粹暴力与极端残忍的影像，其性质同影片开场时敲钉入掌和陈尸殓房的一幕幕完全一致。这些影像是难以通过我们的想象来理解的，也与右翼的政治道德思想无关。在《假面》中，历史与政治变成了纯粹的暴力。伯格曼对暴力进行了“艺术”处理，使影片不同于普通的左翼自由主义的宣传品。

《假面》的主题是精神的暴力。如果两位女主角在折磨对方，那么至少从深层次上讲，她们也是在折磨自己。影片结尾对主题做出了寓示：电影本身也倍受折磨，最终消散于——也是回归到——“影片”作为一个物体的混沌状态。

伯格曼的电影总的来说令人不快，还时时令人惊悚。其中表现了人性分裂的恐怖，比如说这样一个镜头：艾尔玛哭着对伊丽莎白喊道：“我不是你！”影片也借用神秘的吸血鬼传说，刻画了人性（自觉或不自觉地）被偷走的恐怖，比如说下列镜头：伊丽莎白亲吻艾尔玛的粉颈；艾尔玛舔吸伊丽莎白的鲜血。尽管出现了吸血鬼传说中的人体物质交换的情节，但《假面》并不是一部恐怖片。亨利·詹姆斯在《神圣源泉》一书中也借鉴了类似情节，但处理时的感情色彩却与《假面》截然不同，其中最明显的区别就是呈现痛苦感受的程度不一样。尽管两部作品都不可否认地笼罩在一片令人不安的气氛中，但詹姆斯小说人物间吸血鬼式的交流看起来是部分自愿的，甚至从某种难以捉摸的角度来说，是合乎情理的。而伯格曼则将所谓情理——即指剧中人物得到他们“应得”的东西——严格排除在作品之外。从局外人的视角来说，观众完全不了解伊丽莎白和艾尔玛的道德立场；她们的迷乱不是某种先前发生并告知观众的事件导致的结果，而是给定的状态。影片的基调是一种绝望，似乎把人物的任何行为归结于自愿，都显得肤浅无力。我们所看到的是两位女主角之间一系列的抗拒与吸引，她们不能自拔，交换着“力量”与“虚弱”。

伯格曼与詹姆斯在处理这一主题时的主要区别在于他们对语言的看法不同。在詹姆斯的作品中，语言与人物形象是不可分离的：人性的迷失与绝望中的堕落就像一道鸿沟，而连贯的语言就像飞架在这道鸿沟上的桥梁。而在《假面》中，正是语言及其连续性受到了质疑。（伯格曼是一位当代艺术家，而电影又是语言怀疑者的温床，是承载现代意识对“词语”的怀疑的天然媒介。现代主义的诗人和作家——如施泰因、贝克特和罗伯-格里耶——都将净化语言作为一项特定的任务，而大部分新式电影也成为了证明语言无用性与欺骗性的工具。）这样一个主题已经在《沉默》中有所反映：在影片结尾处，做译员的妹妹幻想自己躺在要塞之城一个空荡的宾馆里，奄奄一息，她的语言含混不清，无法与照顾着她的年长守门人交流。伯格曼并没有超越诸如孤独痛苦的灵魂“无法与人交流”、抛弃与死亡之“沉默”一类的老生常谈的主题，但在《假面》一片中，伯格曼运用复杂的手法进一步展示了语言的负担与无助。

《假面》中的语言绝大部分采用独白的形式。除了艾尔玛之外，影片中只有两个人物开口说过话：精神病医生和伊丽莎白的丈夫，但他们的出场都很简短。在影片的大部分时间里，我们所见到的只有幽居在海滨小屋的两位女性，其中只有艾尔玛一人说话，她说起话来虽然羞涩，却总是说个没完。因为伊丽莎白认为语言会玷污自己而拒绝说话，所以艾尔玛想方设法地证明语言是无害而有用的。尽管艾尔玛对自己生活环境的表述中总有不可思议的地方，但她起初确实是大度地完全为病人着想。可是情况很快发生了变化：伊丽莎白的沉默反倒变成了一种挑衅、一种诱惑、一种陷阱。《假面》的剧情使我们联想到了斯特林堡的独幕剧《强者》，后者讲述的是：两人独处，其中一个不说话却咄咄逼人，而说话的另一个却灵魂出窍般地越来越虚弱。沉默的性质不断发生着变化，沉默的女人力量越来越强大。艾尔玛的每一个举止——表示信任的亲昵、羡慕与敌意——在伊丽莎白无休无止的沉默面前都显得那么虚无。

艾尔玛自己也被语言所欺骗。在影片里，语言成了传递谎言与残忍的工具（比如新闻报道的刺耳声音和艾尔玛痛苦中读到的伊丽莎白写给医生的信）；语言也是击碎面具的工具（比如说医生对伊丽莎白“选择”沉默的解释和艾尔玛对伊丽莎白抚养孩子的秘密的严词揭露）；语言还是自我揭示的工具（比如说艾尔玛忏悔般地叙述自己偶然经历的一次海边狂欢）；语言同样代表了艺术与技巧（比如说伊丽莎白失语前在舞台上扮演厄勒克特拉时念的台词和艾尔玛在病房里打开收音机时听到的——并引来伊丽莎白一笑的——戏剧）。《假面》一片展现了适当语言的缺失，所谓适当的语言指的是真正充实的语言。语言留给我们的只有弥补不了的空隙，对应的是“解释”上充满漏洞的叙述。在《假面》中，无语比言辞更有力：不加鉴别地坚信语言力量的人丧失了镇静与自信，陷入到歇斯底里的苦痛之中。

在无语与话语的交锋中，有关人格置换的主题奏出了最强音。女演员用沉默制造了一个虚空，而护士在言语的诱惑下陷入其中，不能自拔。伊丽莎白的无语让艾尔玛眩晕无力，并一度乞求前者重复自己毫无意义的只言片语。在海边的这段时间里，艾尔玛用尽了计谋、威胁和诚挚的哀求，而伊丽莎白（出于固执、残忍或无助）就是不说话。但也有两个例外：一次是狂怒的艾尔玛端起盛着沸水的水罐，威胁伊丽莎白，后者非常害怕，背靠着墙壁尖叫“不要伤害我！”艾尔玛从而获得了胜利并放下了水罐，但伊丽莎白又陷入了沉默；另一次，在影片尾声部分一个难以判断时序的情节里，伊丽莎白躺在一个空荡荡病房的床上，艾尔玛俯身上前，请求前者说一个字，伊丽莎白极不情愿地答应了，说了“不”。

伯格曼在《假面》中对语言的处理可以与戈达尔的作品——尤其是《我所知她的二三事》中的咖啡馆场景——做对比。戈达尔的新作《未来》也是一个很好的例子。在这部反乌托邦的短片里，存在着一个从现实世界推演出的未来世界，这个世界被一个叫做“专业集合”的系统所控制，其中生活着两类妓女：一类提供肉体的爱，一类提供情感的爱。与伯格曼的叙述模式不同，戈达尔为表现主题而设置的科学幻想模式使其能够表达更抽象的思想，并用抽象、“艺术”的方式提出解决问题的方法——即分离语言与爱情、意识与身体。在《未来》的结尾，说话的妓女学会了身体的交媾，而语言支离破碎的星际旅行者也学会了正常地说话；四条不同颜色的河流终于汇聚。《假面》的叙述模式则要更加复杂、更加具体，结局也只有不幸。在影片的结尾，面具与人性、话语与沉默、表演与“真我”虽然各自分离，却又以一种相互寄生甚至是吸血鬼式的方式交织在一起。

［1967］

（何宁　译）

戈达尔

“诚然，我们必须在伦理与审美之间做出选择；但不可否认的是，无论如何选择，我们最终都会发现：伦理与审美殊途同归。只有在人生的大舞台上，我们才能认识自己。”

近年来，戈达尔的作品所受之争议，超过了其他任何一位与其同时代的电影导演。尽管有很多人呼吁，应将戈达尔推为与布列松齐名的最杰出的当代导演，但在大多数知识分子的眼中，戈达尔的电影却惹人恼怒、令人沮丧，甚至让人难以忍受。爱森斯坦、格里菲斯、冈斯、德莱叶、朗格、帕布斯特、雷诺阿、维果、威尔斯等大师的佳片已被奉为经典名作，《奇遇》、《朱尔与吉姆》等一些上映不久的新片也被一致推崇，然而戈达尔的作品却一直没有得到如此的赞誉。他的影片没有被吹捧为不朽，也没有(仅仅)被众口一词地称作“华丽”，却始终不失挑战众议的锋芒。不论其外表显得多么“丑陋”、轻浮、做作、空虚，电影界的同行与观众们仍在学习着戈达尔的作品，仍在为之进行着争论。

与此同时，戈达尔本人正以数月杀青一部新片的速度，矫健地引领着挞伐文化经典的锋锐思潮。他揭露着固有的问题，却摒弃或复杂化了固有的解决方式。他不惜得罪自己的铁杆影迷，却同时又得到了数量相当的新拥护者。戈达尔的第十三部影片——《我所知她的二三事》(1966)——恐怕是他所有作品中最粗朴、最晦涩的了，而去年在巴黎上映的第十四部影片《中国姑娘》(1967)则获得了九月威尼斯电影节上的评委会特别奖。尽管这是戈达尔的首个重要电影节奖项，但为了保证《周末》在今年一月的顺利上映，他还是放弃了亲自领奖的机会，留在巴黎工作。

迄今，戈达尔已经制作并发表了十五部长片，自 1959 年的首部影片《筋疲力尽》之后，其他作品列示如下：

《小兵》(1960)

《女人就是女人》(1961)

《随心所欲》(1962)

《卡宾枪手》(1963)

《蔑视》(1963)

《另一帮》(1964)

《已婚女人》(1964)

《阿尔法城》(1965)

《狂人皮耶侯》(1965)

《男性女性》(1966)

《美国制造》(1966)

另外三部之前已经提到。戈达尔曾于1954至1958年间摄制了五部短片，其中最引人注意的是于1958年完成的《夏洛特和她的情人》与《水的故事》。此外，戈达尔的作品还包括七个电影“片断”：首先是《懒惰》(《新七宗罪》中的一篇，1961)，而最新的三部都拍摄于1967年，分别是《期待》(《世界上最古老的职业》中的一篇)、由克里斯·马尔克尔剪辑的《远离越南》中的一篇，以及拍摄于意大利却至今未发表的《福音书70》中的一个片断。戈达尔出生于20世纪30年代，却已经拍摄了十几部影片，这在已商业化了的电影制造业中实属难得。但令人遗憾的是，美国观众却与戈达尔的大部分作品无缘：《狂人皮耶侯》和《我所知她的二三事》压根没有登陆美利坚，《小兵》、《卡宾枪手》等片没有在艺术院线公映，而另一部分作品则只是象征性地在纽约短暂亮相。诚然，戈达尔作品的质量参差不齐，但这种质量差异也别有深意。戈达尔的艺术道路远比其他大多数导演更加富有个性和试验性，而他作品中最为重要的一个现代元素就是其整体性——每一部作品的终极价值都在于其是戈达尔毕生艺术事业中的一个环节。从某种意义上说，戈达尔的每一部作品就像一块碎片，但由于导演风格高度一致，不同的碎片之间得以交相辉映。

事实上，除了布列松之外，没有任何一位导演能够像戈达尔那样在影片中准确无误、毫不妥协地表现自我。(以同时代最杰出的两位导演为例：雷奈在完成巨作《穆里爱》之后，就变换成《战争终了》的风格，特吕弗（Truffaut）的《柔肤》也与前作《朱尔与吉姆》大相径庭；而《战争终了》与《柔肤》都不过是两位导演的第四部作品。）可以说，戈达尔之所以毫无争议地成为当代最富影响力的导演，与他电影中带给观众的那种不掺杂质却又难以捉摸的感觉密不可分。人们相信布列松的新片会是又一部经典，而戈达尔的作品在人们的印象中却是既有新突破、又混乱难解的“半成品”，让人轻易不敢喝彩。戈达尔与布列松同为当今时代的重要艺术家，而让戈达尔不同于布列松，进一步升华为文化英雄的特质正是他无尽的活力、冒险的精神以及他在驾驭电影——这样一种大众的、正在迅速商业化的艺术时，所表现出的离奇个性。

然而，戈达尔不仅是一个睿智的偶像颠覆者，更是有意识地要“摧毁”电影本身。也许他不是第一个要摧毁电影的人，却绝对最持之以恒、最才华横溢、最懂得应时而动。他对于传统电影技巧——如自然剪辑、视角连贯和清晰叙事——的处理，堪比勋伯格在1910年前后批判主流音乐的调性结构，而开辟非调性作曲时代的创举，也类似于立体派画家对于绘画中写实和透视原则的大胆挑战。

现代的文化英雄有两个共性：他们在某些方面是刻苦修为的典范，同时也是批判旧事物的伟大破坏者。然而，这一共性却造就了两种截然不同却互不相让的对于“文化”的态度。杜尚、维特根斯坦和凯奇将自己的艺术束之高阁，就算不直白地非议高雅艺术和过去的艺术成就，也要做出漠不关心或不甚了解的讽刺姿态；而乔伊斯、毕加索、斯特拉文斯基和戈达尔却表现出了接受一切文化成果的巨大胃口，尽管他们对文化残骸的反思要多于对馆藏艺术的借鉴，却也宣示了不避雅俗、兼容并蓄的创作理念，并通过大肆吸取他人的艺术成果来发展自己的艺术道路。

这种对文化的大嚼大咽，使得影片成为导演对各种文化元素进行选择和堆砌的大拼盘：不经意间百科全书式的说明、对以往的电影镜头的选编、形式和主题上的折衷，而最具代表性的就是不同叙述风格和表达方式之间的迅速转换。无疑，戈达尔作品的最显著特点，就是其中大胆的杂糅。各种色调、各种主题、各种叙事方式被漫不经心地交织在一起，使观众同时想到了布莱希特和罗伯-格里耶、吉恩·凯利与弗朗西斯·彭热、格特鲁德·施泰因与大卫·雷斯曼、奥威尔与罗伯特·劳申伯格、布列兹与雷蒙德·钱德勒、黑格尔与摇滚乐。戈达尔作品中天马行空般地运用了各种文学、戏剧、绘画乃至电视拍摄的技巧，也不乏针对电影历史本身的、机智而突兀的引述。自然，这些被糅合在一起的元素（在最近的电影中）看上去也相互矛盾。比如，戈达尔从绘画和诗歌中获得灵感，创造了被理查德·劳德称为“拼贴叙事”，同时结合来自电视的不加雕琢、刺眼并带有新现实主义特征的美学理念[①]（参看他在《女人就是女人》、《男性女性》、《我所知她的二三事》等片中的访问，这些访问采用正面特写和中距离镜头）。再如，戈达尔一方面高频率地使用了某些模式化的视觉元素——如《女人就是女

① 见理查德·劳德的出色之作《戈达尔》（纽约：双日公司，1968），这是英语世界中第一部研究戈达尔的专著。——原注

人》、《蔑视》、《狂人皮耶侯》、《中国姑娘》和《周末》中反复出现的蓝色和红色；另一方面又热衷于捕捉未经修饰的画面，并不断尝试将人性“自然”地展示在不会说谎的摄像机镜头前。然而，戈达尔的这种拼凑组合虽然与电影理论格格不入，但最终却达到了和谐的效果，不仅引发了对创造和伦理的思考，也抚慰了观众的情感。

戈达尔作品的精神核心，是其中刻意反思的特质，或者更准确地说，是反身性的特质。他对电影的种种可能性做出了令人惊畏的展现，从而成为我先前所述的蓄意摧毁电影本身的第一人。换句话说，戈达尔是第一位既能保证电影作为一种商业产品的特性又不掩饰自己批判意图的重量级导演。戈达尔本人曾经宣称：“我依然是在《电影手册》时期的那个影评人。惟一的不同是以前我用文字进行批判，而现在我用电影镜头表达。”（自1956年至1959年，戈达尔定期为《电影手册》撰写评论文章，至今他仍偶尔供稿。）戈达尔还在《小兵》中进行了“自我批判”；事实上，“自我批判”适用于他所有的作品。

戈达尔在电影中大量运用了第一人称视角，并时时精妙而幽默地提醒观众：电影本身是一种媒介。他这样做并不是出于一己的机巧，而正是应合了已然确立了的艺术潮流——在作品中进行自我反省、自我认知。如同现代文化中的所有艺术珍品一样，戈达尔以其纯粹性促使观众重新思考电影艺术的表现方式和其包容的领域。他的影片已不仅仅是艺术作品，更是旨在重塑受众感知体系的后现代主义艺术活动。我本人并不哀叹于这种将电影媒介化的趋势，反而坚信电影未来的辉煌成就正有赖于这一趋势的延续。同时，电影在20世纪下半叶初期的发展，除了凸显出自省和批判的严肃主题之外，也包容了各种各样的变异。伯格曼的巨制《假面》严谨庄重、精于表意却又自陷空虚，而戈达尔的处理手法却与伯格曼大相径庭，他的电影更像是轻松的玩闹，常常机智刻薄，有时又糊涂可笑。伯格曼或许缺少辩才，而戈达尔则像所有能言善辩者一样，敢于用简约的方式表现自我。对于观众来说，这种简约使他们便于接收导演传递的符号，却难以理解其中的内涵；而对戈达尔来说，这种简约则是不竭而鲜活的个人感受的流露。

戈达尔对待电影的态度常被轻蔑地评价为“文学化”，如同以前人们指责萨蒂创作文学化的音乐和马格利特创作文学化的绘画，其意是指戈达尔专注于一己的想法和理念，却忽略了电影自身的整体视觉体验和情感冲击力，他还被指责养成了用外来元素破坏电影内在统一性的习惯(被视为一种糟糕的品位)。毋庸置疑，戈达尔确实前无古人地致力于用电影表现或具体化抽象观念，甚至在几部电影中让知识分子客串演员。他有时让真正的哲学家扮演故事中的人物(比如《随心所欲》的男主角在一家咖啡馆里质问布里斯·帕兰关于语言与真诚的问题，以及《中国姑娘》里一位拥护毛泽东的姑娘与弗朗西斯·让松辩论恐怖主义的伦理观)；有时电影导演和评论家会来一段推理式的独白(如罗日·莱昂阿特就在《已婚女人》中热情地发表了一段关于智力的折衷主义的见解)；有时电影圈里的老先生也要拖着疲惫憔悴的身躯出来亮个相(比如《蔑视》一片中的弗里茨·朗格就以自己真实的老合唱队员的身份，冥思起了德国诗歌、荷马、电影制作和道德完整)。戈达尔片中的很多人物不但才思敏捷，也爱卖弄文采，他们常常独自沉思、妙语连珠，或者与友人谈天说地、激扬文字，而所关乎的话题大多是左派与右派的区别、电影的本质、语言的神秘以及消费社会物质富足背后的精神空虚。事实上，戈达尔无数次地提到某些文学作品或作者，还时而或长或短地引用原文，仿佛他的影片就是永无休止的文学盛会，从而文学特质也融入他的影片之中。他不仅将文学作为其影片的表现对象，更将文学视作电影创作的原型、复苏的途径和替代的形式。通过戈达尔的影评及电视采访，我们得知，对电影与文学关系的探讨是其作品中反复出现的主题。戈达尔强调，文学与电影的区别之一在于：前者是“自古以来”即存在的艺术形式，而后者不是；而两者也有相似之处：“小说家与电影导演注定要分析现实世界，而画家与音乐人则不然。”

戈达尔认为，既然电影归根到底是一种智性活动，则没有必要严格区分其中“文学化”的和“视觉化”(即电影化)的智性表现。戈达尔将电影简洁地定义为“通过影像与声音对某些事物进行的分析”，而书本或其他文学载体也是真实世界的一部分，属于电影分析对象的范畴，所以将文学作为电影分析的主题并无不妥。戈达尔意识到，人们一方面会理性地看书读报及认真欣赏电影，另一方面也会非理性地呼号奔走、摆脱不了爱恨情仇；他独创了一种抒发感情的方式使这两个方面在电影中并存——借助文学传统、真挚的文化热情、不成熟的智力表现以及导演本人心中令人窒息的苦痛的宣泄。(在处理较为人熟知的粗俗打油诗时，戈达尔具有独创的手法，如在《卡宾枪手》一片中长达十二分钟的、战士们拆开缴获来的明信片的场景。）戈达尔的核心观点是：在本质上，任何文化素材都可以被电影物质化；而文学也要像其他文化形式一样，经历其物质化的过程。然而，文学只能以碎片的形式出现在电影中，戈达尔必须将文学素材肢解为一个个捉摸不定的片段，比如从虚构或纪实的书籍中撷取一两句妙语，或从大众言论中引用某些既高雅又庸俗的观点，又或突然地针砭时弊起来。虽然这些被插入的文学性内容与影片当时的情景不无关系，但观众感官上的连续性还是由此被破坏了，并且某些从天而至的台词也大大超过了剧中人的心智水平。

尽管戈达尔的影片中不乏“文学化”的元素，但他借鉴文学的手法，却明显不同于实验电影与同时代先锋文学的相互渗透。戈达尔倾慕的并不是 20 世纪新兴的文学形式，而是传统的散文体文学，因为尽管后者颇费思量，却适于表现直白的构思。虽然戈达尔也从福克纳、贝克特或马雅可夫斯基的作品中汲取过灵感，用以创新电影的表现手法，但从总体上说，为了接近大众的立场、阐述更具普遍意义的命题，戈达尔还是着力宣扬（他自己的？）平实的文学品位。当时，以 20 世纪二三十年代的超现实主义为代表的先锋派电影，（与摆脱了线形叙事结构的现代诗歌相呼应，强调直接地、多元地、感性地表现意象）自称为“诗化”的电影。而戈达尔则将散文体作为文学原型，致力于在电影中反对诗化的倾向。他甚至宣称：“我觉得自己就是一位散文作家。我用小说的形式写散文，用散文的形式写小说。”

我们注意到，戈达尔认为小说和电影在某种意义上是可以互换的。这种认识既是源于电影深受小说影响的传统，也是受到了当代小说形式巨变的启发。[①]《狂人皮耶侯》中的男主角曾学着米歇尔·西蒙的颤音这样喃喃自语：“我认为，小说要描写的不是某个人的生活，而只是生活，是生活本身。人与人之间、人与环境之间、声音与色彩之间究竟有什么？小说需要回答这些问题。乔伊斯尝试做出回答，但我们必须回答得更好。”固然，演员在说这些话时一方面表现了剧中角色的自我解嘲，但更重要的是说出了戈达尔作为一个电影导演的自信观点：电影终将完成文学无法完成的使命，因为所有重要的文学作品都难以摆脱批判手段不彻底的先天不足。如我先前所述，戈达尔的作品意在破坏旧的电影传统，他充满锐气，仿佛正站在电影事业革命性进步的门槛边，而不是走向电影艺术的尽头。他将对电影旧规则的破坏视作不破不立的创举，以此来避免重蹈文学事业江郎才尽的覆辙。戈达尔说过：“文学评论家常常称赞《尤利西斯》、《结局》这样的作品，认为它们已经穷尽了该类创作手法的极致。所以说，文学的巨作反而关闭了文学发展的道路，而电影佳作却可以为电影事业的发展开辟

① 以历史事实而言，现代电影对现代文学的影响要远比后者对前者的影响来得深远。不过所谓的影响是非常复杂的。捷克导演薇拉·齐蒂洛娃（Vera Chytilova）曾坦言，其第一部长片《其他》中所采取的双折画手法正是取材于福克纳《野棕榈》一书中轮换的叙述模式；当然，福克纳之所以能够得心应手地建构叙述模式，也正是源于电影技术对他的有力影响。而受福克纳同一部作品的启发，戈达尔曾想将自己在1966年夏拍摄的《美国制造》和《我所知她的二三事》同时交替放映。——原注

道路。”

在电影发展史的大部分时间里，文学原型都留下了不可磨灭的痕迹。而电影扮演了娱乐方式和艺术形式的双重角色，在饱受非议的同时，也得以保留了一些历史的痕迹，比如 19 世纪小说和戏剧的原型就可以在一部分电影中找到。这些老电影的众多拥护者同时也很欣赏《尤利西斯》、《幕间》、《无以名之》、《裸体午餐》、《微暗的火》等后-小说，贝克特、品特(Pinter)穿透性的非戏剧性戏剧，以及时事剧。正是源于这种主流电影风格的影响，影评家们通常会批评戈达尔的作品情节杂乱散漫、进展缓慢、缺乏戏剧性和连贯性、缺乏令人激动的场面、毫无意义地快速转换镜头，还时时显得头重脚轻、构思平庸、故作晦涩。但这些批评者没有意识到的是：戈达尔根本就没有想要按照他们的标准去拍电影。在第一次看到《筋疲力尽》中的跳跃式镜头时，我们可能认为导演要么太业余，要么就是恣意嘲弄已然约定俗成的电影拍摄手法；事实上，戈达尔是故意从顺畅地拍摄好了的母带中剔除了几张胶片，从而制造了镜头戛然而止、又在几秒钟后重新恢复的效果。(如果我们现在再看《筋疲力尽》，就不会觉得突然的场景切换和手扶摄影机拍摄的摇晃镜头有什么奇怪，因为这些当年的创举已经被无数次地模仿过。)对于以 19 世纪小说为模版的那种强调因果、突出高潮、注重逻辑的电影叙事模式，戈达尔同样有意识地予以摒弃。在几年前的戛纳电影节上，戈达尔就曾与名留法国电影史的、极富才华和个性的元老级导演乔治·弗朗叙展开辩论，当时弗朗叙面带愠色地说："戈达尔先生，至少你得承认，你的电影也存在开头、中间和结尾。"戈达尔则这样回答："当然存在，但不一定是按照你说的顺序。"

在我看来，戈达尔的这种漫不经心有其内在的理由。令我感到惊奇的倒是：在相当长的一段时间里，电影导演们并没有深究这样一个事实——电影内容自始至终都是"现在时"，从而本质上更独立于小说的叙述模式。当然，真正意义上的另一类表现模式就必须与散文体小说彻底决裂，不再关注"故事"或"人物"。这种表现模式游离于商业电影之外，造就了以意象为枢纽的"抽象"电影或"诗化"电影。而戈达尔的电影还是有其叙述结构的，尽管他的结构与严肃小说截然不同，既不遵从直白的现实主义，也无法让观众通过正常的心理分析来理解。正是因为戈达尔修改了——而不是彻底抛弃了——渗透在主流电影传统之中的散文体小说叙述模式，他的电影才比"诗化"或"抽象"的先锋电影更令人迷惑不解、震惊不已。

由此可见，戈达尔所遭遇的一般批评，正是源于他的影片中存在着故事，而不是缺失了故事。他的故事情节也许不是那么令人欣赏，但不能就由此否认其故事情节的存在。吉加·维尔托夫的《持摄影机的人》、布努埃尔的两部默片《黄金时代》和《一条安鲁达狗》以及肯尼斯·安格的《天蝎星升起》可以说是完全将叙事排除在了影片框架之外；而戈达尔的作品则同所有经典名作一样，剧中人物关系错杂，但都被安排在某一个可辨识的、前后一致的环境中——就戈达尔本人而言，通常是当代巴黎。然而，即使其影片中的情节可以组成清晰的故事，这些情节也不能围绕一个主线展开，而只能形成众多枝节；观众会发现，主线情节总有一部分被抹去或改换了（就好像戈达尔所运用的跳跃式的镜头切换）。传统的小说原则总要把事情解释得完满，仿佛什么事都需要解释；戈达尔却常常将事件的动机简单化，甚至不做解释。他的场景往往前后脱节，让人捉摸不透，人物对话也时而模糊不清。（另一些影片——如罗塞里尼的《意大利之旅》与雷诺阿的《穆里爱》——则采取了一种相对"非现实主义"的叙述模式，将故事分解成为一个个互不关联的部分。而戈达尔确是惟一一位在所有作品中都坚持非主线叙述模式的导演。虽然许多导演都在试图摆脱貌似现实主义的传统叙述模式，但戈达尔所探索出的领域比他所有的同行都要广泛。同时，我们也应注意区别旨在摆脱线性叙述模式的不同方式，比如伯格曼在《假面》中的"不确定性"情节就与戈达尔影片中的"断续式"情节不同。）

戈达尔在形成叙述风格的过程中，受文学原型的影响要明显多于受电影原型的影响。（至少他在采访和论著中从来没有提及先锋派电影，却经常表示乔伊斯、普鲁斯特和福克纳的作品是其电影创作的原型。）但戈达尔从未将同时代的严肃后-小说作品转嫁到电影中来，并且没有迹象表明他在未来会做出这种尝试。同许多电影导演一样，戈达尔更喜欢改编庸俗的作品，甚至是亚文学作品，因为这些作品更易于把握，也更易于搬上屏幕。关于这一点，戈达尔还做过简单的解释："我不喜欢说故事。我更喜欢在一张布毯上绣满我的思想。但我通常也需要一个故事作为背景。一个普通的故事就很好，甚至是最合适的。”戈达尔的《蔑视》正是改编自这样一部普通的小说——莫拉维亚的《正午幽灵》，他还不厌其烦地评价道：“《正午幽灵》是列车旅途中的良伴，字里行间充满旧时的伤感。对这样的小说加以改编，可以拍出最好的电影。”尽管《蔑视》一片相当忠实于原著，但在戈达尔的其他影片中却很难找到原著的影子。（典型的例子就是《男性女性》，观众几乎察觉不到其与两个小说原型——莫泊桑的《保罗的太太》与《符号》——之间的任何联系。）

无论是作为脚本或是背景，戈达尔都喜欢选用情节丰富的故事作为其影片的出发点，尤其是偏好美国的低俗小说，比如《美国制造》源自理查德·斯塔克的《看守人》，《狂人皮耶侯》源自莱昂内尔·怀特的《迷情》，《另一帮》则源自多洛雷斯·希金斯的《愚人金》。戈达尔已将美国流行叙事小说作为了自己反叙事倾向的灵感宝库，并认为：“美国人会说故事，而法国人则不会。福楼拜和普鲁斯特不知道如何叙事，他们只会用其他方式表达。”尽管戈达尔也在追求“其他方式”，但他格外清楚简洁的开场白的效果。关于戈达尔对于简洁叙述的看重，我们从《筋疲力尽》开场时对“莫纳格莱姆电影公司”致意中就可窥一斑。（其实《筋疲力尽》原版的开头连演职人员名单都没有，在电影的第一个镜头之后，就是对这家1940到1950年代早期、炮制低成本动作片的好莱坞电影公司的问候。）戈达尔这样并不是放肆或无礼——也许只有一点点吧。情节剧一直是戈达尔影片故事的来源之一。《阿尔法城》大量涉及了连环画，《筋疲力尽》、《另一帮》和《美国制造》带有黑帮故事中的浪漫情怀，《小兵》和《狂人皮耶侯》则带有间谍片的悬念气氛。情节剧表现夸张、注重正面描写、情节也复杂难解，对于严肃电影中传统的现实主义叙述模式，既可加以发挥，也可加以超越。当然，对情节剧的借鉴不一定会成功，比如超现实主义电影的借鉴手法就太过狭隘；而戈达尔则从人所共知的庸俗素材入手，不避市井谬传、巧妙利用情色，在以商业化元素吸引观众的同时，也获得了探索纯粹电影的空间。

早期电影导演中的佼佼者——喜剧导演路易·菲亚德就用为人熟知的电影题材发展了纯粹的电影表达方式。他拍了一系列犯罪题材的电影，如《方托马斯》、《吸血鬼》、《朱德克斯》和《大明》。他的作品虽然不登大雅之堂，但就如同他影片的亚文学原型一样，这些犯罪题材的影片（尤其是摄制于 1913 年至 1916 年间的精品）对现实主义的影评准则本就不屑一顾。导演路易·菲亚德没有像同时代的格里菲斯或德·米勒那样引入心理学的概念，但他还是依靠风格相近的剧中人物和不断出现的离奇巧合赢得了观众。当然，观众的喜好还不是评价菲亚德作品的最终标准。菲亚德系列作品的真正价值在于：他将现实的元素和非现实的元素巧妙地结合在一起，从而实现了表现形式上的创新。所谓现实的元素即是指影片的画面很真实（菲亚德也是率先进行大量外景拍摄的欧洲导演之一）；而非现实的元素则是指影片在特定的环境下显得荒诞不经、节奏不自然地加快、画面过于对称以及情节的重复。如同朗格与希区柯克早期的部分电影一样，菲亚德的影片将情节剧的叙述模式推向了荒诞的极端，从而使影片罩上了一层魔幻的色彩。要想把现实的素材放置到虚幻的环境中，就必须大量运用省略的手法；如果导演真正关心的是空间和时间的表现方式以及抽象的影片节奏，那么情节本身就必然“模糊”。从某种角度说，这些影片的故事都很直白，情节也被压缩；但从另一种角度说，由于影片中充斥着连续、一贯、最终易于理解的各种事件，故事就无足轻重了。在菲亚德的几部几无留存的默片中，我们看不到任何对白的插入，但由此产生的理解困难并无大碍；类似地，霍克思的《夜长梦多》与阿尔德里奇的《死吻》虽然情节极其难懂，但影片整体上仍给人赏心悦目的感觉。这些影片的叙事就如同马拉美、卢梭、斯蒂文斯和燕卜荪的诗作一样，用情节的捉摸不定，来增加影片在情感和审美上的分量；这种“模糊”已不再是一种缺陷，而是作者们用以聚积丰富多变的情感、定位不同层次的“感觉”的重要技法。在以《美国制造》为突出代表的多部影片中，戈达尔也正是通过对情节的模糊处理，加强了使影片内容纯粹化的效果。

与此同时，戈达尔所选取的原始素材也借由戈达尔的电影而保持了一定的活力。他虽然将庸俗的黑色小说和好莱坞惊悚片进行了抽象化处理，但影片中也保存了原著中漫不经心、赏心悦目的成分。所以戈达尔的影片给人的感觉是内容多、节奏快，甚至有时显得过于匆忙。与之形成鲜明对比的是，菲亚德的作品题材则显得变化甚少。菲亚德电影的特质往往局限于精巧、残酷、外表华丽等几个方面，但其在表现形式上的变化却看起来是无穷无尽的。他在系列片中采用开放式结局的方法是完全正确的。在总共长达七个小时的二十集《吸血鬼》系列片中，慕丝朵拉和她戴着面具的爪牙们给观众带来了一连串的惊叹，菲亚德没有理由结束他们的故事；而对于《朱德克斯》中罪犯与侦探的王牌对决，菲亚德也不忍心强作了断。重复和改进是无止境的，而菲亚德对巧合重复频率的控制也有相应的节奏，就如同隐秘地进行着一次长时间的性幻想也需要控制节奏一样。戈达尔的节奏却截然不同，他的影片缺少幻想，从而也缺少了令人目眩的魅力和不倦的，甚至机械性的重复。

戈达尔与菲亚德不约而同地将虚幻的、荒谬的、抽象的故事作为重要的灵感源泉，但菲亚德的影片在形式上同样坚持了虚幻和荒谬，而戈达尔则不然。虽然情节剧始终是戈达尔电影素材的一个来源，但其与戈达尔重视事实的意识越来越格格不入。情节剧中那种冲动而游离的基调不利于严肃而持重地反映社会现实（比如关乎妓女的问题，先后在戈达尔 1955 年的首部短片《一个风骚的女人》以及《随心所欲》、《已婚女人》、《我所知她的二三事》与《期待》中多次出现）；情节剧也不适合《男性女性》、《我所知她的二三事》与《中国姑娘》中那种属于纪实片与准社会伦理片的严肃风格。

戈达尔也曾玩笑式地接触过系列片的概念，比如《另一帮》在结尾处表示男女主人公将在拉丁美洲开始新的历险，但戈达尔一直没有拍续集；又如《阿尔法城》始终让人觉得是法国电影著名人物莱米 · 科逊的冒险故事的终结篇。事实上，戈达尔的影片不能绝对地划入某一类型。即使某些影片的结尾是开放式的，但这并不意味着戈达尔想拍菲亚德式的系列片，而其实只是其轮番尝试各种影片类型的一个步骤。剧中人物不断地做出反主题的举动，正表达了戈达尔对“情节”的局限性及单调性的不满。比如，在《狂人皮耶侯》中，马莲娜对着镜头直呼：“让我们扔了儒勒·凡尔纳的小说，回到荷枪实弹的侦探小说吧。”而《女人就是女人》中刻画的情感集中体现在贝尔蒙多扮演的阿尔弗莱多和安娜·卡列娜扮演的安琪拉一心希望成为迈克尔·基德设计的1940年晚期的好莱坞音乐剧中的金·凯利和赛德·查里斯。保拉·尼尔森就曾对《美国制造》做出这样的评价：“血腥、悬念都有了。但我又感觉像是由汉弗莱·博加特主演的迪士尼电影。对了，这一定是一部政论片！”这句评语恰恰说明了《美国制造》在某些方面像是一部政论片，在另一些方面又不像是政论片。戈达尔影片中的人物还经常置身于情节之外，并表明自己现实中的演员身份，这样做不仅仅是为了表现戈达尔原创性的智慧，更是用一种嘲弄的方式否定了将电影作品归于有关情节的某一种类或某一评价体系的俗见。

如果说，菲亚德构建影片的核心原则是在一个系列中不断地进行重复，以及运用令人目眩的表现手法，那么戈达尔的核心原则就是将相互矛盾的元素并列在一起，并且是用令人难以捉摸的篇幅和清晰程度来表现这些元素。菲亚德明显地将艺术视为幻象的扩展和延伸，而戈达尔则暗示了艺术的另一个作用：感觉和概念上的错位。戈达尔的每一部作品都是一个自我否定的整体，（借用萨特的话来说）是一个解除整体的整体。

戈达尔的叙述既没有保持情节的连续性，也没有坚持前后一致的基调（比如喜剧、严肃、梦幻、严酷或其他种类）。相反，他的叙述支离破碎，情节很不连贯，并且影片的风格与台词的难度也会突然改变。在观众的眼里，影片所叙述的事件似乎既可以合并成一个完整的故事，又像是一连串戏剧性场面的无序排列。

戈达尔将线性的叙述割裂为独立的戏剧性场面，其最明显方法就是将影片的内容戏剧化——无疑，这再一次触及了人们普遍持有的，认为戏剧手段与电影手段应在本质上不相容的偏见。好莱坞的音乐剧就经常用歌曲与舞台表演打断故事的进程，这些先例给了戈达尔很多启发，体现为《女人就是女人》的总体观念、《另一帮》中的咖啡馆三人舞、《狂人皮耶侯》中的歌曲片断和反越战游行的插曲以及《周末》中的电话歌声。戈达尔影片的另一个重要原型自然就是被布莱希特加以完善的、带有说教色彩的非现实主义戏剧。戈达尔在影片中吸收了布莱希特的风格，也爱进行政治讽刺。比如，《中国姑娘》中用一个政治戏剧的片断演绎了美国的侵越战争，《我所知她的二三事》开场时两位无线电播音员重复了菲佛作品中的一段对话。但布莱希特对戈达尔的重要影响，更多地反映在戈达尔意在颠覆正常的叙述顺序和深化观众感情的摄影技法上。其常用技法之一，就是在《我所知她的二三事》、《美国制造》、《中国姑娘》等片中，让剧中人物直接表达了对于电影艺术的主张。（在《我所知她的二三事》的开场，玛丽娜·芙拉迪就引用了布莱希特的名言："演员念台词必须如同在引用真理。"）戈达尔从布莱希特处借鉴来的另一常用技法就是将完整的影片叙述分解为若干小片段。比如，在《随心所欲》一片中，戈达尔在每一个场景结束之后，都要对下一个场景做出文字说明；《卡宾枪手》被粗线条地分为了几个章节，每个章节都与尤利西斯和米开朗琪罗寄回的明信片相呼应，并配有大段的标题，这些标题都是手写体，虽然不易看懂，但也意在促使观众进行认真的阅读。此外，戈达尔也曾相对任意地将完整的故事分为几个章节，并标上了序号，比如《男性女性》在片前介绍中就宣称该片包括“十五个清晰的故事”。戈达尔还有一个不常用的方法，就是用一种讽刺的态度对事物进行了伪数字化的描述。比如，在《已婚女人》一片中，夏洛特的幼子就试图通过一段简短的独白，说明如何用十个步骤来做一件不确定的事情。又如，在《狂人皮耶侯》中的一个镜头开始之前，出现了费迪南德的画外音：“第八章——我们穿过法国。”再如，《我所知她的二三事》片名本身就有问题，因为片中关于女主角的巴黎故事绝不止两三件。除了以上这些叙事方式外，戈达尔还利用了多种视觉和听觉的技巧以达到打乱影片叙事顺序的效果。最能反映戈达尔导演风格的电影元素，就是其招牌式的快速切换、不匹配的画面、闪动的镜头、顺光拍摄与逆光拍摄的交替，以及用(符号、绘画、广告牌、明信片、海报等)预制的视觉载体引导相应的电影情节，还有不连续的背景音乐。

除了将电影“戏剧化”的整体思路之外，戈达尔在贯彻其离散原则的过程中所使用的最引人注目的手法恐怕就是其对“思想”的处理。当然，思想在戈达尔的电影中并不像在一本书中那样得到系统发展。戈达尔并不着意于此。与布莱希特不同，戈达尔更多的只是将思想作为影片中表现感觉与感情的元素加以利用。与其说戈达尔用表达思想的方式暗示或阐述了故事的“意义”，不如说他用这种方式分解或割裂了这种或有的意义。通常，大段台词所表达的思想不仅与当时的情节背道而驰，也不符合剧中人的心理特征，比如《随心所欲》中娜娜对真诚与语言的思索、《小兵》中布鲁诺对真理与行动的探究、《已婚女人》中夏洛特与《我所知她的二三事》中茱丽叶思维清晰的自我解剖，以及《阿尔法城》中莱米表现出的令人惊奇的文学修养。（剧中人物与其思想水平相符的例子恐怕只有《狂人皮耶侯》中的费迪南德。）尽管戈达尔宣称其影片自始至终都对各种思想兼容并蓄，但思想只是其叙事形式中的一个元素，并与其他元素以及影片整体之间保持着含混而多变的联系。

如前所述，戈达尔热衷于在影片中插入文学“文本”，其实这也是其表达思想方式的一种变体。此类例子不胜枚举：《卡宾枪手》中，那个即将被一队士兵枪决的女孩大声念起了马雅可夫斯基的诗；《随心所欲》倒数第二个章节中，有人高声朗读了爱伦·坡的小说片断；朗格在《蔑视》一片中引用了但丁、荷尔德林和布莱希特的名句；《周末》中，圣鞠斯特的装扮者重现了圣鞠斯特的演说；《狂人皮耶侯》中，费迪南德向小女儿诵读了艾利·福尔的《艺术史》的一小段内容；《另一帮》中的英籍教师让学生们听写了法文版《罗密欧与朱丽叶》中的台词；《已婚女人》中，夏洛特和她的情人排演了拉辛的《蓓蕾尼丝》中的剧情；《蔑视》中的卡米耶引述了弗里茨·朗格的摘要；《小兵》中，民族解放阵线的间谍宣讲了毛泽东的言论；以及《中国姑娘》中轮流背诵毛语录的场景。通常情况下，剧中人在开始引用文本前会先做出说明，或将相关书籍展示给观众；但有的时候，影片在引用文本时却没有足够的提示，比如在《我所知她的二三事》中，咖啡馆中的两位顾客就重演了《布瓦与佩舒舍》中的片断，又如《已婚女人》中的女仆（“塞林夫人”）大段摘录了《致命的分期付款计划》中的内容。（除了文学文本之外，其他导演的电影也在戈达尔的引用范围之内。比如在《随心所欲》中，娜娜就观看了德莱叶的《圣女贞德》的片断；戈达尔拍摄于瑞典的一分钟短片就被认为是对伯格曼的《沉默》的嘲仿，并且《沉默》一片也在《男性女性》剧中人的视线里出现过。）这些被引用的文本添加了不和谐的元素，它们改变了（确切地说，是暂时减缓了）影片的节奏，它们打断了情节并对情节做出了含混的解释，它们还转换并延伸了影片的视角。如果观众们将这些文本的内容简单地视为剧中人物的想法或是贯穿于整个影片的、为戈达尔所认同的观点，那他们就必然被误导。事实也许恰恰相反，戈达尔正是利用“思想”与“文本”，使影片的观点逐渐消亡于叙事过程中，即使是戈达尔时常表现出的政治观点——被战后法国知识分子奉为教条的半马克思主义和半无政府主义——也不例外。

如同起到割裂剧情作用的“思想”，戈达尔影片中所展现的文化经验的碎片，也被用来复杂化影片的情节和重新引导影片的感情力量。（在《小兵》一片中，布鲁诺初次见到维罗尼卡时，说她的眼睛像吉罗杜笔下的女主角，但后来又在捉摸维罗尼卡的眼睛是雷诺阿式的灰色还是维拉斯奎兹式的灰色，而观众只会觉得这种类比不可考证。）戈达尔不可避免地提及了文化蜕化的威胁，尤其在《蔑视》一片中借助了一位美国制片人的格言集对这种威胁着重加以讨论。同时，戈达尔影片中包含了大量高雅文化的元素，也许导演本人有意提醒人们要放下文化的重负，比如在《狂人皮耶侯》中，费迪南德就放弃了巴黎的生活，仅仅带着一本连环画就开始了浪漫的南方之旅。在《周末》中，戈达尔想象了一支嬉皮风格的解放队伍在乡间行军的情景，他们主要的嗜好在于沉思、抢劫、爵士乐和吃人；戈达尔通过这段情节提出了年轻人用暴力手段重塑野蛮文化的可能性，给了有房有车的城市中产阶级当头一喝。在《中国姑娘》中，戈达尔对摆脱文化负担这一主题进行了最全面、最具讽刺意味的表现：在一个场景中，年轻的红卫兵们清除了所有的书刊，只留下毛语录；在另一个场景中，一串包括柏拉图、莎士比亚和萨特在内的西方文化名人的名字被写在一块黑板上，然后再被有意识地一个个抹掉，直至布莱希特的名字最后一个消失；另有，五个住在一起的亲中国派的学生想摒弃除毛思想以外的所有思想观念。然而，戈达尔在尊重每一个人文化选择的前提下，指出这种净化文化的理想不论多么引人入胜，最终也只是不切实际的空想。就戈达尔本人而言，虽然他的叙事风格很激进，但他看起来仍然拥护着我们的——而不是东方的——文化革命方式，仍然追求着对同一事物的不同理解。

我们可以从另一个角度去理解戈达尔转换影片视角的种种

技巧。除了视觉处理之外，戈达尔还常常通过人物语言与画外音的重叠来有效地弥合第一人称叙述和第三人称叙述之间的不同。《阿尔法城》在开场时就出现了三段第一人称的叙述：首先是戈达尔本人的画外音作为开场白，接着是影片中的电脑统治者——阿尔法 60 的一番表述，然后才是影片的间谍主角一边驱车开往未来之城、一边进行着一段传统意义上的独白。作为“标题”的替代或补充，语言说明成为戈达尔越来越偏爱的、提示叙事进程的符号（比如《随心所欲》和《已婚女人》）。有时候，这种说明直接出自剧中人之口，比如《小兵》中布鲁诺的默想、《已婚女人》中夏洛特恣意遐想时的潜台词，以及《男性女性》中保罗的评论；有时候，这种说明又来自导演本人，比如《另一帮》和拍摄于 1963 年的《世界诈骗故事》中的一篇“大诈骗犯”。而最有趣的则是在《我所知她的二三事》中，戈达尔的低语与女主角对情节的评论重叠在了一起。（在《另一帮》进行到十五分钟时，戈达尔的声音突然响起：“迟来的观众朋友们，之前的故事情节是……”）这种富有智慧的画外音会“突然插入”情节，直接向观众说明弗朗茨和阿瑟的所感所想，对故事加以评论或者带有讽刺意味地提醒观众：他们正在看电影。由此，影片中出现了两种并存的时间尺度，前一种标示着影片故事的发展进程，而后一种标示着叙述者对影片内容的思考过程，从而第一人称视角与第三人称视角也得以自由地贯通。

其实，语言说明在戈达尔的早期电影中已经扮演了重要的角色（比如，在《筋疲力尽》之前的最后一个短篇《水的故事》

中，出现了精彩的喜剧性独白）。但戈达尔又不断地扩展和深化着语言叙述的作用，并在近期的作品达到了新的高度。在《我所知她的二三事》的开场部分中，戈达尔用画外音的方式先介绍了女主角玛丽娜·芙拉迪，再介绍了她在片中扮演的人物，从而突出了戈氏电影自我反身性、自我说明的特点。在戈达尔看来，叙述所表现的最终对象正是电影本身，而电影只是一种媒体的事实也必须向观众加以说明。为达到这种自我说明的目的，戈达尔尝试了各种不同的方法，比如让演员跳出情节、直接冲着观众来一段滑稽的旁白，又如在影片中保留一些拍摄失败的镜头——在《女人就是女人》中有这样一串镜头：安娜·卡尼娜先是结结巴巴地说了一句台词，又问导演对不对，接着才流利地再说了一遍。《卡宾枪手》更是让观众感觉到了混乱的拍摄场面，我们先是听到了咳嗽和走路的声音，又听到了一声指示，仿佛来自现场的某位音乐指挥或音效师。在《中国姑娘》中，戈达尔为了让观众意识到电影本身的存在，故意让场记牌在影片中多次出现，还给了摄影师拉乌尔·库塔尔短暂的镜头；此时，观众立即就会联想到，还有其他的摄影师拍摄了库塔尔的镜头，也还有其他的底层工作人员正为此而举着场记牌。虽然戈达尔想说明电影只是一种媒介，但电影的媒介身份却被其自身隐藏起来了，因为观众无论如何也看不到电影拍摄的全部过程，无论如何也揭不开电影的最后一层面纱。

我业已指出，戈达尔对于视角必须固定的拍摄美学法则不屑一顾，并由此打破了第一人称叙述与第三人称叙述之间的界限。不过，也许更为准确地说，戈达尔提出了一种新的、关于电影视角的概念：将电影个人化。我所说的个人化电影并不是指简单地突出主观性与个性的电影——比如许多先锋电影和地下电影，而是指更为严谨的、展现导演原创性的电影。在近期作品中，戈达尔向观众展示了导演作为一个叙述者的存在，并使自己成为了影片叙述过程中的核心结构要素。电影是从导演的视角出发的，导演的声音也时时从幕后响起，但导演却不是片中的人物（戈达尔仅仅在《远离越南》的一个片断中出面说话，并不时被《中国姑娘》的镜头打断）。这位藏身在镜头之后的叙述者，并非像第一人称小说的旁白那样全知全觉、冷漠无情地掌控着故事进程，而是一位既要置身于电影之外，又要对作品负责的思考者，他脑中复杂而多变的种种想法，不是用一部电影就能够表达的。戈达尔影片中最大的戏剧冲突在于：导演连绵不绝、信马由缰的思想与形式固定、内容有限的电影载体之间的碰撞。所以，一部电影既是导演思想的产物，又反过来扼杀了导演的思想。导演用尽了原型、用尽了灵感、用尽了最后一丝对伦理和艺术的热情，而电影则提供了一种模式和种种手段，让观众来理解导演。这一辩证的关系在戈达尔最激进的，以导演为第一视角的影片《我所知她的二三事》中得到了淋漓尽致的表现。

在影片中采用导演的个人化视角有其特有的优势：既能给予导演更多的自由，又能促进严谨的叙事形式的形成。本世纪的后-小说家也是出于同样的动机而采用了新的写作视角。纪德在《伪币制造者》一书中就让小说人物作家爱德华做出这样的指责："古往今来的小说结构都太过'明确'，无论内容多么完美，都是被束缚住的、无生命的。"他想写一部"自由发展"的小说，连作者本人都不知道故事将往何处去。然而，这种挣脱束缚的尝试最终都演变成了描写作者如何写小说的小说，变成了文学中的"文学"；与此殊途同归的是，布莱希特发现了戏剧中的"戏剧"，而戈达尔发现了电影中的"电影"。无论戈达尔的作品看起来多么松散、画面多么缺少精细处理、导演的个性表达多么突出，我们都不能不欣赏他始终坚持着的、曲高和寡的艺术观点：让电影吞噬电影，让每一部电影在自我宣扬的同时走向自我毁灭。戈达尔在《远离越南》中透过一次痛苦的自我诘问，将这一观点做了最清晰的表达；而在《卡宾枪手》的下述场景中（与麦克·塞纳特早期的两部电影《梅宝的戏剧生涯》的结尾相似），戈达尔又对这一观点做了睿智的暗示：米开朗琪罗在战争中开了小差，来到一家影剧院，由于是平生第一次看电影，他在影片开场时的反应与六十年前的早期电影观众的反应别无二致。他配合着银幕上的人物挪动身体，当看到火车时吓得躲到座位底下；最后，当他看到女孩沐浴的镜头时，居然一跃而起冲上前去，先是踮起脚尖往浴盆里看，然后顺着屏幕试探着触摸那个女孩，再想一把抓住她——结果撕脱了屏幕的一角，这才发现原来女孩与浴室不过是投射在一面肮脏的墙上的幻影。戈达尔在《大诈骗犯》中发出了这样的感慨："电影，是世界上最美丽的谎言。"

尽管戈达尔的种种技巧都服务于打乱叙述、变换视角这一主要目的，但他也无意采用系统化的方法来变换视角。诚然，戈达尔在某些影片中也采用了高度模式化的拍摄技巧，比如《已婚女人》中夏洛特分别与丈夫和情人在一起的场景平行出现，又如《期待》中用单色摄影法表现“三种政治色彩”的精彩暗喻。严谨的形式正是布列松、让-马里·施特劳普的所有作品与威尔斯、雷奈的优秀作品中的亮点，但戈达尔的作品却以形式的松散为特色。

《筋疲力尽》中的大量跳跃式镜头切换，并不是戈达尔用来严格控制整体节奏的手段。关于这种切换的基本原理，戈达尔本人做出了如下解释：“在剪辑《筋疲力尽》时我意识到，当人物的对话变得冗长无趣时，可以剪辑对话。我试了一次，发现效果不错，于是整篇电影中都存在着这种跳跃式的切换。”戈达尔在电影后期制作时的态度恐怕不像他自己说的这么随便，但他依赖现场灵感的导演风格也是出了名的，他从来不事先准备完整的拍摄脚本，许多电影在大部分拍摄过程中靠的都是日复一日的现场发挥。在近几部影片中，戈达尔进行了现场采声，并让演员们戴上微型耳机，以便拍摄时能与他们私下交流——要么提提台词，要么提提问题(仿佛在做现场采访)。除此以外，戈达尔在主要依赖职业演员的同时，也越来越倾向于让偶然走过的路人客串角色。(例如，在《我所知她的二三事》中，戈达尔不露面地采访了一位临时雇来的、在美容院工作的姑娘；在《狂人皮耶侯》开场时的聚会场景中，戈达尔将自己素来敬佩的、临时造访巴黎的美国导演萨姆埃尔·福勒请到现场，让他与贝尔蒙多扮演的费迪南德进行了一番对话。）在现场采声的过程中，戈达尔通常会大量保留他所采集到的自然的或意外的声响，即便这些声响与剧情没有联系。尽管这种宽容的做法不是每一次都能收到很好的效果，但戈达尔不少最得意的镜头正是来自最后一刻的灵感或是意外的尝试。《随心所欲》中娜娜死时的教堂钟声就是在拍摄时飘然而至，出乎所有人的意料。《阿尔法城》中那段令人惊呼的暗光场景，正是由于戈达尔的一次尝试才得以面世。当时的晚间拍摄已近尾声，摄影师库塔尔告诉导演，已经没有足够的灯光设备保证画面的亮度了，但戈达尔还是坚持拍摄到最后。戈达尔曾告诉我们，《狂人皮耶侯》令人难忘的结尾——费迪南德引爆炸药自尽——正是在拍摄现场时想到的，之前并无脚本。“我仿佛都是在随意地发挥，但其实这种随意是控制得了的，是服从于影片拍摄的进程的。我在开拍的两天前，往往什么也没有，除了一本原著和几个选定的外景地。”戈达尔持有这样的信念：电影可以吸收偶然因素，并使其成为发展新结构的补充工具。但这一信念并不仅仅源于导演为拍摄做最简单准备的习惯，也并非源于拍摄与剪辑过程中的灵活性。“有时候，我得保留一部分不太满意的镜头，因为我缺少时间与金钱。这些镜头组合在一起的时候，又给了我全新的感觉。对此我并不排斥；相反，我会尽力从中捕捉灵感。”

戈达尔能够捕捉到稍纵即逝的意外画面的一个重要原因，就是他对于户外拍摄的偏好。到目前为止，除了第三部长片《女人就是女人》摄制于摄影棚之外，其他的所有作品——包括长片、短片、片断——都是在“被找到的”实景中拍摄的。

(上演《夏洛特和她的情人》的那个旅店小屋就是戈达尔曾经的居所;《我所知她的二三事》中的公寓房属于导演的一个朋友;而《中国姑娘》则干脆在他目前的住处拍摄。)戈达尔拍过几部科幻寓言,比如《欧帕格》的一个片断“新世界”、《阿尔法城》和《期待》,这些科幻寓言有一个显著而令人久久思索的共同特点,就是整部影片都是在60年代巴黎市郊那些未经变动的景点和建筑中拍摄的,比如奥利机场、斯克瑞伯酒店和新电力大楼。当然,戈达尔是有意为之,因为关乎明天的寓言正是关于今天的论断。无论幻想如何在戈达尔的影片中奔行,它都必须被记录在现实的世界中。

对于即兴编导的偏爱、对偶然元素的吸收,以及对实景拍摄的大量采用,使我们很容易将戈达尔同新现实主义艺术电影联想到一起。后者发端于威斯康蒂的《沉沦》与《大地在动摇》,经过近二十五年来意大利导演们的不断发展,由名导罗塞里尼与新秀奥尔米的战后电影达到高峰。戈达尔虽然是罗塞里尼的狂热崇拜者,却没有走向新现实主义,也无意像罗塞里尼那样将人为的技巧从艺术中剥离。戈达尔所追求的是拉近自由不羁的思想与确定的艺术形式之间的距离,是让随心所欲的记叙与深思熟虑的论断得以共存。对戈达尔来说,单纯的自然、随意和逼真并没有多大意义,只有将它们同抽象的感情准则结合在一起,才是实现了艺术创作的目的(导演的“主观意识”也才得以消融在影片中)。当然,这样做的结果就同其过程一样令人难以捉摸。尽管戈达尔在1958年就已经大体形成了特有的风格,但奋斗不息的个性与对灵感的不倦追求促使着他始终探索着新的艺术手段；如果他在一部影片中提出了自己也无法回答的问题，就会在下一部作品中继续思索答案。如果将其所有作品看作一个整体，那么戈达尔与布列松的联系远比他同新现实主义导演的联系更深刻，因为两人在题材范围和探讨的问题上，都是激进的纯粹主义者和形式主义者，尽管在大多数情况下，将戈达尔与布列松联系在一起的是他们清晰的对比。

布列松简洁深刻的艺术风格同样成熟得很早，并贯穿于他的每一部严密规划、独立制作的作品中。（布列松出生于 1910 年，迄今为止共导演了 8 部长片，最早的一部杀青于 1943 年，最晚的一部完成于 1967 年。）他的作品纯净而富有诗意，基调自然而高雅，并显现出精心打造的整体性。在戈达尔对布列松的采访中（《电影手册》第 178 期，1966 年 5 月），后者曾表示“即兴的灵感是自己电影创作的基础”；但从表面看来，布列松的作品恰恰是即兴电影的对立面。他的电影一旦完成，每一个镜头就都是独立而必要的，也就是说，每一个镜头都只有一种最完美的方式进行拍摄和剪辑（哪怕是在直觉的引导下实现）。布列松的作品富有张力，使观众感觉得到丝丝入扣的叙事结构和延绵而精巧的叙事节奏，似乎所有不必要的元素都被剔除了。正因为有了这种苦苦寻求最佳出路的艺术观念，其作品的主题也大都关于处于囚徒境遇或被两难选择所折磨的人。如果我们认为电影作品理应保持叙述和基调的完整性，那么布列松的创作理念——用最少的资源达到最大的效果，及其费尽心机从而达到“最佳”质量的作品——才独一无二地表现了真正严谨的电影创作模式。

戈达尔的作品则代表了布列松的对立面——不仅是在艺术上，也包括了导演的个性和体验。戈达尔导演电影时的道德激情并不比布列松弱，但他的激情却造就了与布列松截然不同的创作主题：贯穿始终的、无穷无尽的自我责问。戈达尔在1965年时曾这样表白："随着拍摄过程的不断深入，我越来越强烈地感觉到，最大的问题在于如何开始以及如何结束每一个镜头。"问题的关键在于，戈达尔认为自己想出的每一种完成拍摄的方法都是武断的。既然他已经选择了开放的叙述结构，那么某一个镜头的必要性就已经没有太多意义了；既然没有确定的、固有的标准来确定镜头的构图、持续时间和取景方法，那也就没有充足的理由把任何东西从影片中剔除出去。在近期完成的多部作品中，戈达尔更是直白地表现了他将电影视作一盘杂烩——而不是一个整体——的观念。"《狂人皮耶侯》不是一部真正的电影，它只是摄影机前的一次尝试。"关于《我所知她的二三事》，戈达尔又说道："总的来说，这不是一部电影，只是被和盘托出的一种尝试。"《已婚女人》的主标题是"拍摄于1964年的电影碎片"，而《中国姑娘》的副标题则是"未完成之作"。在宣称这些影片不是"尝试"就是"未完成之作"的同时，戈达尔也承认了其作品在结构上的开放与武断；而将电影视作"碎片"，则意味着它们还存在着继续发展的可能性。戈达尔接受，甚至偏爱"并列"的处理手法——把相互矛盾的元素不加调和地放置在一起，并曾经说过："我喜欢简单地排列事物。"这样一来，戈达尔就不必像布列松那样，为故事安排一个合情合理的结尾。他的影片看起来要么戛然而止，要么就是以主要人物的突然死亡而告终，《筋疲力尽》、《小兵》、《随心所欲》、《卡宾枪手》、《蔑视》、《男性女性》以及《狂人皮耶侯》中的主角都难逃此运。

不难猜到，戈达尔为支持自己的观点而强调了“艺术”与“生活”之间的联系（而不是区别）。戈达尔宣称从没有在工作中感觉到“自己正在将生活与创作区分开来”，并认为这种感觉是小说作家难以摆脱的。在他看来，“电影是存在于艺术与生活之间的东西”，电影也再次占据了为艺术家们津津乐道的那块艺术与生活之间的神秘领域。在对于《狂人皮耶侯》的评论中，戈达尔写道：“生活是电影拍摄的对象，镜头长短与画面颜色标示着它的特性。我所要做的就是捕捉生活本身，用广角镜拍摄大自然，用特写表现死亡，用快镜头、长镜头、轻声、巨响去记录安娜与让·保罗的一举一动。总之，要让生活充满屏幕，就好像水龙头里的水注满浴缸，同时又以相同的速度流干。”戈达尔还认为这就是他与布列松的不同之处，后者总是试图在镜头中表现“某个关于世界的观念”——其实是“某个关于电影的观念”，并总是试图让这一观念“应用于现实的世界”。对布列松这样的导演来说，“用电影表现现实世界就如同在模子中铸铁；而在《狂人皮耶侯》中，则既没有铸模，也没有熔铁。”

自然，戈达尔的电影不是浴缸。他掩饰自己对于世界和对于艺术的复杂感情的方式与程度，都和布列松差不多。撇开这个言不由衷的错误比喻不谈，戈达尔将自己和布列松对立起来，还是有道理的。也许与原先的画家身份有关，布列松认为，只有用认真严谨的方法拍摄出来的电影才是有价值的（尽管符合这一标准的电影并不多）；而戈达尔则认清了电影是一种松散、混杂和用来取悦大众的媒介，电影的权威和未来甚至可能由那些低俗的作品掌握。电影可以将各种形式、技巧与视角混杂在一起，却不可能被某种单一的要素决定。说到底，电影导演所要做的就是保证没有任何要素被排斥。如戈达尔所言："我们可以在电影中加入所有东西，我们也必须这么做。"

电影应被视为一种生命体，而不仅仅是对某种状态或遭遇的客观写照；如果电影只是某个历史的或当代的事件，那么随着时间的流逝，它就会被未来的事件超越。为了让自己的作品能够植根于现实的土壤，戈达尔经常在影片中提及当时的政治危机：阿尔及利亚、戴高乐的国内政策、安哥拉，以及越南战争。（在最新的四部长片中，戈达尔都安排了主要演员来谴责美国对越南的侵略，并宣布：只要战争还在继续，他就将在每一部新片中坚持这种谴责。）除此之外，影片中也会很随意地提到一些小事，或冒出突如其来的想法，比如研究一番安德烈·马尔罗、赞扬一下法国电影资料馆的馆长亨利·兰洛、批判那些在宽屏幕上放映 1∶66 宽高比影片的无知放映员，或为同行们尚未公映的影片做宣传。戈达尔还乐于用采访和电视纪录片的方法在电影中讨论"时事话题"，比如让演员们发表一下对于同是瘾君子与摇滚巨星的鲍勃·迪伦的看法。戈达尔认为电影的基础是时事评论，在写《随心所欲》的剧本时，他把马塞尔·萨科特搜集的有关妓女问题的材料作为主要的脚本内容；《我所知她的二三事》则取材于发表在《新观察家》上的一部小说，描写的是低收入家庭的家庭主妇通过兼职卖淫来贴补家用的辛酸。

同照片一样，电影始终是一种纪录现实情景的艺术，但迄今为止，主流的故事片对这一点视而不见。戈达尔则是第一位用电影纪录同时代社会运动的重要导演——有时他把这些社会运动当作影片背景。《男性女性》的背景是发生在 1965 年冬季，由法国青年主导的，针对第一届总统选举的三个月的政治动乱；《中国姑娘》则用很大篇幅分析了信仰共产主义的巴黎学生在 1967 年夏天对中国“文化大革命”的反应。当然，戈达尔不会用直白的手法纪录这些真实事件，而是掺杂了想象和幻想。在他看来：“影片不论以真实或虚幻的场面开场，最终都要将真实与虚幻统一起来。”但戈达尔的寓言电影还是要比他的纪录片更有趣。《卡宾枪手》中所展现的那场世界之战正因为有了二战资料作为注脚才显露出主题，而米开朗琪罗、尤利西斯、埃及艳后、维纳斯等虚构的主角所蜗居的场所也正是法国的某个角落；用戈达尔自己的话来说，《阿尔法城》是一个“立足于现实的寓言”，而所谓银河系中的阿尔法城其实就是 1965 年的巴黎。

戈达尔的电影海纳百川，似乎这位导演从不在乎电影的纯粹性；但从另一个角度说，戈达尔又是一位极端的纯粹主义者，始终追求着一种纯粹现在时的叙事结构。他所要表现的是正在发生的事，而不是曾经发生的事，他要与过去一刀两断。当然，这一思路在当代文学中已非鲜见。以往的文学是一种记载往事的艺术，当读者拿起一本史诗或小说，他所看到的所有事件、人物都早已存在了。而在众多当代小说中，情节就在读者的眼前发展，与叙述保持着相同的节奏(或者更准确地说，与读者的阅读保持着相同的节奏)。在这种情况下，情节是以现在时的形式存在的，至少也是与读者的阅读同步的。贝克特、施泰因、巴洛斯、罗伯-格里耶等当代作家都喜欢在写作中使用现在时。(而在博尔赫斯、兰多尔菲的小说与《微暗的火》中，对现在时的追求化作了另一种形式：把叙述变成一个大熔炉，让现在时、过去时和未来时界限模糊、彼此不分。)如果这种方法在文学中可行，那么在电影中则更便于用现在时进行叙述——因为电影中的语言叙述只会是现在时。(银幕上的一切同样都是正在发生的，不管它们究竟是何时发生的。)要想进一步发挥电影的这种与生俱来的自由性，导演就必须尽量减少影片与“故事”的关联。从传统意义上说，故事指的是已经发生的事，而导演们需要将叙述置于一种被割裂的状态，这样不同事件之间的先后顺序也就不再明显，所有情节也仿佛都以现在时的方式各自伸展。

然而，要想用现在时进行叙述，就不可避免地要采用一种行为主义的、外露的、反心理的视角去观察人的状况。从心理学角度上说，我们对事物的理解又赖于对过去、现在、未来这三种时间尺度的概念。要从心理上理解一个人的行为，先必须把他放到这种历史坐标中去。所以一种仅仅立足于现在的艺术，在刻画人物上就会显得缺乏上述的“深度”和内涵。关于这一点，施泰因与贝克特已在文学领域做出了充分说明，而戈达尔则借助电影做了相似的诠释。

戈达尔在一次关于《随心所欲》的访谈中，难得地暗示了自己偏爱外在视角："我把电影分解为一个个舞台场面，从而强化了电影中的戏剧化元素。此外，这种分解有利于营造一种外在的视角，这样我才能更好地表达内在的感受。而布列松则恰恰相反，他在《扒手》中让电影的戏剧化元素内在化了。但我们怎样才能更好地深入人物的'内心'？我想，最好的方法就是谨慎地从外部观察。"当然，"置身事外"有着明显的好处，比如叙述形式可以更灵活，也不必为人物的困境找出路而与限制条件相冲突。然而，这种内在、外在的选择也许并不像戈达尔说得这么分明。不但布列松没有像戈达尔说的那样"深入人物内心"，恐怕除了19世纪的现实主义小说作家之外，没有人愿意去彻底分析人物的行为动机和全面发掘人的心理世界。参照戈达尔的标准，布列松其实反倒是倾向于采用"外部视角"，因为他着意表现的其实是人物的外表、行动的节奏，以及他们表现出来的难以名状的沉重压力。

当然，与布列松相比，戈达尔确实更重视"外在视角"。为了保持这种外在的距离，戈达尔在影片中不断切换着视角，并把相互矛盾的元素并列在一起——比如真实的情节对比着匪夷所思的情节、文字融入影像、大声诵读的"文本"打断对话、在混乱的背景中进行静态的采访、画外音突然插入并对情节加以解释和评论等等。此外，戈达尔还特别注意用不加感情因素的中性镜头拍摄"物件"，而布列松则想尽办法用暗示性的镜头表示某一物件与人的关系：是被人用过的，受人争议的，惹人喜爱的，或是遭人遗弃的。在布列松的作品中，无论是一只勺、一张椅，还是一片面包、一双鞋，都显示出它们被人使用的状态；剧中人物如何使用这些物件则是真正的关键，不论是借助灵巧的使用方式（如《越狱》中的囚犯使用汤勺、《少女夏莫特》的女主角用炖锅和碗做早茶），还是借助笨拙的使用方式。在戈达尔的电影中，物件则与人物完全无关，它们通常都被毫不在意地使用着——无论是以灵巧的方式或是以笨拙的方式，有时仅仅是摆放在那儿。戈达尔这样写道："物件本身就存在；如果我们给了它们比剧中人物更多的关注，就意味着它们的存在比剧中人物更加重要。没有生命的物件往往活着，有血有肉的人物往往死了。"在戈达尔影片中出现的物件，有时候只是突发奇想的、视觉上的噱头（比如《女人就是女人》中那个悬空的鸡蛋，《美国制造》中那张仓库里的电影海报），有时候又用来表现美感（比如《我所知她的二三事》中研究膨热的学生手中即将燃尽的烟头，以及热咖啡表面的分分合合的气泡）。这些物件的出现都伴随着观众体验的分裂，并加强了这种分裂。关于戈达尔在拍摄客观事物时表现出的分裂性，最明显的莫过于他对于当代物质文化的矛盾态度：一方面他热衷于在影片中吸收流行的事物，比如弹球游戏机、成箱的清洁剂、跑车、霓虹、广告牌和时尚杂志，但另一方面他又对这些城市资本主义的代表性元素持有一定的讽刺态度。此外，戈达尔在取景时也偏爱那些显得与世隔绝的地点：高速公路、机场、不知名的旅店房间、无人的现代公寓、灯火通明的时尚咖啡屋或是电影院。室内场景的布置同样透出与世隔绝的感觉。戈达尔坚持这种分裂的风格，也许是因为感伤于城市世俗生活中人们内心的不安，特别是针对诸如流氓无赖、不满的家庭主妇、左翼学生、妓女这样的小人物。也许戈达尔还想展现他想象中的、反乌托邦的残酷未来。

如果一部影片自始至终都标新立异、支离破碎，那么这种破碎的状态反而成了将影片中各个元素“连接”在一起的共性。布列松则严格地保持着影片各个环节的关联性，并注重发掘每一个镜头的深度。布列松的影片中也不乏导演个性的发挥，但这些个性化的元素都由主题派生并相互关联（无论它们是以张扬或压抑的形式出现，都起到了统一风格和凸显整体的作用）。而戈达尔影片中的种种元素则缺乏真正的有机联系。比如，在表现对于痛苦的反应时，戈达尔片中的人物只有三个互不关联的选择：暴力行为，探寻“思想”，或遭遇一场突然而浪漫的爱情；并且，这些试图摆脱痛苦的尝试又常常会戛然而止，或自显做作。更多时候，剧中人物在痛苦境遇中的行为并不是出于自我满足的需要，与其说他们在寻找着出路，不如说他们已沉湎于幻想。有影评人指出，戈达尔在多部影片中将女性描绘成受虐狂，有时还带有厌恶女性的倾向，并不厌其烦地将“夫妻”生活浪漫化。戈达尔的以上观点虽然自相矛盾，但并不鲜见。这样的矛盾是戈达尔影片基本的形式上的前提在心理和伦理上的对应物。他的影片保留着没有结局的结尾、保留着“支离破碎”的共性、保留着相互矛盾的元素的并列。在这样的影片中，不论是行为的基本准则还是情感的集中释放，都会在伦理层面上显得虚伪、在心理层面上显得游移。

戈达尔在每一部影片中都制造了令人情感困顿、才思枯竭的绝境。除了在越南战争的问题上态度明确以外，戈达尔在提出其他任何一个观点的同时，都对其进行了反驳和批判。精妙绝伦的思想往往是由粗鄙愚钝的人物戏剧化地表达出来。这种没有出路的困顿感同样存在于戈达尔的道德判断之中。如果说布列松明确地赞颂了爱情、诚实、勇气和尊严，斥责了残忍和懦弱，那么戈达尔的态度则非常模糊。比如说，尽管他用了大量的比喻和现实描述来表明当代风尘女子的苦难，但也并未坚持“反对”卖淫、“崇尚”自由的立场。

在戈达尔看来，布列松的影片注定是流于“修饰”的，而他本人则致力于用大量的讽刺来摧毁这种修饰。许多才华横溢而又离经叛道的知识分子在试图消除顽固的道德化倾向时，也往往会做出与戈达尔相同的选择——讽刺。在多部影片中，戈达尔故意在影片的主题与影片的基调之间设置了矛盾，从而建立起了戏仿的叙事框架。比如，《女人就是女人》有一个严肃的主题（已婚孕妇如何面对挫折），但影片却采用了非理性的框架。戈达尔本人说过：“《女人就是女人》讲述的是一个人如何摆脱特定的困境，但影片又像一部新现实主义音乐剧那样充满了绝对的矛盾。而这种矛盾的框架才是我导演此片的初衷。”另一个例子则是《另一帮》，导演竟用诗一样的电影语言描述了一个非职业流氓团伙的肮脏勾当，而剧中人物远赴南美继续冒险的“美好结局”，则将讽刺推向了新的高度。《阿尔法城》同样涉及了许多非常严肃的主题，但戈达尔却用连环画的方式介绍了剧中人物，所起的名字也不忘揶揄（既有法国著名系列惊险片中的主角莱米 · 科逊，也不乏哈里 · 迪克森、吸血教授、杰克尔教授等经典影片中的人物），而男主角的扮演者艾迪 · 康士坦丁曾凭借 B 级侦探片走红法国影坛二十年，现已侨居美国。事实上，戈达尔本来给《阿尔法城》起的片名是《人猿泰山对决 IBM》。《美国制造》中涉及了本 · 巴尔卡谋杀案与肯尼迪谋杀案的双重主题，其实这也是针对《长眠》的戏仿（后者也许是于 1966 年夏季在巴黎艺术影院重新上映时进入了戈达尔的脑海）；而那位长衣裹身的神秘侦探的扮演者，则由《长眠》中的博加特变成了《美国制造》中的安娜 · 卡莉娜。然而，大量使用讽刺也有副作用：思想的表达带上了漫画的色彩，而感情的抒发也大打折扣。如果在电影中坚持直白的叙述方式，就很难在一般的场景中准确表达深沉的感情，比如内在的伤感、愤怒、含蓄的情欲、爱的满足与肉体的痛苦就难以传神地表现，而讽刺的手法又进一步削弱了电影表现情感的效果。布列松毫不动摇地在电影中表现深沉的情感，且从不滥情；戈达尔则毫不费力地通过来回切换情节，让影片表现出的情感时而冷漠、时而激越（同时又保留着一种置身事外的平淡）。

在我个人看来，戈达尔的“直白”比布列松的“深沉”更为成功。前者的直白，不仅表现为《男性女性》中那种难得的感情共鸣，更多地表现为《卡宾枪手》、《蔑视》、《狂人皮耶侯》、《周末》等片中那种激情外表下的冷酷。这种冷酷弥漫在戈达尔几乎所有的作品中。尽管他的影片中存在着大量对暴力与欲望的白描，但导演又让观众与他所描绘出的痛苦与艳情之间保持着距离。剧中人物大多饱受折磨、难逃一死(并且往往死于交通事故，比如《蔑视》的结尾、《狂人皮耶侯》中的车祸，以及《周末》中的高速公路惨案)。并且，影片中也很少出现男欢女爱的镜头，即使出现，戈达尔所关心的也不是亲热的过程，而是由性所揭示出的“人与人之间的空间”。纵情狂欢的场面总是出现在年轻人歌舞、玩耍和奔跑的过程中，在戈达尔的摄影机前，跑步要比欢爱更富美感。

萨姆埃尔·福勒在《狂人皮耶侯》中说过：“电影就是情感，”很多人以此推测戈达尔也持有相同的观点。但在他的影片中，情感的表达始终伴随着智慧的迸发和感觉的变形，并且后者才是其艺术创作的中心。戈达尔也正是通过对情感强度的控制而实现了上文所述的观众与情节之间的距离感：视觉元素易于直接地表现情感，而通过语言元素(包括符号、文本、故事、话语、诵读、采访在内)所表现的情感在强度上则要弱得多，所以戈达尔在影片中安排了大量的或看得见，或听得见的语言元素；这样一来，当观众被电影画面带入情节的同时，批判性的语言又让他们清醒地置身事外。

戈达尔对语言的使用固有借鉴布莱希特的成分，但前者的处理更为复杂、更为模糊，并意在破坏影像、批判影像，使影像晦涩难辨。在这一点上，他又与某些当代画家有几分相似。戈达尔作品中的连珠妙语与布列松常用的简洁严谨的对话形成了鲜明对比，但前者的目的不仅仅在于将语言在影片中的作用提升到前所未有的高度，更是要将语言本身作为电影的主题。

语言已然成为当代诗歌的常见主题之一，并且在一些著名画作中——比如贾斯柏·约翰斯的作品中，语言也是艺术家所暗示的主旨。而戈达尔则用自己的实际行动证明：语言也可以作为电影的主题。但电影导演热衷于展现的只能是对语言的质疑。其他的导演将语言视为“现实主义”的附属品（视为有声电影相对于无声电影的进步的体现），而戈达尔则放任语言自由驰骋，并给予它颠覆性的力量。

如前所述，戈达尔在电影中引入语言的方式多种多样，不仅有对话，还包括独白、诵读、演讲、引用、画外音、问询等等。同时，语言还是其影片中一种重要的视觉元素，并存在着一定的模式。有时候，整个屏幕都被书面文本或文稿占据——语言取代了画面。（比如，影片开头常见的缺省的演职人员名单，《卡宾枪手》中两位士兵手中的明信片寄语，《随心所欲》、《已婚女人》、《男性女性》中出现的广告牌、海报、唱片套和杂志广告，《狂人皮耶侯》中模糊不清的费迪南德的日记，《女人就是女人》中一本书封面上的对话，《我所知她的二三事》中为烘托主题而经常出现的一套系列小说的平装本封面，以及《中国姑娘》中贴在公寓墙上的毛语录。）戈达尔不仅认为电影的本质并不局限于动态的画面，还进一步提出：正是电影——作为一种公认的视觉媒体——对语言的包容，给予了电影充分的广度与自由，使其得以超越其他艺术形式。如果说戈达尔的电影是一个加工厂，那么画面与视觉元素只是原材料，语言才是成品。有的影评家批评戈达尔话语冗长、冲淡主题，其实他们有所误解，语言并不是戈达尔的素材，而是他的主旨。视觉画面给了戈达尔一种迟滞的感觉，似乎太过类似于静态的“艺术”，所以他要用语言来打破这种迟滞。在《中国姑娘》中，毛泽东主义学生公社的墙上贴着这样一条标语：“我们必须用明白的形象替代含混的思想。”但戈达尔知道，这条标语只说明了矛盾的一个方面。有时，形象过于清晰、过于简单。（《中国姑娘》表现的就是信仰共产主义的学生想让自己变得完全简单而纯粹的、极端浪漫主义的追求，戈达尔带着同情的态度对这一内容进行了睿智的处理。）影像与语言之间的辩证关系并非一成不变，而是高度不稳定的。正如戈达尔在《阿尔法城》开场时所说的那样：“生活中有些东西太过复杂，难以言状；于是人们就通过虚构的小说来表现它们，把它们描绘为生活的共性。”然而，共性也就意味着千篇一律、过于简单，这又需要借助具体而模糊的文字加以纠正。

戈达尔对语言的模糊性和强迫性甚为着迷，还一再地让畸形的语言出现在电影中。有时，观众听到的是歇斯底里般的独白，此时的话语也许最接近真实，但仍有压抑的成分，实例有《夏洛特和她的情人》和《水的故事》。有时，话语断断续续，比如戈达尔在《大诈骗犯》中使用的采访片断；在《筋疲力尽》中，戈达尔又让帕特里夏在奥利机场采访了由导演 J-P · 梅尔维尔饰演的一位小说家。有时，话语又过度重复，比如在《蔑视》中的那位四国语言翻译家就迷幻般地将对话重复了一遍，而在《另一帮》中，报着听写的英语教师很古怪地将最末一句再三重复。有时候，话语又彻底有异于人的语调，就像在《阿尔法城》中，电脑统治者阿尔法 60 慢速而沙哑的声音好似青蛙，而它那些患有紧张性精神分裂症的臣民们的声调也如机械般单调。有时，语言又显得“支离破碎”，正如出自《期待》中的那位旅行者之口的话语。有时，对话又与画面不同步，就像《狂人皮耶侯》中交互出现的评论。有时，语言还变得毫无意义，比如《新世界》里，在一个巴黎上空的核爆镜头之后，导演安排了一段题为“逻辑之死”的论述。有时，语言令人困惑难解，比如《随心所欲》的第一个场景，又如《美国制造》中来自“理查德 · 波-”的一盘声音刺耳、模糊不清的录音带，再如《周末》开场时那段情欲的告白。除了破坏语言正常的结构之外，戈达尔还经常在电影中讨论语言的缺陷。在《随心所欲》和《已婚女人》中，剧中人物就由于语言对思想的背叛，它是否还能承载道德和智慧的问题进行了辩论；《蔑视》和《另一帮》都将跨语言“翻译”的神秘性作为了主题；古拉米与维罗尼克在《中国姑娘》中沉思了未来的语言是什么样的（并认为文字将以声音与物质的形式存在）；语言没有意义的一面则由《美国制造》中的体力劳动者马莲娜与咖啡馆男招待的对话做出了说明；《阿尔法城》与《期待》清晰地指明，要重现语言的纯洁，就必须修补其中哲学与文化上的裂痕，而剧中人物对语言的成功纯洁化也成为两部影片情节的重要转折点。

至此我们可以看出，揭示语言的危机已成为戈达尔导演影片的首要动因。在长篇大论的外表背后，影片中的语言无法摆脱无谓重复与陈词滥调的纠缠。如果他的作品中存在一个抽象的“声音”，那么这个声音就在质疑着所有其他的声音。戈达尔一再提及的卖淫话题，也要将其与语言前后联系起来才能理解。在戈达尔看来，卖淫不仅是一个社会学问题，更是对于语言命运的暗示，对思想本身命运的暗示。这两个主题的结合最明显地体现在科幻片《期待》的梦魇中：在未来的某个时候——也就是现在——一家机场旅店可以为来往旅客提供两类临时性伴侣，要么只做爱不说话，要么情话绵绵却不可亲近。这种肉体与灵魂的分裂使戈达尔意识到了语言面对着同样的威胁，并促使他在不倦的艺术创作过程中不断地进行着痛苦的自我拷问。娜塔莎在《阿尔法城》落幕时说道：“有些字，我从来就不认识。”从戈达尔所控制的叙事神话来看，正是这种痛苦的觉悟，标志着娜塔莎才开始了她的自我救赎；而在更广义的层面上，艺术本身的救赎也由此发端。

［1968 年 2 月］

（何宁　译）

Ⅲ

美国怎么啦（1966）

《党派评论》的编辑曾在1966年夏向多人分发过一份调查问卷。以下是对该问卷的一则回复。问卷的开场白是这样的："对于美国人的生活正往何处去，如今的人们有着许多的焦虑。事实上，我们有理由担忧美国或许正在走入一场道德与政治危机。"在又作了几句这样轻描淡写的陈述后，参与调查者受邀围绕七个问题作出答复。1. 何人入主白宫重要吗？还是说，我们的体制中是否存在某种机制，会迫使任何一位总统像约翰逊总统这样行事？2. 通胀的问题有多严重？贫困的问题呢？3. 政府与美国知识界之间的鸿沟意味着什么？4. 美国白人是否致力于给予美国黑人以平等？5. 你认为我们的外交政策会将我们引向何方？6. 总的来说，你认为美国将会发生什么？7. 你认为我们能够从当下青年的所作所为中找到希望吗？

我的答复同马丁·杜博曼、迈克尔·哈林顿、汤姆·海登、纳特·亨托夫、H·斯图亚特·休斯、保罗·雅各布斯、汤姆·卡恩、里昂·H·凯泽林、罗伯特·洛厄尔、杰克·路德维格、杰克·纽菲尔德、哈罗德·罗森伯格、理查德·H·

罗维尔、理查德·施拉特以及戴安娜·特里林的答复一道，刊登在《党派评论》杂志的1967年冬季刊上。现将我的答复复述如下。

我们对于这个国家的一切感受都是且应当是建立在对于美国力量的认知基础上的：我们应当认识到，美国是这个星球上的头号霸主，他那副金刚般的大爪子中不但攥着人类的历史未来，还攥着人类的物种未来。眼看着罗纳德·里根成为加利福尼亚的新爹地、[①]约翰·韦恩[②]坐进白宫大嚼小排骨的今日美国，几乎和门肯[③]笔下的那片“野蛮人乐土”别无二致。两者主要的差别在于，在1960年代后期的美国发生的一切要远比1920年代的美国关系重大。那时，如果你心理坚强的话，偶尔还可以不无爱怜地向美国的蛮荒投以一丝轻笑，并在美国的天真中发现一点可爱之处。而如今，这蛮荒与天真全都凶险得致命，庞大得骇人。

首先，美国的力量大得令人发指。与此同时，美国的生活质量对于人类发展的可能性而言也是一种戕害；各种电器、汽车、电视与盒子楼对于美国空间的污染摧残着感官，把我们中的大多数变成了灰色阴郁的神经官能症患者，把我们中的最优秀者变成了变态的精神运动员与极端的自我超越者。

---

① 罗纳德·里根于1966年当选加利福尼亚州州长。

② 约翰·韦恩（真名马里恩·莫里森，1907—1979），好莱坞名演员、导演、制片人，在许多西部片中扮演过硬汉角色，政治观点极为保守。

③ 亨利·路易斯·门肯（1880—1956），美国作家、评论家，20世纪20年代美国知识界中心人物。

格特鲁德·斯坦曾经说过，美国是世上最老迈的国家。它毫无疑问是最保守的国家。它会在改变中失去最多(全世界百分之六十的财富却为一个仅占世界百分之六人口的国家所拥有)。美国人知道他们无路可退：“他们”想要把这一切从“我们”手中夺走。而依我所见，美国也活该被人夺走这一切。

关于这个国家有三个事实。

美国是建立在种族屠杀的基础上的，建立在一种理所当然的认识基础上的：欧洲白人有权消灭技术落后的有色原住民，从而攫取美洲大陆。

美国不仅仅有现代历史上最残暴的奴隶制，还有一种与众不同的司法体制(与其他的奴隶制相比较而言，如拉丁美洲与英属殖民地的体制)——美国的体制在任何一个方面都不承认奴隶是人类。

作为一个国家而言——区分于殖民地时期——美国主要是由欧洲输出的剩余穷人创造的，再加上一小撮 *Europamüde*——厌倦了欧洲的人(一个 1840 年代的流行词)。然而，即便是身无分文的赤贫者也知道一种被社会上层所发明、自上而下灌输的“文化”，以及一个被征服了数世纪之久的“大自然”。这些人抵达的则是这样一个国度：土著文化就是敌人，正在被毫不留情地逐步消灭，而大自然也是敌人，一种原始的力量，未被文明——也就是人类欲望所教化，因此必须被战胜。而在美国终于被“征服”后，一代又一代新的穷人填满了这片土地，依照文化贫瘠、背井离乡的游民在工业时代初期对于美好生活所能拥有的那点庸俗的幻想来建设它。而这个国度看上去正是他们的梦中乐土。

外国人歌颂美国的“活力”，将我们无可比拟的经济繁荣与艺术娱乐中的勃勃生气都归因于它。但这活力的源头无疑是有毒的，我们为之付出了过高的代价，苦果就是一种非自然的、反人性的、失衡的动力，把所有人的神经都折磨得苦不堪言。从根本上讲，这是一种暴力的活力，一种不受约束的怨恨与焦虑——此二者都是由长期的文化紊乱所释放的，而在大多数情况下，这种活力必须以一种激烈的方式得到升华。而它升华后的产物大体上就是粗俗的物质主义与贪婪。就是狂热的慈善。就是愚昧的道德运动，其最令人瞠目的代表便是禁酒令。就是一种让乡村与城镇面目丑陋的可怕天赋。就是少数牛虻的多嘴与叮咬——艺术家、先知、丑闻记者、怪人与疯子。就是自我惩罚的神经症。但赤裸裸的暴力依然不断地冲破表象，让人们对这一切疑窦丛生。

毫无疑问，美国不是这个星球上唯一一个暴力、丑陋、不幸的国度。同样，问题依然出在规模身上。当白人来复枪在手，来到这里，开始新生活时，这片土地上仅仅生活着区区三百万印第安人。如今，美国的霸权威胁着不是三百万，而是无数的生命，而他们就像当年的印第安人一样，甚至从未听说过“美利坚合众国”，更不用说它那个神话中的帝国——“自由世界”了。美国的政策依然为“天命扩张说”的幻象所驱动，尽管扩张的边界曾经是大陆的尽头，而如今这美国的天命却囊括了整个世界。在正义最终获胜前，依然有许多的红番部落要剿灭；就像经典西部片解释的那样，只有死红番才是好红番。对于那些生活在纽约及其近郊的人来说，浸淫在当地较为温和委婉的特殊氛围中，这样的论调听上去未免有些夸张。跨过哈得孙河吧。你会发现，这并非只是“某些”美国人的想法；这几乎是所有美国人的想法。

当然了，这些人不知道他们在说什么——真的不知道。但这不是借口。事实上，正因为如此，这一切才恰恰成为了可能。永不满足的美国道德主义与美国对于暴力的信仰不仅仅是一组双生病症，来自某种表现为过长青春期的性格神经症——青春期意味着成熟期终究会到来。它们构成了一种病情充分发展且根深蒂固的国民性精神错乱。如同所有的精神错乱一样，它也是建立在对于现实的有力否认之上的。到目前为止，这否认是奏效的。除了一百年前的南方部分地区，美国本土从未见识过战争。就在险些成为世界末日的那一天——美国与俄国当时正在古巴海岸边剑拔弩张——一个出租车司机对我说道：“我——我不担心。我已经在上一场大战时服过役了，如今也过了服兵役的年龄。他们没法再拉我去了。可我举双手赞成现在就给他们点厉害尝尝。我们还等什么呢？早打早完事儿。”既然战争永远发生在“那里”，我们又总是赢家，那干吗不扔炸弹呢？要是按一下按钮就完事儿了，那就更好了。美国就是这样一种奇怪的混合体——既是一个能毁灭世界的国家，又是一个生怕有损一根毫毛的国家。一位普通的美国公民也许心怀约翰·韦恩的狂想，但他的脾性却时常跟简·奥斯丁笔下的伍德豪斯先生[①]一模一样。

下面，我简要回答一下其中的几个问题：

1. 越南战争中，每天晚上他都要亲自为第二天的任务挑选轰炸目标。但我认为我们这样一种事实上的体制确实是有很大问题的；它赋予了总统几乎不受限制地执行一项不道德且不明智的外交政策的自由裁量权，其结果就是，甚至连参议院外交关系委员会主席的强烈反对也无济于事。我们法理上的体制将宣战权赋予了国会——显然，帝国主义冒险与种族屠杀远征不在此列。这些情况最好是不宣而战。

不过，我无意暗示约翰逊的外交政策是一小撮攫取了国柄、扩张了行政首脑的权力、阉割了国会、操纵了民意的阴谋小团体在心血来潮。呜呼，约翰逊实在是太能代表美国了，正如同肯尼迪不具代表性一样。如果说这里头有密谋的话，那也是(或曾经是)迄今为止基本上由东海岸财阀集团挑选的一批较为开明的国家领导人在密谋。是他们通过各种手腕，才设法让那些已在这个国家风行超过一代人的自由派理念勉强得到了默许——一种表面上的共识，仅仅因为一盘散沙的选民们只关心各自当地的事务，不关心政治，这才得以达成。要是将《权利法案》作为一项新立法付诸全民公决的

① 简·奥斯丁的小说《爱玛》中的人物，爱玛的父亲，永远在为自己的健康担心，生怕做出任何一件有损健康的事情。

话，它的命运不会比纽约市民（投诉）调查委员会的遭遇更好①。这个国度里的大多数人都和戈德华特②持相同的信仰，而且一向如此。但他们中的大多数都不知道这件事。让我们祈祷他们永远不会知道。

4. 我不认为美国白人致力于给予美国黑人以平等。致力于此的只是一小部分美国白人，他们中的大多数受过教育，家境优渥，但几乎没有与黑人有过任何长时间的社会接触。这是一个狂热种族主义的国度；在可预见的将来，它将依然如此。

5. 我认为本届政府的外交政策将引发更多的战争与更广泛的战争。我们的唯一的希望——同时也是对于美国的好战性与偏执狂的首要制约——就在于西欧的厌战与去政治化、在于俄国与东欧各国对于美国和另一场世界大战的强烈恐惧，以及我们那些第三世界卫星国的腐败无能。没有盟友，想要发动一场“圣战”是很难的。但美国的疯狂程度足以驱使它霸王硬上弓。

6. 政府与知识界之间的鸿沟有何意味？这只能意味着我们的领导人是真正的野蛮人，将他们那种人的露阴癖特质展露无遗，而自由派知识分子（他们在内心深处认同的是全世界彼此惺惺相惜的明理人）还没有完全瞎眼。况且，到了这个时候，

① 纽约市民投诉调查委员会是一个专门针对纽约市警察局（NYPD）的监督机构。1965 年，纽约市长提议非警员身份的平民应当在委员会中发挥主导作用。他的提议在经过市民投票后遭搁浅。

② 巴里 · 戈德华特（1909—1998），美国政治家，1964 年美国总统选举的共和党候选人，强硬的保守派。

再没有什么顾忌能阻碍他们表达出自己的不满与挫折了。我们最好牢记，自由派知识分子和犹太人一样，通常信仰一种古典的政治理论，将国家看做权力的垄断者；他们期望那些开明的人能够坐上权力的高位，能够公正地行使权力，因而他们是“当权派”天然的盟友，尽管也是谨慎的盟友。正如俄国犹太人知道他们在沙皇的官员那里还有一线生机，但在烧杀掳掠的哥萨克和酩酊大醉的农夫面前却必死无疑一样，自由派知识分子自然而然地期望能够影响当政者的“决定”，而非影响反复无常的大众“情绪”。只有当所有人都明白了政府本身就是由哥萨克和农夫把持时，才会出现像现在这样的关系破裂。当（且如果）那位喜欢在别人身上乱摸，还当众挠蛋蛋的白宫主人被另一个不喜欢被人碰，还觉得叶夫图申科[①]“很有趣”的人替代时，美国知识分子就不会那么灰心丧气了。他们中的绝大多数并非革命者，就算他们想做革命者也不知从何做起。他们基本上都是些领着薪水的大学教授，一旦这个体制能够运转得比当下好那么一丁点，他们就会和所有人一样在体制中如鱼得水。

7. 关于这最后一个问题，我稍微多讲几句。

是的，我确实在年轻人的所作所为中看到了希望。你能在今日美国中发现的几乎是唯一的希望就在于部分年轻人大吵大闹、掀桌砸椅的这股劲头。我指的不但是他们复苏的政治热情（譬如抗议活动，譬如团体行动，而非坐而论道），还有他们的

---

① 叶夫图申科（1933—2017），俄罗斯诗人。

跳舞方式、衣着方式、留长发的方式、狂欢方式、做爱方式，还包括他们对东方思想和仪式的尊敬，以及——这一点同样重要——他们对于嗑药的兴趣——尽管利里[1]和其他人对于这个问题做了极其可怕的庸俗化解读。

一年前，莱斯利·菲德勒写了一篇错得离谱但很是有趣的文章，题目叫作《新变种》。这篇文章想要引发人们关注这样一个事实：一种刻意模糊性别差异的新时尚似乎在如今的年轻人当中流行开来了，这标志着一种全新的青春雄激素诞生了。留着长发、拥有大群少年追星族的流行乐队和那一小群从伯克利校园到曼哈顿东村、紧追新动向的青年精英被扔进了一个筐里，一起被当做是“后人文主义时代”已经到来的标志，而我们正在这样一个新时代里见证“西方男性的极端异变”，一场“反对阳刚之气的叛变”，甚至是“对于传统男性力量的摒弃”。对于菲德勒而言，这种个人道德观念的转向是可悲的。据他诊断，这种现象的背后是“对于一种反清教徒生活方式的系统性提倡”。(尽管有时，菲德勒又似乎在以他那种模棱两可的典型口吻，用一种移情的方式欣赏这种变化，但总体来讲他的基调似乎还是悲叹居多。)至于为什么可悲，他自始至终没有说清。我想，这也许是因为他断定这样一种生活方式会彻底破坏激进政治乃至其道德观念的根基。老派的激进政治(马克思主义或社会主义或无政府主义的某个版本)意味着依然认可传统的“清教徒式”价值观——工作、戒酒、成就、建立家

① 蒂莫西·利里(1920—1996)，美国心理学家、作家，鼓吹可控状态下迷幻剂具有治疗的潜力。

庭。菲德勒认为——菲利普·拉夫、欧文·豪、马尔科姆·马格里奇还有其他一些人也都有相同的观点——年轻人中间的这样一种新风尚一定在本质上是对政治冷感的，而他们的革命精神只不过是一种幼稚病。至于同样是这群年轻人为何也加入了非暴力学生统一行动委员会(SNCC)，或是登上了“北极星”核导弹潜艇搞抗议，或是支持康纳·克鲁斯·奥布赖恩[①]，同时又抽大麻、双性恋、崇拜“至上”乐队[②]，菲德勒等人的看法是将其视为一种矛盾，一种道德欺诈，或是一种智识上的意志薄弱。

我不同意这种看法。性别的去极化——就拿让菲德勒如此着魔的这一点来说——代表着性革命的下一阶段(或许也就是它的消解)，这一发展是自然而然的，也是值得肯定的。性革命已经超越了前一个阶段，也就是将性视作人类活动的一个受到戕害但分离独立的区域，或是发现是“社会”压抑了对于“性”的自由表达；性革命当前的发展程度已经让我们意识到，我们的生活方式以及个性表达的常用选项几乎完全压制了对于愉悦的深层体验，抹杀了自我认知的可能性。“性自由”只是一句浅薄、过时的口号。是什么，又是谁需要解放？对于老一辈人而言，性革命依然是一个有意义的概念。你要么支持它，要么反对它；如果你支持它，那么这一概念就依然被限制在弗洛伊德主义及其衍生学派的条条框框里。但弗洛伊德自己

① 康纳·克鲁斯·奥布赖恩(1917—2008)，爱尔兰政治家，一个极具争议性的人物。

② 20世纪60年代美国红极一时的女子三重唱组合。

就是一个清教徒，或者说是“一个工贼”，正如菲德勒的一个学生那令人不安的快人快语所说的那样。马克思也是。年轻人的眼光已经超越了弗洛伊德和马克思，这没有什么不对。让教授们去守护那份确实珍贵的遗产，履行虔敬者的一切职责吧。如果说年轻人不再向那几尊异议者的旧神行礼致敬了，那也没什么好唉声叹气的。

在我看来，对这样一种后弗洛伊德、后马克思的新一代激进主义采取高高在上的姿态是非常愚钝的，尽管这样做可以理解，因为这种激进主义不但是一种思想，更是一种体验。没有个人体验，仅仅以局外人的视角雾里看花，你所看到的似乎确实是一团乱麻，而且毫无意义。看着这些年轻人闭着眼睛，在震耳欲聋的迪斯科音乐中狂舞，你确实很容易心生反感(除非你也在跟他们一起跳)。那些留着长发，手中挥舞的往往不是“撤出越南”的游行标语，而是鲜花和寺院铃铛的游行青年，连同那些口齿不清的马里奥·萨维奥[①]们同样也会让不少人连连摇头。同时，我们也会注意到，这一小群有天赋、有远见的青年人承受着惊人的伤亡率，还有巨大的个人痛苦与精神压力。他们当中当然混进了许多冒牌货、笨蛋和真正的疯子。但他们中的精英确实怀着一种复杂的渴望：既参与，又“逃避”；既要做善良的人，又要做视觉上和触感上美丽的人；既要充满爱心、温文尔雅，又要斗志昂扬、富有效率——这些渴望在我们当前的形势下都是有意义的。当然，要理解他们，你

---

① 马里奥·萨维奥(1942—1996)，美国政治活动家，曾是加州大学伯克利分校言论自由协会领袖。以激情演说闻名。

首先得坚信美国的世道确实已经堕落到了像我之前描述的那般令人绝望的地步。要认清这一点很难，因为这绝望被美国能够提供的种种舒适与自由遮蔽了。大多数人因而并不真的相信事情已经如此糟糕，这也是可以理解的。这就是为什么对于他们来说，这一代年轻人的种种乖张举动不过是匆匆而过的一长串文化时尚中夸张刺眼的一个罢了，对之他们只能报以善意的目光，但善意的背后终究是厌倦与看破红尘。这哀伤的一瞥其实是在说：我也曾经是一个激进主义者——当我年轻时。什么时候这些孩子才会长大，才会认识到我们所认识的一切：真正的改变永远也不会到来，只会越变越糟？

从我自己的经历与观察出发，我坚信重新定义的性革命与重新定义的政治革命之间确实有一种深刻的共鸣。成为一名社会主义者与选择嗑药（以一种全然严肃的精神——一种探索个人意识的技术手段，而非将其当做镇痛片或拐杖）这二者并非不可调和；探索内在空间与矫正社会空间这二者间也没有不可调和之处。这些年轻人理解，需要全盘改造的是当代美国人（及其模仿者）的整个人格架构（当然了，像保罗·古德曼和埃德加·Z·弗里德伯格这样的老一辈长久以来一直在发出这样的声音）。同样需要全盘改造的还有西方式的“男子气概”。他们相信，不论是社会主义的某种制度变革还是通过选举或者其他途径将更优秀的领导人推上权力宝座都不会带来任何真正的改变。他们是对的。

同样，我也不敢嘲弄这一小群年轻人对于东方（或者更宽泛地说，对于非白人世界的智慧）的向往，不论他们的这种迷恋往往是多么无知或幼稚。(但话说回来，再没有人能比菲德勒的观点更无知了。他竟然暗示东方的思维模式是“女性化的”、“被动的”，所以这些丧失男子气概的年轻人才会被其所吸引。)为什么他们就不能到别处去寻找智慧呢？如果美国是西方白人文明的巅峰，正如不论左派还是右派一致公认的那样，那么西方白人文明身上一定有某种极其严重的缺陷。这是一个令人痛苦的事实；我们当中极少有人愿意跨出这一步。与之相比，指责年轻人，训斥他们“不愿参与过去”、“逃避历史”则要容易得多。但让菲德勒如此茶饭不思的不是真正的历史；那仅仅是我们的历史，他却宣称这历史就等同于“人类的传统”，等同于“理性”自身。当然，想要从真正的世界历史视角考量这颗星球上的生命是一件非常困难的事情；这种想法会让你头晕目眩，几乎像是在诱惑你自杀。但从世界历史的视角看，某些年轻人此刻摒弃的(以他们对于脏话的热爱、他们的佩奥特碱致幻剂、他们的素食长寿法、他们的达达主义艺术)这一部地方史就显得不那么光彩怡人，不那么理所当然地伟大不朽了。事实是，莫扎特、帕斯卡、布尔代数、莎士比亚、议会制政府、巴洛克教堂、牛顿、女性解放、康德、马克思，还有巴兰钦的芭蕾都不能弥补这一文明给世界带来的灾祸。白人种族是人类历史之癌；是白人种族，也仅仅是白人种族——它的意识形态，还有它的各种发明——在四处扩散，灭绝所到之处的其他自主文明，破坏地球的生态平衡，甚至已经到了威胁生命本身存在的地步。当年黑云压顶的蒙古铁蹄远远不及“浮士德式”贪得无厌的西方人可怕——后者的理想主义、辉煌艺术、理性的探险欲、吞噬世界的征服力已经造成了如此大的灾祸，而且还将造成更大的灾祸。

这就是一些年轻人所感知到的东西，尽管他们中鲜有人能用言语表达这一切。同样，我相信他们是对的。我并不是在说他们能够取得胜利；我甚至都不确信他们能够给这个国家带来多少改变。但他们中的一些人总还能拯救自己的灵魂。对于那些希望拯救自我灵魂的人来说——从艾默生和梭罗到梅勒和伯勒斯、利奥 · 西拉德和约翰 · 凯杰、朱迪斯和朱利安 · 贝克——美国是一个好地方，能够让他们忍无可忍。当世事如此糟糕，如此让人无法忍受时，救赎就成了一个稀松平常、近乎必然的目标了。

我还想做最后一个比较，希望不至于太牵强附会。19 世纪早期，犹太人纷纷离开了贫民窟，他们因此也就成为了一个注定要消失的民族。但他们融入现代世界这一致命事件却也带来了一个副产品，那就是艺术、科学与世俗学说的一次令人瞠目的创造力大爆发——一股强大但受挫的精神能量的迁徙。这些富有创新力的艺术家与知识分子并非如人们常说的那样，是一小批离群的犹太人；他们是作为犹太人而离群的人。

对于美国，我就像对犹太人一样不敢抱太多的希望。在我看来，这是一个命数已定的国家；我只能祈祷，当美国沉沦时，它不会拉上整个地球作陪葬。但我们同时也应该注意到，在这漫长的、巨大的痛苦之中，美国也孕育了它最敏锐的一代正派而敏感的少数派——这些作为美国人而离群的年轻人。他们不再为哀伤的长辈们口中的陈腐真理所吸引了（尽管那些确实是真理）。更多的长辈们应该反过来听听年轻人的声音。

［1966］

（宋佥　译）

河内行纪

虽然一直以来我都强烈反对美国侵略越南，四月中旬意外接到去河内的邀请时，我还是接受了。当时心里打定主意，回来后绝不写这趟旅行的相关文章。我既非记者也非政治活动家（尽管在签署请愿书和参加反战示威方面颇有经验），更非亚洲问题专家，只是个术业不精又积习难改的作家，至今无法在小说和随笔里将自己演变中的激进政治信仰和身为美帝国公民感到的道德困境很好地表达出来。所以我想我对这样一次旅程的记述不见得能给那已然雄辩的反战言论增添新的内容。眼下这种时候，一个美国人若是认为还值得写一写越南，唯一的原因便是能为反战的声浪推波助澜吧。

困难可能就是由此而生的，因为我心里其实并不觉得受邀前往北越有什么像样的目的。如果我对这次造访的作用（不管是对我还是对别人）本就有着清晰的设想，也许会觉得目睹的一切更容易理解和消化。如果我偶尔能记起自己是一个作家，而越南是"素材"，我或许能避开某些遭遇到的困惑。事实上，我初到越南的几天沮丧透顶，大部分的精力都用来将自己的郁结控制在尚可容忍的限度之内了。不过现在我回来了，既然归国后还是想写一写越南，可以说，我不后悔当初的决定。我放弃了本该扮演的角色，一方面暴露了自己的无知，平添了许多生活的不适，另一方面却也无意中促成了我在旅途中最终的发现。

当然，我会走向困惑并不仅仅因为一开始就拒绝把这次旅行看成工作任务。一定程度上，我的迷惑来得很直接，不可避免：是感到文化错位时的诚实反应。另外我也想提一句，如今游览河内的美国人很少单独行动，为了不给越南人添麻烦，往往会组团出行，成员有时是两个，通常是三到五个之前互不认识的人。我是作为三人中的一个去北越的。同行的另外两个美国人我之前都没见过——一个是记者安德鲁·科普坎德，另一个是康奈尔大学的数学家罗伯特·格林布拉特，现在全职为反战运动工作——四月中旬我们在柬埔寨才初次碰面。但这趟旅行需要我们建立起并非完全自愿的亲密关系，这种关系往往出现在浪漫的爱情里和危急关头，在我们之间却整整保持了至少一个月。（我们受邀去两周。但因为延误和失联，我们整整花了十天才从纽约途经巴黎和金边到达河内，而返程又是将近一周。）要是我独自旅行，自然会细心观察越南人，但路上有了同伴，他们的状况便分走了我相当一部分的注意力：这种关心有时表现为责任，绝大多数时候则是我乐意为之。突然间要和两个陌生人朝夕相对，势必得学习如何带着善意和智慧与人相处；说“陌生人”是不假的，即便我早已听说过两位的盛名，至于安迪[1]·科

① 安德鲁的昵称。

普坎德，我更是很欣赏他的文章，但或许正因如此，他俩愈发显得陌生了。三人同处于一个陌生的国度(我和鲍勃[①]·格林布拉特之前都没有来过亚洲；安迪·科普坎德五年前走过一遭，去了西贡、曼谷、菲律宾和日本)，遇到的人母语都不是英语(除了一个U.S.I.S.[②]的官员和老挝的一个美国记者，还有在我们此行第二周开始时来到河内的四个S.D.S.[③]资助的美国大学生)，这些进一步拉近了我们之间的距离。在这一切因缘际会之下，我们会把大量时间——心怀感激地，常常是兴奋难耐地——用来聊天似乎是不可避免的了。

然而，我并不是说我对越南最初印象里的消极悲观情绪是这些外部环境因素造成的。若要对那种情绪做出认真解释，我认为缘由并不在于成为随意搭配却又不可分离的三人组中的一分子令人焦躁、紧张，而在于走近越南需要的各种条件和我个人能力的局限。听了四年自家政府带给越南人民的苦痛折磨，我悲愤交加，如今真的到了那里，整天收到礼物、鲜花，受邀出席演讲、茶会，承蒙他们似乎有点过分的盛意，我的心情和远在千里之外时并无不同。不过置身河内比我想象中更神秘，更让人困惑不已。我发现我难免会担忧和好奇，我对越南人了解多少，他们对我和我的国家又了解多少？

不过我向自己提出的这一问题，其答案虽然叫人沮丧，至少对于我来说，也许是最重要、最有成果的一次叩问了。因为

---

① 罗伯特的昵称。

② 全称 United States Information Service(美国新闻处)。

③ 全称 Students for a Democratic Society(学生争取民主社会组织)。

我此行的目的不是搜寻信息(至少不是通常意义上的)。和任何一个在过去几年里关心越南的人一样，我已知之甚多；我无法指望在仅仅两周里收集到比眼下所能获得的数量更多，或者质量明显更高的信息。从早先《纽约时报》上哈里森·索尔兹伯里[①]记录他1965年12月至1966年1月间越南之行的报道(后来扩充成书，名为《战线之后——越南》)和斯托顿·林德、汤姆·海登[②](他俩是最早代表反战运动访问北越的美国人)合写的《另一边》一书，到两位法国记者费利佩·德维莱尔、让·拉库蒂尔[③]的分析报告，再到我一回美国就在读的玛丽·麦卡锡[④]的新文章，各色各样的记述成堆刊出，以生动的细节传达着河内和北越大部分地区在充满同情，或者至少尚算客观的旁观者眼中究竟是什么样的。只要想，任谁都可以了解到越南自从1954年法国殖民者离开后取得的成就：扩展了医疗事业，改革了教育，建立了初步的工业基础，草创了多样化的农业。至于美国对北越人口密集区残忍的经年轰炸——唯一的例外是河内市中心(但遭到了“杀伤性”破片弹的攻击，那种炸弹不

① Harrison Salisbury(1908—1993)，美国记者，二战后由《纽约时报》派驻莫斯科。受邀访问北越后，在报道中多次表达反战观点，尤其反对美国对越实施空袭。但索尔兹伯里访越似乎是在1966年底，不知桑塔格是否记忆有误。在关于越战的纪录片《猪年》(1968)中，索尔兹伯里接受了采访。

② Staughton Lynd(1929—　)和Tom Hayden(1939—2016)在越战期间都积极投身于反战运动；《另一边》(*The Other Side*)出版于1967年。

③ Jean Lacouture(1921—2015)，法国记者、历史学家、作家，尤以传记作品闻名(包括《胡志明传》)。和上文提到的索尔兹伯里一样，他和德维莱尔(Philippe Devillers)也是《猪年》一片中的受访者。

④ Mary McCarthy(1912—1989)，美国小说家、批评家、政治活动家，反对越战，其间多次访问越南，并著有《越南》(1967)、《河内》(1968)等作品。

会摧毁建筑，只会取人性命）——和基本毁于一旦的那批 1954 年之后新建的学校、医院、工厂，还有大多数桥梁、剧场、庙塔、大小天主教堂，要获悉相关事实就更容易了。就我而言，经过这些年的阅读和观看新闻片，头脑中早已积累起大量越南的各种图景：被凝固汽油弹烧焦的尸体，骑着自行车的市民，一间间茅草屋组成的小村庄，像南定和府里那样被夷为平地的城市，排列在河内的人行道旁的圆柱形单人防空壕，学生们为了抵御破片弹而戴上的那一顶顶厚实的黄色草帽。（我们甚至不必专门去翻阅威尔弗雷德 · 伯切特[①]那几本明确带有偏向性的书，也无须参考罗素法庭[②]收集的文件，只消看看电视、《纽约时报》和《生活》上的图片、数字，脑海里便会留下难以磨灭的恐怖印象。）但事实证明，同那些图像中的原型面对面并不是轻松的体验；等终于亲眼看见、亲手触摸他们时，我感到既兴奋又麻木。将眼前的现实和脑中的映象搭配起来至多是一个机械的，或者说纯粹累加的过程，但要从遇到的越南官员和普通民众那里打探新的细节，我就不太在行了。我若是无法主动调整自己的知觉和观念，是否亲身来过越南也不见得有什么区别。可难就难在这里：能为我所用的只有我那副受制于文化、无所适从的感受力。

① Wilfred Burchett（1911—1983），澳大利亚记者，在朝鲜战争与越南战争期间因为亲共的政治主张在西方引起巨大争议。越战后期更是不顾年迈和美军袭击的危险，奔赴越南各地。著有十余部关于越南的作品。

② 在文中的全称为“罗素基金会国际战争罪法庭”（Russell Foundation’s International War Crimes Tribunal），亦称“罗素—萨特法庭”，由英国哲学家伯特兰 · 罗素组建、法国哲学家让-保罗 · 萨特主持的在道义上和国际法层面上对越战中美军的暴行作出审判的机构。

确实，问题就在于，在我这个美国人的意识里，越南已变得那样真切那样具体，要把它赶出我的头脑太难了。说来滑稽，初到越南的感觉就好比一个人见到了钟爱了多年、时时出现在幻想中的电影明星，却发现真人比想象中矮小得多，也不那么活力四射、性感迷人，大部分地方都不一样。最不真实的体验最为可信，正如我们到达的那天晚上。从万象起飞的国际监督委员会的小飞机误了点，一路上我都很紧张；等飞机在河内嘉林机场[1]安全着陆我才松了一口气，当时的念头主要是终于活着落了地，至于自己既不知道到了哪里也不知道跟谁在一起，则是几乎没有去想。我一边抱着花穿过漆黑的着陆区，一边努力弄清和平委员会派来接机的那四张笑脸的名字。如果说我们的飞行和着陆有点像幻觉，那晚余下的时间则好似一副巨大的反投电影背景，画面里的景物异常鲜活，时间、比例和动作都遵循透视法变得紧凑了。我们先是在荒凉的机场大楼里边等行李边别扭地跟越南人聊天，事后回想起这段时间，也不知是几分钟还是一小时。接着，三辆车分别载着我们进入夜色，富有节奏地一路驶向河内。开出机场不远，汽车突然一歪，从崎岖不平的泥路驶上了连接红河两岸的一排浮舟，因为原先的铁桥已经炸毁了。我们一点一点地渡了河，可一到对岸，就感觉车子飞驰起来，只见这三辆车穿过昏暗的市内街道，在驮着模糊人影的自行车流之间所向披靡，一径开到我们下榻的酒店门口。酒店名叫 Thong Nhat，是“重归统一”的意思，有人解

① 离河内市区约 7 公里。

释道。那是一座高大的建筑，风格不太明确。朴素的大堂里分散坐着十来个人，多数不是亚洲面孔，但除此之外一时看不出其他特征。他们领我们上楼去看了看宽敞的房间，虽然早过了饭点，还要招待我们一顿晚饭；那餐厅空无一人，几排风扇在天花板上慢悠悠转着。吃饭时，“我们的”越南朋友则在大堂里等待。等吃完饭大家汇合后，我们问他们，时间虽不早了，是否介意一起出去走走。我们揣着激动的心情、拖着虚弱的身体出了酒店。外面几乎一个人都没有，在街头漫步时，我们看到路边的帐篷间停着三五成堆的卡车，听他们说，这些帐篷里是通宵运转的“流动车间”或者“分散工厂”。我们一路走到小湖那边的一柱寺①，逗留的时候听了几个——不过我听得一头雾水——越南的历史故事。鹰②显然是和平委员会代表团的领队，一回酒店，他就细声催我们早点休息。他解释道，河内人起床、吃早餐都非常早（自从美国开始轰炸，大多数商店清晨五点开门，几个小时后打烊）；第二天正好是佛诞，他们会在早上八点来接我们去参观一座寺庙。记得我依依不舍地跟越南人和我那两个同伴道了晚安；进房间后，足足同那如穹顶般高高罩在床上的白色蚊帐纠缠了十五分钟；躺在床上还激动不已，辗转反侧了半晌，终于沉入了快乐的梦乡。

---

① 桑塔格应该是弄错了。“小湖”（Petit Lac）今称“还剑湖”（Hoàn Kiem），跟“一柱寺”（Mot Cot Pagoda）并不在一处。“一柱寺”下面的湖名为“灵沼池”，该塔寺正是因为建在池中一根大石柱上而得名。

② 考虑到这位领队的性别，根据原文“Oanh”音译。按南越曾有代总理名为“阮春鹰”（Nguyên Xuan Oanh）。另外需要说明的是，桑塔格似乎搞不清越南人的姓、名顺序，比如后文的“范玉石”（Doctor Pham Ngoc Thach）在桑塔格的笔下往往成了“石博士”（Doctor Thach），这种情况贯穿全文，在翻译时，译者根据实际情况做了灵活处理。

那第一晚看到的北越肯定是不真实的。可后面几天，这种不真实，或者说难以捉摸的感觉似乎始终没变。当然了，待白天体验过更为平凡的生活景象后，那晚第一眼看到战火中的河内时留下的强烈印象有所纠正。“重归统一”酒店缩回了寻常大小(你甚至可以想象出它当年的样子：法国殖民时期的“京华大饭店”)；来来往往的不再是骑自行车或徒步的沉默人群，而是年龄不一、样态各异的一个个具体的人；小湖和附近绿树成荫的街道变成了日常的去处，只要天气不是太热，我们三个随便谁有空，便会抛开向导自己闲逛。说起我熟悉的城市，也就只有美国和欧洲的那么几个，虽然河内离它们那么遥远，与它们又那么不同，却立刻散发出了一种神秘的熟悉感。但我若是不自欺，就必须承认，这地方实在是太“异域”了，我只有站在一定距离之外，方能读懂一二。

在为电影《远离越南》[①]奉献的精彩片段中，戈达尔反思道(他的声音一出现，我们就看到他坐在一台空转的摄影机后面)，要是每个人都能在心里造一个越南就好了，尤其是当我们没法真的去那儿(戈达尔本想在北越拍摄他那一段，可被拒签了)。戈达尔的观点脱胎于切·格瓦拉的信条，说为了打破美国霸权，革命者有责任去创造“两个，三个，乃至许多个越南”，对此我深以为然。这正是过去四年我一直在创造、在隐忍的：一个在我头脑中，在我皮肤下，在我心口上的越南。但这个我经年挂

① *Far from Vietnam*(1967，法文原名为 *Loin du Vietnam*)，由多位导演拍摄的反映越战的集锦片，总共拍摄了 11 个片段，戈达尔(Jean-Luc Godard)是导演之一。

念的越南却根本算不得有血有肉。它实在只是我照准样子雕刻出来的东西，材质依然是美国的。我的问题不是要发自内心去感受更多。我的问题在于，虽然在政治和道德上始终同越南站在一起，可如今真的来待了一小段时间(我比戈达尔幸运)，不知怎的，我却无法同它充分建立起思想和情感上的联系。

我想，若要把这些初来乍到遭逢的困难传达给读者，最经济的办法便是将我 5 月 3 日到达越南之后一周内写下的日记抄录几段。

5月5日

文化差异是最难估计、最难克服的东西。习俗、风格不同，造成了实质不同。（至于给我留下深刻印象的事物有多少是亚细亚国家共有的，有多少是越南特有的，初次来到亚洲的我不太可能分辨得出来。）显而易见，这里的人在对待客人、陌生人和外国人时有着与我们不同的方式，更不用说是对待敌人了。而且，我确信越南人和语言之间的关系也是不同于我们的。这种差异不光是因为我虽已经在说话时放慢语速，简化句式，却还是得借翻译之口才能传达意思。即便是同会说英语和法语的人交谈，我俩的对话似乎也极其幼稚。

除此之外，还得像小孩子一样处处受人约束：由别人安排行程、带路、答疑解惑，接受过分的关怀和照料，在好心的监护下行动。而且不仅从个人的身份讲是孩子，令人更为气恼之处在于，甚至还是一群孩子的其中之一。那四个和平委员会派来的越南人时刻留心着我们，仿佛我们的保姆、我们的老师。我想方设法发现他们一个个之间的区别，可办不到；只怕他们也不觉得我跟其他人有什么不一样，或者说有什么特别之处。很多次我都发现自己在试图取悦他们，留下一个好印象——想获得全班最高分。我展现出一副聪慧、礼貌、乐于合作、心思单纯的样子。所以这让我不光觉得自己是个坏孩子，而且因为我根本不是孩子，实际上也并不像在他们眼里那样简单那样容易摸透，我多少有种当了骗子的感觉。（我想成为的也许就是这么一个坦诚、表里如一的人，但我并不能以此为开脱。）

如果说我骗人的动机无可厚非，是想让他们更自在些，他们或许也是在与我行方便。是不是正因如此，尽管我知道他们必然互不相同，却无法透过表征看到实质？鹰在那四人中说一不二，步态和坐姿都透着“美国式”的慵懒，有时会闷闷不乐，有时会心不在焉。（我们听说他妻子自从 1950 年代初落入法国人手里，遭受了整整一年的折磨，一直病到现在；他有几个小小孩儿。）孝[①]时而孩子气——他会咯咯笑——时而分明透出一个青年官员的沉着。潘[②]的态度最和蔼可亲；他很健谈，可说话时总好像上气不接下气；他也是我见到的屈指可数的胖越南人。全[③]总体上看起来颇为热诚，还有点怯生生的，你不问他问题他从来不开口。还能看出些什么呢？想来潘是最年长的。今天我们听到鹰已经四十六岁了，感到非常吃惊，虽然明

① 音译，原文为“Hieu”。参考越南当代歌手 Ho Quang Hieu 通常中译为“胡光孝”。

② 音译，原文为“Phan”。

③ 音译，原文为“Toan”。

知道越南人(尤其男性，很少会秃顶，连头发都不怎么变白)看上去至少要比实际年龄年轻十岁。

让人尤其难以将他们当成独立个体来看待的是，这里的人说起话来似乎都是同一种风格，说的也是同一套东西。我们每到一个地方，分毫不差的欢迎仪式加深了我的这种印象。朴实无华的房间，低矮的桌子，木头椅子，兴许还有张长沙发。大家互相握手，围桌就坐，桌上放着几盘熟透了的绿香蕉、越南香烟、受潮的饼干、一碟中国制造的纸包装糖果、茶杯。一方向另一方介绍我们。他们告诉我们名字。我们再次握手。停顿。不管我们造访的是哪里(工厂、学校、政府部门、博物馆)，团体中的发言人都会友善地注视着我们，面带微笑，"*Cac ban ...*"（"朋友们……"）这便是他讲话的开头。有人从帘子外走进来，开始上茶。

5月6日

当然，我不后悔来这儿。亲临越南至少是一种责任，于我而言是很重要的一步，是以行动明确表达个人和政治的观点。我至今未能释怀的一点在于这也是一本政治剧。他们饰演他们的角色，我们(我)必须演好我们(我)的。戏显得沉闷主要是因为剧本完全由他们写；同时他们也负责导演。尽管实属必然——这是他们的国家，他们的生死之战，而我们只是志愿者，额外人手，随时可以跑下舞台、坐进观众席保全性命的群众演员——这让我在参与一幕幕时似乎是履行职责为主，整场演出也变得有点愁苦。

我们的角色是：支持越南人民反帝斗争的美国朋友。（在同本土反战运动多少有些关联的美国人中，大约有四十人先我们来过越南。）此番河内之行可说是某种奖励或者优待。由他们做东款待我们，感谢我们主动的声援；待我们回国后，自会加深彼此间的团结，继续以各自的方式反对美国的现行政策。

当然，在这种团结一致中，对方体察入微地保持着礼貌。既不会单独叫去某个人，也不会把人集中起来问为什么我们有机会到越南来。我们都经人推荐（推荐者是早先受邀前来，并获得了越南人信任的美国人），而且来得很坚决（自己承担一路上的花销，还要面对回国后遭起诉的风险），这让鲍勃、安迪和我的付出显得不分上下。这里的人不问我们具体为反战运动做什么，也不要求我们解释开展中的活动取得了什么成效；他们似乎想当然地认为我们各尽所能。虽然东道主明显知道我们不是共产党员，而且似乎对美国共产党并不抱有幻想——“我们知道，在美国，我们的共产党朋友人数并不多。”一个政府官员干巴巴说道——没人过问我们的政治信仰。我们只是“*cac ban*”。

人人都说：“我们知道美国人民是我们的朋友。美国政府才是我们的敌人。”有个记者称赞我们的努力“捍卫了美国的自由与声誉”。这种崇高的看法我虽很尊重，他们的幼稚却令我恼火。他们真的相信自己说的话吗？他们对美国难道一无所知吗？我多少有点忍不住把他们视作孩子——漂亮的、耐心的、英勇的、舍我的、固执的孩子。我知道自己不是个孩子，虽然这场“造访越南”的戏要求我也扮演一个孩子。我们在公园里遇见的士兵，年长的佛学家，酒店餐厅里的女服务员，他们的脸上挂着同样羞涩、温情的笑容，而今天我们访问河内近郊一所疏散的小学时，这种笑容也挂在列队欢迎我们的学生脸上；我们也朝他们那样笑着。走到哪我们都能收到小礼物和纪念品，每次参观的最后鲍勃则会分发一把宣传反战的圆徽章（万幸他想到要带上一袋子）。他胡乱收集的这批藏品中，令人最为印象深刻的是那些蓝白相间的大徽章，它们来自去年十一月五角大楼的示威游行，是我们专门留给特殊场合的。我们别上他们的红金双色小徽章，他们则戴上我们的反战大徽章，那一刻，我们怎能不为之动容？这又怎会不是种欺骗？

欺骗源于：即便当我作为来客，在这个我笃信的道德童话构成的二维世界里忙我的（他们的）工作时，我渴望的还是美国那样一个三维的、有质感的、“成人的”世界。

我和他们的角色的一大特点是语言的程式化：说的大多是简单陈述句，每次交谈不是在解释就是在提问。这里的一切事物执行同一个标准。所有词语属于同一张词汇表：斗争、轰炸、朋友、侵略者、帝国主义者、爱国者、胜利、兄弟、自由、统一、和平。虽然有股强烈的冲动想抗拒这种对语言的简化，我也明白，我必须这么说话——稍加节制吧——才能同他们有效交流。我甚至还得使用那些更为含蓄更具有当地特色的短语，比如“傀儡部队”（称呼西贡政府的军队）和“美国的运动”（他们说的是我们！）。所幸我已经很适应某些关键词。回到美国的这段时间里，我开始说“阵线”（不再说“越共”），“黑人”（不再说“尼格鲁人”）和“解放区”

（指“民族解放阵线”[1]控制的越南领土）。不过在他们看来，我还远不能正确使用这些词。我注意到，当我说“马克思主义”时，翻译通常会转化成“马克思—列宁主义”。他们说“社会主义阵营”，而从我嘴里蹦出来的只会是“共产党国家”。

我并不是说他们那些字眼是虚假的。这一次，我相信政治和道德的现实确实如共产主义修辞说的那般简单明了。法国人是“法国殖民者”；美国人是“帝国主义侵略者”；“绍—祺”[2]政权是“傀儡政府”。那到底是什么样的挑剔的个人原则或者害人的情绪波动才让我畏缩不前？抑或仅仅是因为对那种语言言不及义的固有信念？初次接触这套用语还是在我早熟的童年时代，当时我已热衷政治，遍读 *PM*[3]，科尔里斯·拉蒙特[4]和韦伯夫妇[5]论俄国的作品，待年齿稍长，进入北好莱坞中学，我为华莱士[6]的竞选运动工作，还去“美—苏友好协会”参加了爱森斯坦电影的放映活动。不过当然了，不管是美共平庸的骗人把戏还是 1940 年代同道中人的惺惺相惜，此时

---

① 全称“越南南方民族解放阵线”（National Liberation Front of South Vietnam），成立于 1960 年。

② 原文作“Thieu-Ky”，“绍”即阮文绍，“祺”即阮高祺。

③ 存在于 1940 到 1948 年间的一份报纸，名字为何叫 *PM*，没有确切说法。过去有人指责这份报纸受共产党控制，后来证明那并非实情。

④ Corliss Lamont（1902—1995），美国社会主义哲学家，左翼人士，拥护公民自由。

⑤ 当是指 Sidney James Webb 和 Beatrice Potter Webb 夫妇，皆为英国费边社会主义者。

⑥ 指当过美国副总统的 Henry Agard Wallace，他支持主要工业国有化，主张缓和同苏联的关系。1948 年，华莱士作为进步党（the Progress Party）候选人参加总统大选，惨败而归。

此地都无关紧要——这是 1968 年春天的北越。词语一经背叛，再要被认真对待谈何容易！只有在过去两年里（很大程度上是因为越战的影响）我才得以重新念出“资本主义”和“帝国主义”。虽然资本主义和帝国主义依然确确实实存在于世界上，在过去超过十五年的时间里，这两个词对我来说似乎就是不适用了，死了，变得虚假了（因为成了虚假之徒手里的工具）。作出最近这些语言学上的决定牵涉多方多面：与我的历史记忆的全新联系，我美学上的感受，我对未来的执念。我会重新使用某些马克思主义和新马克思主义的原理简直是奇迹，既意外解放了对某些历史保持缄默的桎梏，也让我有机会重拾那些先前声明放弃弄懂的难题。

即便如此，当我听到越南人口中的这些套话，我还是只能把它们视作官方语言的组成部分，所以这再次成了一种陌生的话语方式。在此我指的不是这种语言的真实性（词语指向的事实），这一点我承认，而是决定它有否有效的语境和感受力范围。听越南人讲话，可以明显感觉到道德和审美之间的缺口，这令我十分痛苦。就我看来，即便眼下在生活上极为清苦，物质匮乏，越南人对“美”仍拥有敏锐的，甚至强烈的感受。譬如，人们不止一次真情流露出义愤和悲伤，说美国人的轰炸破坏了越南乡村的“美”。甚至还有人把美国人“在南方实施的野蛮行动”评论了一番，认为“许多名字倒是取得不错”，比如“雪松瀑布行动”和“枢纽城行动”。但在越南，主流的思考和说话方式完全是说教型的。（我想这对于越南人而言非常自然，早在共产主义语言的说教体系嫁接进入这片土地之前，便是其一大文化特征。)审美意识发达之后，或许其总体趋势是作出更为复杂更为高级的判断，与此同时，道德意识的核心本质却是简化，甚至过分简化，听起来——至少在翻译中——生硬而过时。有个委员会(某一成员在酒店大堂里留下了一张信笺)旨在同南越的知识分子保持联络，名叫“反对美帝及其走狗对越南南部知识分子的迫害委员会”。走狗！可难道不是吗？在今天“越南通讯社”的新闻里，美军士兵被称为“残暴的凶徒”。虽然这古怪的辞令又一次引我发笑了，但站在惨遭猛扑而来的“金属鸟”轰击的无助农民的角度，这话并没有说错。而且，撇开某些说法的古怪不谈，这种语言确实令我不适。或许是我反应迟钝，或许只是人格分裂的缘故，对这种毫无保留的道德判断我是既同意又不敢面对。我相信他们是对的。与此同时，在这里的所见所闻并不能让我忘记，事态的发展远比越南人描绘的样子复杂。但我到底想让他们回应什么样的复杂情况呢？客观说来，他们的斗争是正义的，这还不够吗？如今他们需要调动每一分力量对抗美国这头庞然巨怪，哪里还有工夫在意细枝末节？……不管我得出什么结论，到头来我总觉得自己是在居高临下地揣度他们。

也许我想表达的只是演员(他们)和观众(我)之间的身份差别。可这种差别很是巨大，我不懂该如何将其消弭。不管我多么真切地心系越南人，那种关联感毕竟只是在千里之外逐渐形成的道德幻想(我虽有意践行)。自从来到河内，我在保持这种关联感的同时，还要面临不可逆料的新感受，此时我才难过地意识到，我同他们的关联感永远只会是道德幻想。这里的一切，向我——一个观众？——呈现出的只有一种颜色，这让我非常苦恼。

5月7日

我想现在我是真正明白了——这是头一回——历史与心理学之间的区别。我错失的是心理学的世界。（即我昨天说到的“成人的”世界。）他们只生活在历史的世界里。

那不光是个历史的世界，还是个单一主题的历史的世界，生活在其中的人们不管去哪里，挂在嘴边的总是几乎相同的术语。今天我们由导游领着在历史博物馆参观了很久，将这个“世界”完整了解了一遍：在越南延续了四千年的历史中，有超过两千年的时间遭受外国侵略者的进犯。越南历史上第一次成功的起义发生在公元40年，领导者是两位女将军——徵氏姐妹①。这可比圣女贞德的事迹足足早了一千年，博物馆的女导游补充道，好像在暗示说我们听到“女将军”时没有表现出适当的惊讶。而且你们还有两位呢，我开玩笑回应道。她微微一笑，继续说道：“姐妹俩的光荣传统至今犹在。在如今的斗争中，许多女同志证明了她们的价值。”还是严肃点吧，因为鹰（听说他是北越最杰出的作曲家之一）写过一首关于徵氏姐妹的歌曲，河内及周边地区更是建有许多供奉她俩的庙宇……按照越南人的理解方式，他们的历史本质上只由一个情节构成，

① 指徵侧（Trưng Trắc）和徵贰（Trưng Nhị）姐妹。姐妹俩于公元40年（建武十六年），因不满交趾太守苏定的法令，反叛东汉。后被马援率兵平定。越南人将她们视为民族英雄。

它一次又一次重复上演着。原本各具特性的历史概念消解为带着教化色彩的对等名词。美国人＝法国人（1787 年以传教之名初次进入越南，1858 年公然入侵）＝日本人（在二战期间）＝“北方的封建主义者”（我们的导游一般以此来委婉指代“侵略”越南长达千年的中国人，想必是考虑到如今两国间名义上的同盟关系）。率军反抗中国在 1075 年至 1076 年间的入侵的将军名叫李常杰①，他还是位诗人，用诗歌鼓舞越南人民拿起武器——就像胡志明一样，导游指出。她还向我们提到了十三世纪时抵御了“蒙古人”（也是在委婉指代“中国人”？）三次入侵（1257 年，1284 年至 1285 年，1287 年至 1288 年）的几位将军，武元甲总司令运用他们开创的游击战的基本战术在 1946 年和 1954 年成功击败了法国人，如今正用这办法对付美国人。看了一张战场地形图我们了解到，在 1789 年抗击二十万清朝大军入侵的战役②中，春节的突袭成为了转折点。一边听着她的讲解，说 938 年和 1288 年的两次白藤江战役③为其他抵抗侵略的战争画上句号，一边借助地图和模型的演示，我明白无误地看到了与 1954 年奠边府之战中相同的战术。（前两天晚上我们刚看了一部关于奠边府之战的电影，那一小时长的片子部分是原始镜头部分是场景重现。顺便说一句，今天是那场大捷的周年纪念，不过河内市内没看到任何庆祝的标志。）

---

① Lý Thường Kiệt（1018—1105），又名李俊、阮常杰，越南李朝将领、宦官，是李朝与宋朝交战的主要将领。

② 即清平安南战役，当时清朝投入的兵力在五万左右，此处应该是越南方面为了突出其克敌制胜的能力，对清军的数量做了夸大。

③ 这两次“白藤江之战”分别指中国南汉政权与静海地区（今越南北部）军阀吴权之间的战争和元朝与越南陈朝的战争。

看到越南人这样武断又说教地描述历史，我的第一反应是认为他们“头脑简单”（老样子，“幼稚”）。我不得不提醒自己，理解历史不光只有我认为理所当然的目的：客观与完整。这是为了实际使用的历史——说得准确点，是为了生存——是完全诉诸感受的历史，而非知识分子超然静观的独占领地。过去以现在的形式继续存在，而现在向后延伸进过往之中。如今我懂了，那些宣传牌和墙贴画上给美国人起的标准绰号（*giac My xan luoc*，即“美国海盗侵略者”）并没有什么片面或者像我之前认为的怪异之处。第一批进犯越南的外国侵略者正是海盗。所以中国人、法国人、日本人，今天的美国人，任何入侵越南的人都是海盗。

越南人过集体生活，遭受着耸人听闻的个性磨灭之苦，这一点甚至比犹太人还严重。历史是一条志士前仆后继的漫漫长路：对越南来说，则是落入强权国家的魔爪受尽屠戮的一连串场景。而有一点他们引以为傲，用导游今天的话来说，便是：人民依然保持着“越南人的特点，虽然我们的邻国里有中国那样的超级大国，还被法国彻底统治了八年”。也许只有一个长期受难的民族，一个战胜各种艰辛困苦挺过来的民族，才会获得如此敏锐如此专注于自身的历史关切。这一格外鲜活的历史感——同时生活在过去、现在和未来中——必定是越南人力量的一大源泉。

不过，这一在苦难中不计代价求生存的决心固然有益，势必也会将其审美观，其独特且（在那些意识并不为生存需求驱使的人看来）难以忍受的感受力强加于人。既然越南人的历史感首先是感到历史千篇一律，那这种历史感自然也会反映在他们千篇一律的谈话中——我们应该用耳朵来听他们的感受。来到这里我才开始意识到，在西方文化中“多样性”受到了多大的推崇和理所当然的认可。而在越南，某件事显然不会因为曾经有人做过(或说过)就损失价值或作用。恰恰相反，重复赋予了事物以价值。这是积极向上的道德风气。因此，我们从多数拜访的人那里听到的越南历史概述几乎可算是仪式的一部分，就跟之前的茶水、绿香蕉，还有对他们眼里美国人民的代表——我们——表达友好的套话一样。

而且，越南人普遍偏爱把所有知识置于历史叙事之中，我们几乎每天都听到的这些描述历史的话语不过是其症状之一。我发现每当论及或者问到今日越南之情况，叙述总是围绕着某个关键时间点展开：通常是 1945 年 8 月(越南革命胜利，胡志明解放越南全国)或是 1954 年(成功驱逐法国殖民者)，不然就是 1965 年(美国开始空袭，他们称之为“战争升级”)。每件事或前或后都承续着另一件事。

他们的参考依据是时间的先后。而我呢，既要参照时间也要考量地理。我时刻不忘做跨文化的比较，而这也是我提出的大部分问题的语境。但因为他们并不处在这一语境中，我问的许多事情似乎令他们略感疑惑。比如昨天，当我们想同和蔼可亲、有法国教育背景的高教部部长谢光堡①教授探讨一直实行到 1954 年的法式公立中学课程和越南人发明来取而代之的教

① Ta Quang Buu，数学家。

学大纲间的区别，他总是答非所问。他虽听到了我的问题，一时间却不明白我想问什么。他一门心思勾勒越南的教育体系（幼儿园外加十个年级），描述不管什么样的学校，1954 年前只有多少，1954 年后又开办了多少（除了一家优质的医学院是从法国人那儿继承下来的，几乎所有大学水准的设施都不得不从零开始建设），引用各种数字说明提升中的识字率，指出在那一年之后，越来越多人受训成为了教师，越来越多的年轻人拥有了接受高等教育的机会，越来越多的老年人通过考试进入成人班学习。我们和公共卫生部部长范玉石[①]博士在他河内的办公室里谈话时，还有在和平省的一个小村庄务本[②]遇到那位年轻医生时，都发生了这种情况。刚说完在法国统治下，大部分越南人口享受不到任何医疗服务，他们就迫不及待地向我们描述新建了多少医院和医务室、培训了多少医生，描绘 1954 年以来实行的各种方案，有效控制了疟疾，几乎消灭了鸦片烟毒。可听到我们想知道越南医学是全盘西化，还是如我们猜测的那样，是西方技术结合草药和针灸等中国疗法，他却十分为难。他们一定觉得我们很浅薄，或许甚至把这类问题看成故意在情感上有所保留，不愿与他们团结而急迫的斗争事业共进退。也许吧。确实，因为安迪、鲍勃和我并没有经历过越南人的历史，我们的理解力自会受历史观所局限。要洞悉越南人正孜孜建设的目标，我们必须将他们的谈话同我们已有的知识与观点联系起来。但当然，我们所知的恰恰是他们不知道的。所以我

① Pham Ngoc Thach，音译。
② Vy Ban，现在应该是和平省的一个县。

们的大部分提问是一种无礼的表现，他们却始终报之以恭敬和耐心，只是有时候反应迟钝了点。

5月8日

看最初几天的经历，我觉得没希望了。有道我跨越不过的藩篱。越南人跟我们那么不一样，我败下阵来——我们不可能理解他们，他们显然也不可能理解我们。不，我这是在逃避。事实是：我觉得自己其实能够理解他们(就算除了那些过分简单化的术语，我还无法完全认同他们)。不过在我看来，虽然我的观念已然，或说能够包含他们的观念，他们的却永远没法包含我的。他们或许比我更高尚、更英勇、更慷慨，但我的思想比他们更复杂——也许正因如此，我才做不到那么正直。尽管我对越南人心怀崇敬，也对自己国家的所作所为深感羞耻，我还是会觉得自己像个从“大”文明来参观“小”文明的人。我那由“大”文明养育出来的观念是只长了许多器官的生物，习惯于源源不断吸收文化的毒素，还受到了嘲讽病毒的感染。虽然我并不认为自己缺乏道德严肃性，我却不敢斩钉截铁表达出来；我知道如果这种道德严肃性的对立观点和矛盾说法——转移、分散其立足点的干扰就更不用提了——没了容身之处，我会顿感衰弱。因此，我观念的贪吃恶习不仅害我无法亲近我最崇敬的事物，而且——即便我激烈地反对美国——将我同我谴责的事物牢牢连接在一起。我可不就是个“美国朋友”嘛!

当然，我可以在越南或者这样一个道德为上的社会生活——但势必会丧失很大一部分自我。尽管我相信融入这样一个社会将大大改善世上大多数人的生活(因此我支持这种社会的来临),我却认为一旦置身其中,我的生活会面临枯竭。我生活在一个不道德的社会中,它让感情变得粗糙,阻挠为多数人谋取福利的力量,却给少数人提供数不胜数的审美和智力方面的消遣。站在他们的角度,那些不喜欢(在两个意义上)我消遣方式的人有充分理由视我的观念为无趣、堕落、颓废。站在我的角度,我既没法否认这些消遣乐趣无穷,也没法否认自己常沉迷其中。今天下午我脑海里浮现出的是那句贝托鲁奇在他那部凄美电影里用作题词的塔列朗名言:“一个没有在革命之前生活过的人从来没有体验过生活的美好。”[①]安迪知道那部片子,我告诉了他我的想法,他承认有类似的感受。我俩在河内市里远离酒店的一片区域闲逛——这两个逃课的学生想家了?我们聊起旧金山的摇滚乐团和《纽约书评》来。

是不是如果在精神上一味渴望、贪求多变,我会连哪怕是部分融入北越单一化的社会现实也办不到?我看会,而且我已深受其害,就像我目前为止面对越南人时困惑、受挫的反应所表明的那样。也许我只适合待在舒服的距离远远看着一个民族反抗压迫,分享他们的革命抱负——又一位坐在安乐椅上“参军”的资产阶级知识分子志愿者,满脑子对激进主义的情投意合。不过在放弃之前,我得先确定是否正确解读了这些感受。我突然想到应该遵循严谨的老规矩。如若你没法让头脑(心灵)

---

① Bernardo Bertolucci(1941—),意大利导演、编剧、制作人。他在1964年的电影《革命前夕》(*Prima della rivoluzione*)的开头引用了法国政治家塔列朗(Charles Maurice de Talleyrand-Périgord)的这句名言,原文当然为法语,桑塔格作了英译。

和生活处在同一个地方，那么你的所思（所感）便是骗人的。但现在谈论欺骗和虚伪还为时过早。如果要测试的是我能否在越南生活（哪怕是在想象中），测试时间也不应该是现在，而是等我多少加深了对这个国家的了解之后。

就算我没通过这一“同越南人打成一片”的测试，我又真的证明了什么呢？不管是真实的还是假想的，伦理——或者革命——社会的束缚我没有统统体验过，只有在越南的亲身经历。也许我只是在说，北越有些方面并不合我的理想……但我由衷喜爱越南人，与他们有共鸣，同他们相处感觉良好，在这儿有时候真的很快乐。难道不正是这一切才惹来我——一个十足的孩子——的抱怨和期盼，抱怨他们没有让我更容易地理解他们，期盼越南人清楚明白地“展现”自己，那样的话，我就不会觉得他们难懂、迟钝、幼稚？又回到了开头的话。他们和我之间的隔阂感。我不理解他们，他们也不理解我。眼下还没有任何判断（至少我当真相信的一个也没有）。

5月9日

在美国时，我每天都会想着越南，可如今来了，竟又觉得同它颇为疏远，真是咄咄怪事。不过，就算那个同我形影不离的——犹如心头和精神上的伤痛一般——越南不至于因为我在河内目睹的一切而失去价值，它似乎同眼下这个地方也并不是特别有关系。我们是 3 月 31 日以后来到越南的，故而不受轰炸的威胁，但美国侦察机来的时候，还是会同河内的其他人一起躲进防空洞，每天至少一次。那些百姓惨遭杀害、村庄受到焚毁、庄稼被人毒死的地方，他们不允许我们去。（并不是出于军事保密的考虑，因为他们带早先的美国访客去过轰炸之下的区域，而是为我们的安全着想：如今遭受美国狂轰滥炸的地方，一天二十四小时几乎炮火不断。3 月 31 日以来，虽然美国对北越的轰炸限于北纬 19°线以南地区①，日均投弹重量却超过了“限制轰炸短期停战”前对整个国家的日均投射量。）我们只看到一个端正、一贫如洗、整洁的亚洲城市；我们看到可爱、高贵的人民，他们物质生活严重匮乏，却要付出最大的精力与耐心。我们坐车去乡下做了几次短途旅行，那些遭到夷平的小镇和村庄已然构成一幅从过去延续到现在的画面：人们对身处的环境安之若素，继续活动、工作，向胜利奋进，为革命斗争。这样的平静让我措手不及。在美国操心越南，思路好像自然而然会停留在破坏与苦难上。可身在越南，一个来客必须心系的还有安宁、勤勉苦干的“当下”；我却做不到。我希望他们胜利。但我不懂他们的革命。

这一切当然就在我身边发生着，可我觉得自己正待在一个玻璃箱子里。自从我们到来后，“鹰与合伙人”举办了各种“活动”同我们交换意见；想必他们认为我们会从中了解相关情况。原则上，我们想看到任何东西、所有东西，也就是正在发生的事——不过个人的兴致也会被很快满足。（我提出想让大家在河内最大的制片厂待一下午，观看他们拍电影；因为鲍勃要见几个数学家，得跟六个河内大学来的数学教授开场会，

① 1968 年 3 月 31 日，美国总统约翰逊宣布停炸北越北纬 20°线以北地区。

结果我们尽数去了。）我们真的看了不少也做了不少：每天上午和下午都安排了至少一次出访或者会议，常常晚上也有，不过午餐和晚餐各有一个半小时的用餐时间，他们还会劝我们在午餐后休息到三点，避开最毒的日头。换句话说，把控我们的是一伙专门跟外国人打交道的熟练官僚。（是的，连鹰也是——我越来越喜欢他了。他尤其是。）没错，我明白这是不可避免的。还有谁能照管我们？不过就算在那个框架内，我们难道不能有所逾越吗？我想我办不到。我时刻记着眼下的我们应该注重外交礼节，这让我无法相信我看到的范例当真能反映这个国家的面貌。这意味着这趟旅行跟我原先以为的不一样，并不能让我了解到关于革命社会的有用知识——除非像我昨天那样大受震动，已然质疑起自己究竟是否还有资格抱持激进政治主张，也算一种有用的知识。

不过，也许一个美国激进派并不能从越南革命中学到很多，因为越南人同我们差别太大，相比而言，我觉得从古巴革命中我们能学到的相当可观，因为——尤其是从这个角度看——古巴人和我们很相似。虽然这么做可能不对，我仍不禁要拿越南革命和古巴革命做比较：我对后者的了解来自 1960 年我在那儿度过的三个月，外加我最近探望了几个朋友，也听到了一些它的发展近况。（或许要对这边的情况窥得一二，我首先得把古巴从我脑袋里赶出去。但我无法忽略一段在我看来与之具有可比性，而且我觉得可以理解、通过想象能够接近其本质的经历。）相形之下，几乎所有方面我都更赞成古巴，不赞成越南——按照“对美国激进主义来说，哪些东西有用、有指导意义、可以借鉴、关系重大”的标准。

以古巴革命的平民主义态度为例吧。在我记忆里，古巴人说起话来随性、冲动、亲和，还有点狂热，甚至喋喋不休。这些本不一定是优点，但在一个成功而稳固的革命社会的语境中，似乎就是优点。在越南，每件事都颇为正式，经过斟酌、把控和计划。我盼着能在这儿碰上个言行鲁莽的人，来谈谈他的私生活、他的喜怒哀乐，跟着“感觉”走。然而，每个人都极其礼貌，可不知怎的，有点乏味。这符合越南给我们的印象：一个性冷淡的文明社会。这周暂时看的三部电影和我昨晚读的一部英译本小说证实了这一印象。（我向孝问起这点，他确认道，越南的戏剧和电影中没有亲吻场景；街道上、公园里显然也没有。我看不到人与人之间有任何哪怕是随意的身体接触。）古巴已经证明，一个由共产党领导的国家不一定要实行清教徒的生活方式。但很可能早在马克思主义革命者的理想主义到来之前，越南人对待性爱的态度和个人情感的表达方式便已构成了文化的一部分。不过，这些特点着实会令一个像我这样的新激进派西方人感到不适，因为对我来说，革命不仅意味着创造政治和经济的公正，还意味着解放和认证个人（还有社会）的能量，包括性爱方面的。在古巴，这便是革命的意义，虽然有一波又一波主要来自那些老派正统共产党官员的干扰——菲德尔[①]针对这点驳斥过他们。

不管位阶高低、职权轻重，我在古巴人身上都能看到一股

① 即古巴领导人菲德尔·卡斯特罗（Fidel Castro）。

随和的平等主义风度。我忍不住要把这点同越南社会等级森严的特征两相比较。这里的人没有一丝一毫奴颜婢膝，但人人清楚自己的位置。就我的观察，人们对某些人表达敬意的方式始终很得体，可我也明显感觉到，“某些人”比其他人更为重要、更有价值，理所当然在少得可怜的生活便利和舒适中分得更多。因此，第三天他们带我们去商店里买了橡胶凉鞋，还给我们每人量身定做了一条越南裤子。孝和潘几乎带着东道主的自豪对我们说，这是一家专为外国人（外交人员、宾客）和重要政府官员设立的特种商店。我觉得他们应该认识到这种场所的存在很“不共产主义”。不过也许我只是在这里表现自己有多“美国”。

“重归统一”酒店的膳食也令我颇为苦恼。每顿午饭和晚饭都有好几道美味的大鱼大肉（我们吃的都是越南菜），每当我们吃光一个大餐盘里的东西，女服务员会立即往桌上摆下另一盘，可百分之九十九的越南人呢，今晚吃的是米饭和豆子，一个月只有一次才有幸吃到肉或鱼。当然我什么也没有说。如果我们表示，我们不应该吃得比一般公民的配额多这么多，他们或许会很困惑，甚至觉得受到了侮辱。众所周知，慷慨铺张和（对我们来说的）自我牺牲式的周到款待是东方文化的核心内容。我难道真的希望他们违背自己对何为“得体”的理解？即便如此，我还是心下难安……令我气恼的另一点是，哪怕距离很近，他们也要开车送我们；事实上，和平委员会借了两辆伏尔加车①，让司机等在酒店门口，我们要去哪儿，随时听候差

① 苏联高尔基汽车厂的一款著名汽车，曾被广泛地用作社会主义国家的公务车。

遣。前两天拜访的“民族解放阵线”代表团驻河内办公室跟我们酒店才隔两个街区。而到达某些目的地后我们发现，它们离开酒店也就十五或二十个街区。既然鲍勃、安迪和我一致认为走路更舒服，他们为何不能遂我们的愿呢？他们是不是定下了一条规矩：只留最好的给客人？但依我之见，在一个共产党领导下的社会中，这种礼节应该废止。还是说我们出行必须坐车是因为他们觉得我们外国人(西方人？美国人？)体弱无能，同时还需要别人提醒注意避暑？想到越南人也许认为走路不符合我们尊贵的身份(作为政府的贵客、名流之类)，我难以平静。不管到底是什么理由，他们在这一点上不肯让步。我们坐着庞大、丑陋的黑色轿车徐徐驶过拥挤的街道——司机把车喇叭按得震天响，叫行人和骑自行车的人当心，避让……要是他们肯借给我们或者让我们去借自行车，那当然最好了。可尽管我们不止一次暗示过鹰，他们显然没有，或者说不愿认真考虑我们的要求。我们这个想法是否至少博了他们一乐？还是说他们只是觉得我们荒唐、无礼或者愚钝？

对于这个地方，我好像暂时只能理解到这样的程度：一个美国人带到河内来的“自我”是非常复杂的。至少我这个美国人是！有时候我会感到很难过，觉得待在这儿(至于安迪和鲍勃怎样，我不想代表)是严重浪费我们越南主人的时间。鹰应该把这些日子用来创作音乐，潘可以重读莫里哀(开始全职为和平委员会工作前，他在学校教文学)或者去看他那两个十几岁的女儿，她们被疏散去乡下了。我们才知道孝从事新闻行业，他可以利用这段时间写几篇北越报纸上那种乏味的文章。

全明显是做文秘的，只有他可能吃亏；跟着另外三人招待幼稚、迟钝的外国游客，为他们安排活动也许要比他平时的工作有趣些。越南人是否想象得到我们正经历着什么？我们有时明白，有时不明白，他们能否看得出来？我尤其会想到鹰，他显然是个精明人，而且多次去过欧洲，可他也站在微笑的人群中间，同他们一样，跟我们说话，奉承我们（“我们知道，你们的斗争很艰苦。”今天有人这样说道），向我们解释各种事情。他们真是太宽厚，太轻信了。

但我也被这种仁厚的轻信所吸引。我喜欢人们盯着别人看的样子，不管我们走到河内的哪个地方，总有人凝视着我们。我想他们喜欢我们的样子，观看我们对他们而言是美好的经历。今天我问鹰，他觉得路人知不知道我们是美国人。他说大部分人不知道。那他们以为我们是谁，我问道。也许是苏联人吧，他回答；确实，有几个人对着我们大喊 *tovarich*① 和某个别的俄语字眼。但多数人没有朝我们这边说任何话。他们平静地盯着我们，指指点点，随后同身边的人讨论几句。孝说，看到散步或是去观摩电影的我们，路人最常发表的评论便是——带着善意的惊奇——我们真是人高马大。

现在我独自出去溜达的次数更多了，只要不是太热——努力适应人们向我投来的目光，享受我身份的暧昧不清，因为不会说越南语，他们看我，我也只好看着他们笑笑，这让我保持了神秘。对于一个人漫步有多畅快，哪怕有时会在远离酒店的

① 俄语，“同志”的意思。

偏僻居民区里迷路，我都不再像最初那样感到惊讶了。虽然我也知道，身在城市的另一个区域可能会遇上不愉快的事，到时只怕我讲不清自己是谁，连路牌都看不懂，我还是感到百分之百安全。河内的外国人肯定很少——除了“重归统一”附近的几个街区，我在路上看到的个个都是越南人；现在的我无人陪同，在人丛中走着，好似拥有十足的权利在河内四处闲逛，期盼他们所有人，甚至包括最后那位盘腿坐在路缘上售卖木笛的老者，都能理解我的心情，都能体贴地忽略我。河内城里礼让和温顺的民风给我留下了极其深刻的印象，这不仅是同任何一座美国大城市对比，也是同金边和万象对比之后的感觉。这里的人充满活力，明显都很合群，格外了不起的是不会跟自己人争吵。就算在拥挤不堪的路上，也很少听到刺耳的吵嚷声。我虽看到许多营养不甚良好的年幼孩童和婴儿，却没听到有哪个当街大哭的。

我感到安心也许是因为我并没有完全把越南人视作“真实的人”，按照美国人普遍抱有的一个冷酷看法，“真实的人”危险而善变；跟他们在一起你永远不会彻底安全。但愿不是这样。我知道自己不会希望越南人性情刻薄或是脾气暴躁。不过，尽管我非常喜爱河内那深沉而甜美的静谧，我却无缘见识越南人性格中某些粗野的部分，他们情感里更广大的(不一定是更响亮的)领域。

比如，北越人不善于仇恨他人，这在我看来是一大缺点。不然还能怎样解释这一怪现象：他们竟然显得十分喜爱美国？在范玉石博士同我们的谈话中，反复出现的主题便是他对美国出众的科技水平的欣赏。(如今蹂躏他祖国的恰恰正是这些科技创造的完美杀伤武器，身为“内阁成员”，他还能说出这样的话。)而且我猜想，越南人对美国政治感兴趣、消息灵通到这地步——正如我在回答这几天他们向我提出的关于内布拉斯加州初选[①]，关于林赛在哈莱姆[②]的影响，关于美国学生的激进主义的某些问题时了解到的——并非仅仅为眼前利益(“认识你的敌人”政策的一部分)，而是源于对美利坚合众国的真心沉迷。政府和这边有收音机的专业人士定期收听《美国之音》，听到美国方面对战争的解释，他们当然是一笑置之：这个星期的《美国之音》否认了美国对西贡有任何重要的军事支持。可与此同时，他们似乎尊重美国的政治进程，甚至有点同情美国作为世界第一强国面临的问题。诗人们向我们朗读了关于“你们的沃尔特·惠特曼”和“你们的埃德加·爱伦·坡”的诗篇。今晚在作家协会，有人问我是否认识阿瑟·米勒，当我给出肯定的回答，还说可以把刚才他们拿给我看的越南语译本《推销员之死》交到米勒手里时，他很高兴，羞涩地脸红了。“跟我说说你们的诺曼·梅勒。”一位年轻小说家对我说，随后却道起歉来，因为梅勒的作品尚未被译成越南语。他们都想知道我是写哪种书的，还要我保证回美国后把自己的作品寄给他

① 当时正值 1968 年总统大选，在内布拉斯加州的初选中，罗伯特·肯尼迪(Robert F. Kenney)和尤金·麦卡锡正斗得不可开交。最终肯尼迪获胜。

② 林赛指当时的纽约市市长 John Vliet Lindsay(1921—2000)。他是当年很有影响力的政治人物，马丁·路德·金遇刺后，美国社会矛盾更为严重，林赛急赴哈莱姆向黑人居民表达对金去世的痛惜，表示会尽力解决贫困问题。

们。“我们对美国文学非常感兴趣。”有人重复道。如今河内很少有翻译小说出版，但在今年屈指可数的几种里，有本美国短篇小说选集：马克·吐温、杰克·伦敦、海明威、多萝西·帕克，外加几位1930年代至今受东欧青睐的“进步”作家。当我提起在美国人眼里，霍华德·法斯特和阿尔伯特·马尔兹[①]与这部选集中其他大部分名字不属于同一等级时，一位越南作家对我肯定地说，这他知道。问题在于他们拥有的书实在很少——他们最大的图书馆在河内大学内，已经被炸毁了——流通于河内的大部分美国文学书籍是莫斯科外文出版社的品种和版本。“在同我们保持正常往来的社会主义国家那里，找不到现代美国作家的作品。”他笑着补充道。另一位旁听我们谈话的作家也咧嘴一笑。

对于参加“社会主义阵营”的劣势，某些越南人并非是浑然不觉的，了解到这点，我当然很高兴——这些劣势包括文化上的孤立和智识上的偏狭。但从另一角度想又令人伤感：他们背负着这一觉悟的思想重负，同时却又清楚意识到越南的“孤立”和“偏狭”名正言顺。医生、作家、学者在跟我们的谈话中说到了这种彻底与世隔绝的感觉。一位学者先是描述了1954年之后科学类院系的发展，随后说道：“但关于世界范围

① 霍华德·法斯特(Howard Fast)和阿尔伯特·马尔兹(Alberto Maltz)都是当年受到社会主义阵营追捧的美国作家。法斯特曾是美国共产党党员(1957年因苏联入侵匈牙利而愤然退出)，1950年麦卡锡主义横行时，他因为拒绝与“非美活动委员会”合作而受到政治迫害，入狱3个月，且列入黑名单多年。马尔兹同样是因反抗“非美活动委员会”而遭受牢狱之灾；该委员会在对好莱坞亲苏片的调查中，共传唤过四十一个为好莱坞工作的证人。结果，在这些证人中，有十人拒绝回答问题，史称“好莱坞十君子”(Hollywood Ten)，马尔兹便是其中之一。

内这项工作的主要趋势，我们仍旧缺乏了解。我们接收到材料的时间太晚，数量也不足。”尽管对驱逐法国人后取得的成就充满自豪，人们还是常会带着歉意对我们提一句，越南依然是个多么“落后的”国家。此时我才明白，他们时刻知道我们来自世界上最“先进的”国家；不管有没有说出来，他们对美国的敬意就在那里。

在这些时候，我也觉得自己确实像个美国来的游客，虽然感受到这一点的方式与他们有所不同。这一定是因为我终究是那么美国，是那个认为自己在各方面都举世无匹的国家的公民——这一身份太根深蒂固了，所以在听到一个弱小国家公民谦虚的(骄傲的也罢)自我肯定时，我着实挺尴尬的。他们对美国热切的兴趣一看便知是由衷的，不作回应就太粗鲁了。可不知怎的我有些沮丧，因为那种兴趣好像有点不合时宜。现在我才意识到，在每一个越南人同鲍勃、安迪和我每一次打交道的时候，他们与美国之间复杂却又单纯得出人意表的关系是怎样笼盖其上的。可我既没有洞察力也没有道德上的说服力来揭开表象，让我们之间呈现出同情以外的“真实”状态。即便我在政治主张上同他们多有相契，也许对我或者像我一样的人来说，只能以某个固化的身份(作为一位“美国朋友”)在这儿活动，也势必会落入或是自我轻视或是消极或是感情用事或是显得居高临下的窠臼——正如美国人(包括我自己)的平均身高没法不比越南人高出六英寸。

在我逗留越南期间写的日记的前半部分，还有很多页这样的内容，间或夹杂着几页几页关于每次出访和见人的详细笔记。日记的主体是严格新闻报道式的，充斥着事实详述、具体描写和谈话摘要，传达出认真、聚精会神专注的态度。但我在本文中部分抄录下来的那些插页内容则偏主观化，传达出的是别的东西——我对所见所闻做出的幼稚和刻薄的回应。

倒不是说我原本期待着会在越南感到很自在，抑或发现越南人跟欧洲人和美国人完全一样。但我也没料到自己会对在那儿经历的事情如此困惑，如此猜疑——而且无法克制我的无知带来的强烈反响。我对这个国家的了解仅限于他们用来当靶子攻击的“美国最丑陋的东西”：奉“意志”为圭臬，喜欢暴力却还自以为代表正义，疯狂迷信用科技手段解决人的问题。美国意志的风格我是略知一二的，毕竟在西南部，在加州，在中西部，在新英格兰，还有这几年在纽约我都住过，也见识了近十年来这种意志对西欧的影响。至于越南意志——其风格、范围、微妙之处——我却不懂，甚至连一丝头绪都没有。勃雷东[①]区分过真正的革命斗争中两种形式的意志：“革命耐性”和“口号”。但若不是对一个民族的特质有所理解——这正是我在北越感到很难办到的一件事——对比其实是无从展开的。不管我是否得出结论，认为我或他们的局限会暴露无遗是因为我同越南人的接触不能令人满意，僵局终究无法打破。正如我日记的选摘表明的那样，在第五天左右，我准备放弃了——放弃自己，相当于也放弃越南人。

① 不知是不是指法国作家、诗人 André Breton(1896—1966)。

随后，突然间，我的经历开始变化了。来到越南后最初几天让我饱受折磨的精神束缚逐渐缓和，越南人作为一个真实的民族、北越作为一个真实的地方，逐渐进入我的视野。

第一个迹象是我在跟人们谈话时变得更加自在：不光是跟领队鹰——在越南逗留期间，我同他说的话比同其他越南人都多——还有我们与他们相处了一小时，只此一面之缘的女民兵、工人、教师、医生和村干部。我不再那么专注于他们语言的阻滞不畅（我知道，这很大程度上要归结于他们说起话来“抽象”而“含混”——这是西方游客每到一个东方国家时会做出的评论）和我自己表达方式的简化，而且变得对越南人的说话特征更加敏感。首先，我学会了如何分辨宣传层面的语言（传达的也许依然是真相，然而听起来压抑而错误）和简单纯粹的那种语言。我把更多而非更少的注意力投入在他们反复提及的内容上，发现那些标准划一的词语和说法要比我预想的更丰富多彩。

以尊敬的概念为例。我们每次在河内市内或乡村走访的时候，欢迎会上的礼节性讲话里总有“我们尊敬你们的诺曼·莫里森[①]”这样一句。我们听说鹰写了一首流行歌叫《给艾米莉的歌》——艾米莉是诺曼·莫里森最小的女儿，他去五角大楼自我献祭时把她带在身边。在作家协会，有人向我吟诵了一首非常优美的诗（我已提前读过英语和法语的译本），题为《莫里

① Norman Morrison（1933—1965），美国巴尔的摩贵格会教徒，用自杀（“自我献祭”，self-immolation）抗议美国参加越南战争。

森的炽焰》。冒着重重危险往北纬17°线[1]运送物资的卡车司机可能会在遮阳板上贴一张莫里森的照片，没准儿还会并排放上阮文追（就是几年前因密谋暗杀麦克纳马拉而被处死的那位西贡青年[2]）的照片。看到他们这样膜拜诺曼·莫里森，一个外来访客的第一反应很可能是既感动又不安。尽管他们的情感是真实的，但似乎太夸张、太浓烈，令人不禁想起那些个性扁平的模范英雄事迹——斯大林主义文化的普遍特征。可当他们第二十次提起诺曼·莫里森的名字时（常常是略带腼腆，总是饱含温情，明显是想向我们这些美国人表示友好与礼貌），我开始理解越南人同莫里森的特殊关系了。越南人相信，一个民族的生命和意志是由英雄人物给养和维系的。而诺曼·莫里森是不折不扣的英雄。（跟我起初猜想的不同，越南人并没有高估他的牺牲对美国良知造成的真正影响；对他们来说，有远比烈士牺牲的实际作用更为重要的事：他的功绩在道德上的成功，作为自我超越的圆满。）所以，当他们表明对他的"敬意"和经常把他称作"恩人"时，说得很准确。如今在越南人心里，诺曼·莫里森真的很重要，重要到他们无法理解，对我们这三位"美国朋友"而言，他可能并不是同等重要的精神养料。

像他们这样把我们定义为"朋友"，最初给我带来了一些尴尬和不适，现在却似乎——又是一个表明我身上已起了变化

---

① 南越和北越的军事分界线。

② 1964年5月2日，阮文追在公理桥上埋设地雷，准备暗杀由美国国防部长麦克纳马拉率领的代表团，事泄，于5月9日被捕，10月15日被杀害于狱中。

的迹象——没那么难以理解了。一开始面对他们流露出的友善时，我会既感动（有时热泪盈眶）却又显得拘束，现在我终于能够做到纯粹欣赏，我自己的反应也变得更加真诚和灵活。我当然毫无理由去怀疑越南人口是心非，或者草率地把他们的态度视作“幼稚”。既然我毕竟是他们的朋友，又何必一定要去深究他们是否幼稚是否单纯呢？看到他们能够超脱出自己的处境（正遭受美国迫害）和我们的身份（敌国的公民），我并没有那么惊讶，倒是冒出这样的具体想法：在他们历史中的此时此刻，越南人究竟怎么可能把美国人当成朋友来欢迎？我明白，坦然接受我们所到之处硬塞过来的小礼物和鲜花很是重要。这一点我也记在心上：全程我们不可以花自己的钱支付任何东西——哪怕是我要的众多书籍和每隔几天就给我纽约的儿子报平安的电报（任凭我坚持说至少应该允许我付电报钱）。渐渐我懂了，抗拒主人物质上的慷慨或者为此感到压抑，都只是我太挑剔。

但我的变化并不仅仅在于我能更得体地接受越南人的盛意，或是能更好地欣赏他们苦心经营的殷勤。这里面也有更多东西需要去理解；通过同越南人更多接触，我发现他们的礼貌跟“我们的”很不一样；不仅因为他们讲究礼貌的地方要多得多。在美国和欧洲，礼貌总隐隐透着一丝虚伪，会予人几分勉强之感。对我们而言，礼貌意味着公认应该践行的友善行为的准则，不管大家是否“真的”喜欢那样，因为他们的“真实”情感不会永远足够文明、足够宽厚到可以确保一个正常运行的社会秩序。从定义上看，“礼貌”从来就不是真正诚实的；它说明的是社会行为与本真情感之间的差异。这种差异到了世界的这一片土地上就成了事关人类生存状况的信仰问题，养成了我们反讽的爱好。作为表明真相——生活全部真相——的反讽变得必不可少，即我们说话、做事都半是真心半是假意。起初，当在越南人身上看不到一点反讽时，我不知如何是好。可一旦我不再深信(至少在想象中)反讽不可避免，越南人顿时就没那么难以解读了。他们的语言也不再显得那样令人拘束和过分简单。(要阐述带着反讽意味的真相，一个人需要很多词语。没了反讽，也就不需要那么多词语。)

越南人为人处事遵循的教养原则不是我们熟悉的那一套，这也意味着他们理解的“诚实”与“真诚”是不同的。在世俗的西方文化里，诚实差不多被抬高到所有其他价值之上，越南人眼中的诚实与之几乎没有共同点。在越南，诚实与真诚的功能是个人尊严方面的。行事真诚可以增强和提升一个人的尊严。在我们这个社会，“真诚”十有八九恰恰意味着为了八面玲珑而舍弃尊严，心甘情愿不顾体面。差别显而易见。我们文化认可的“真诚”概念是依据经验评判、基于事实描述的，衡量一个人是否真诚，看的是他的言语有多全面、多准确地反映了他内心的想法和情感。越南人看待“真诚”的方式比较规范化，靠的是约定俗成。我们的目标是要在一个人的言语、行为和内心生活中排列出正确的组合——让它们取得一致(这一目标的基础是如下假设：说话者嘴里的真相在伦理道德上是不偏不倚的，或者说，只要说话者愿意坦率道出，真相就可以变得在伦理道德上不偏不倚，甚至值得嘉许)，他们则旨在让说话者的言语、行为和他的社会身份之间构建起恰当的关系。在越南，真诚的意思就是行为方式与个人身份相称；以“真诚”立身，一个人可以实现其道德追求。

因此，去猜测在 5 月 16 日傍晚范文同总理与鲍勃、安迪和我的一小时谈话中他的热情按我们的标准是否真诚，或者他送我们走出办公室大门、穿过砾石车道钻进等候在外的汽车之前，是否“真的”想拥抱行将离开的我们，都是偏离主题的。他的真诚是越南人的真诚：他的举止充满魅力，很得体，是一番好意。深究越南人是否“真的”憎恨美国人也是不太对的，哪怕他们说了他们不恨；也不应该好奇，如果他们说不恨美国人是真心话，到底为什么会不恨。越南文化里一个基本组成部分是独特而优美的姿态。在我们的观念里，姿态是虚伪、矫揉造作的东西——不能这样去解读他们的姿态。越南人的姿态并非浮于一个人真实人格之上的表面文章。通过姿态，那些不管他依据什么标准做出来的动作，他建立了自我。在某些特定情况下，一个独特的姿态就能彻底重新定义人格：一个人做了此生做过的最高贵的事，从此便会完全上升到新水平——那个水平的人经常会做这种动作。（在越南，道德抱负是真理——是根深蒂固的现实——在我们这儿却不是那样，原因在于我们区分“典型”事物和“惯常”事物的心理准则。经过这番对比，我们看清了政治和道德的劝诫在越南那样的社会中扮演了怎样大不相同的角色。我们觉得他们的许多谈话充满宣传和操控意味便往往不加重视，其实对越南人来说，那些内容具有我们难以感知的深度。）

越南——至少按照它对自我的官方看法——会给世俗的西

方人留下这样的深刻印象：这是一个在伦理道德，也就是心理层面上过分扩张到可怕的社会。但这样的判断完全取决于我们时下流行、讲求适度的标准——考量的是人类到底能承载多少美德。但在许多方面，越南的存在可以说是对那些标准的公然冒犯。我就亲身感受过这种冒犯。他们安排车带我们去河内北方多山区的和平省考察了两天，第一天下午，我们在那边的乡下略作停留，看了看一位美国飞行员的坟墓。我们下车走到路外，在高高的草丛里走了大约五十码，这时鹰说道，那里埋葬的是差不多一年前被农民用来复枪击落的 F-105 战机[①]飞行员。那位飞行员没能成功弹出驾驶舱，就在这个地方人机俱毁；几个村民从废墟中挖出了他的尸体。待来到一片空地，我们看到的并不是一个简陋的坟墓，而是一座庄严肃穆的高墩，饰有飞机引擎的大块部件和一段犹如宫廷雕塑品般的扭曲机翼，有鲜花，顶端还插着一块木质墓碑，上面写着飞行员的名字与殉难日期。我在那儿站了几分钟，心里烦躁不安，几乎不能理解这一原始的土葬行为，而看到坟墓的样子和依旧有人在打理它的证据，让我又大感震惊。后来，和我同车的和平省行政委员会副主席向我解释道，那位飞行员确实是入土为安了，而且躺在“一口优质木材打造的棺木里”，这样一来，等战争结束，他远在美国的家人便能来把遗体运回去，听到这儿，我简直感到颜面扫地。这一令人赞叹的举动能为一个人带来什么？这些人的配偶、父母、孩子分明死于这位飞行员和他的战

① 别名“雷公”，是美国空军第一架超音速战斗轰炸机。

友之手(一架装满四箱集束炸弹的F-105可以杀死方圆一平方公里内所有暴露在外的生物),他们是怎么做到静静拿起铁锹,细致考究地布置他的坟冢的?他们是何感受?他们是否明白,不管客观上他犯下了什么罪孽,他就跟他们那些遇难的同胞一样,也曾拥有宝贵、不可替代的生命,也曾是一个原本不该死去的人?他们会可怜他吗?他们是否原谅了他?不过,也许这些问题并没有问对方向。很可能是村民们觉得埋葬一位飞行员是美好的(他们大概会说"人道的")事——对于或许会影响具体事务的个人情感,这一标准在将其压倒的同时也会予以改造。

对于这类超越个人的姿态,一个游客凭自己的观念很难去信赖。没错,我完全无法抛开我对人们工作方式的一贯理解。在那两个星期中,我一直忍不住想提出关于越南人心理的诸多疑问——其实我也知道,建立在武断的、西方语境下的道德假设之上的这类问题,多容易引出错误的回答。举个例子,就算考察"'自我'之于越南人"这一问题是有意义的,我也能看到,他们的"自我"很多表现形式并不是我们所熟悉的。北越人似乎都出奇地冷静,虽然他们除了战争很少谈论别的,话语却不带恨意,这着实难得。甚至在他们使用夸张的共产主义语言谴责侵略者时,语气听起来也是在完成任务,有点缺乏生气。谈起同胞遭受的种种暴行(越南历史的本质),他们带着近乎温柔的伤感,还有讶异。他们的样子仿佛在说:这些事真的可能发生过吗?法国人真的像革命博物馆里的照片上那样,因为种植园工人罢工就让他们戴着手铐站成一排,将他们开膛剖肚？我们去的另一家更小的博物馆专门展示过去三年中美国人对北越使用的各种灭绝性武器，这样一个问题——美国人怎么会对他们在越南的所作所为不感到羞耻呢？——虽没人说出口，却回响在整个游览过程中。是的，我认为他们不是很明白——如今一个建立在“耻感”之上的文明正受到一个从大量无处宣泄的“罪感”中汲取力量的文明攻击，说到底，前者的“不明白”是题中应有之义。

越南是一个建立在耻感之上的文明；这一点也许能解释我们在他们外在表现的变化范围中看到的（还有没看到的）许多东西。可我是在一个建立在罪感之上的文明中长大成人的，这必然是我觉得他们难以理解的一大原因。我猜想“罪感文明”往往容易形成理智上的彷徨多疑和道德上的错综复杂，所以，在奉行罪感的社会看来，一切建立于耻感之上的文明都是“幼稚的”。在“耻感文明”中，人对自身与社会道德要求之间关系的感觉远没有那么模棱两可，集体行动和公共规范的存在方式都有着我们这里所没有的内在合法性。

越南的公共规范中很重要的一项是“得体”——概括点说，是注意在人际交往中维持严格的道德气氛。若非我见过几个柬埔寨人和老挝人，或许会以为亚洲人都很注意这点；跟他们相比，越南人要端庄、克制得多，举手投足甚至可以说是拘谨，穿着也更加慎重。不管如何酷热难耐，你在越南的任何地方（柬埔寨和老挝则随处都是）都看不到穿短裤或者不穿衬衣的男人。每个人从脖子到脚踝都包得颇为严实，虽然破旧，却很整洁——男人女人都穿长裤——他们重视的是

“干净”。纳丰[1]的村民带我们参观他们那座砖头水泥砌成的双隔间公共厕所时骄傲之情溢于言表，说村里第一次有了这种设施，是一天前刚建的——他们骄傲的不光是今后拥有了卫生与便捷。新公共厕所是一种道德上的胜利。越南有句老话：“倾尽东海[2]的海水也无法洗净敌人留下的污秽。”这句话可以追溯到越南跟中国打了无数大小战役的那场战争(从1418年打到1427年，以越南人的获胜告终[3])。无疑越南人是怀着类似的痛楚看待三年来美军的狂轰滥炸的：又一次，他们的国家被人以最可怕的方式玷污了。“纯洁／肮脏”的道德隐喻当然在一切文明中都是普遍存在的；可我还是觉得在越南这一点格外强烈。在越南文学史上最著名的长篇叙事诗《金云翘传》[4]中，这一隐喻的力量被突出地表现了出来。(此诗是学校课程上仔细研习的对象，电台广播里也常常诵读；差不多每一个越南人都牢记其中的某些长段落。)故事开始的时候，女主人公翘[5]还是个少女。一个年轻男子对她一见钟情，遂开始耐心地暗中追求她，不料男子的家中突生变故，未及解释就不得不离她而去。翘以为自己遭到了抛弃，又偏逢家庭陷入危机，为解救欠债入狱的父亲，她只得卖身与富贵人家。从此她受尽虐待与凌辱，先是沦为青楼女子后又遁入空门，整整二十年后，终

---

① Na Phon，音译。属于和平省梅州县管辖。

② 中国南海。

③ 越南人反抗明朝统治的斗争，史称“十年抗明战争”。

④ 原文为 *Kieu*，全称 *Kim Vân Kiều truyện*，越南国民文学长篇叙事诗。原本为中国章回小说，署名青心才人编次，成书于顺治、康熙年间。18世纪到19世纪间，越南阮朝诗人阮攸根据此书改编，主要用越南本民族文字喃字写成，共3 254行。

⑤ 全名“王翠翘”。

于回到故乡，同曾经的爱人重聚。他向她求婚。故事的最后一场篇幅很长，发生在他俩的新婚之夜：翘对丈夫说，虽然她深爱着他，也从来没有享受和其他男人的性关系，他们却不能同房。新郎不同意，说他根本不介意她在他俩长时间分别期间的悲惨生活；可她坚持认为自己已经“不洁”了。她提出，既然他俩真心相爱，就必须做出这一牺牲。最后，出于对翘的尊重与爱，他答应了。长诗以描述他俩婚姻生活的和谐与快乐作结。以西方人的观感，这样的美满结局其实一点都不美满。我们宁愿翘刚刚和她爱人重聚就患上肺结核，然后死在真爱的怀里，而不是让他俩一辈子生活在一起。可即便是对今天的越南人来说，故事这样结束也是令人满意的，合情合理。我想，之所以我们有时候会觉得他们“封闭”、遮遮掩掩和不善表达，一定程度上是因为他们是一个极其讲究的民族。

不用说，今天的道德规范与《金云翘传》中倡导的已然不同。然而，“性”方面的自控力还是广受尊崇。如今的越南，男人女人可以一起工作、吃饭、争斗、睡觉而不产生任何风月之事。现在越南人明白了，关于性关系的正当与否，西方人有不一样的规范标准。鹰告诉我，哪怕是战争把夫妻长期阻隔，他们也很少会对对方不忠；他还说他知道婚姻忠诚在西方“并不常见”。带着一丝自嘲，他提到有次去欧洲——是在苏联——在酒会上听见人们互开“下流的玩笑”时，他有多么惊讶。他叫我放心，这个问题已经没那么困扰他了。不管什么情况下，越南人都不会丢掉礼貌——现在他们得出结论：西方人处理这类事情另有一套方式。于是，每次安迪·科普坎德、鲍勃·格林布拉特和我去乡间游历，不论住宿条件多么简陋多么逼仄，他们都会给我们安排单独的房间(或者可以权当房间的设施)；但有一次，因为临行前一天鲍勃在河内得了点小病，我们便多了个护士随行；我发现那位年轻貌美的护士竟同导游和司机(都是男的)睡在同一间房间里……在越南，性的自律想必是理所应当之事。这只是社会对个人的总体要求——自尊自爱，为了大家的利益把“小我”交由他人处置——的一方面。跟老挝和柬埔寨不同，越南在印度教徒和佛教徒杂糅的影响之下，带上了“印度”或者说“南方”气息，呈现出矛盾的样貌：在酷热的热带气候下生活，却保持着温带或寒带国家的古典价值观——努力工作，自律，认真。这一“北方”气息无疑是“北方封建主义者”中的游牧部落留下的精神遗产。(我还冒出这样一个想法：在越南南方，这种气息也许比较薄弱。河内人说西贡人更随和，更情绪化，更有魅力，但也更爱说谎，更放荡——总之，就是北方人谈论南方人时惯用的那一套说辞。)

因此，虽然在一个正遭受侵略的左派革命社会的准军事化特质影响下，越南人以现在的形式对自己提出的严格要求无疑会加强，这些要求的基本形式其实有深厚的历史根基，尤其存在于跟越南文化中属于佛教源流的那部分截然不同的孔子学说中。在某些社会中，特别是中国，这两种传统带给人的体验完全水火不容。但在越南，情况好像不是这样。除了少数天主教徒，大部分越南人当然是佛教徒。即便我们多半会看到老人们在塔寺中拜佛，家庭的宗教仪式依然很兴盛(我们在许多人家里都看到了祭坛)；另外，世俗生活与佛教价值观似乎维持着相当的连贯性。不过，不管越南的什么东西在坚守佛教的精神特质——宿命论，俏皮的思辨，慈悲为怀——它好像总能同孔子教义中“克己”的精神特质和谐相处。越南人的行为举止恰恰反映了孔子的理念：国家和个人的福祉都取决于养成恰当而正派的行为准则。同样原封不动流传下来的还有经由荀子表述的儒家观点：“凡礼仪者，是生于圣人之伪，非故生于人之性也。”认为“一个民族的命运仰赖该民族的圣贤”这一儒家观念部分解释了越南人对胡志明——他们的圣贤、诗人和领袖——的尊崇。但只能部分解释。恰如越南人常常坚称的那样，他们对胡的敬爱和当今中国的情况完全是两码事。胡的生日主要是让北越人一年一度可以有个场合表现国人对他的感情是多么高贵与美好。“我们爱戴、敬重我们的领袖，”去年胡生日时，《研究》月刊上有这样的评论，“但我们并不神化他。”我接触到的人谈论起胡远不是把他当成高高在上、英勇无比、全知全能的领袖，倒像是某个私交，而让他们着迷和激动的正是这一点：感到胡是一个有血有肉的人。有许多趣闻轶事说明他的谦逊与羞涩。人们觉得他魅力非凡，甚至有点乖僻。他们说起他，追忆他流放中的贫困岁月和整个 1930 年代在中国遭受的牢狱之苦，担忧他虚弱的身体，不禁颇多感触。“胡叔叔”（*Bac Ho*）不是有着奥威尔小说里“老大哥”意味的特殊头衔，只是普通的尊称；一个随便什么年龄的越南人管跟他没有亲缘关系的老一辈都叫“叔叔”或者“阿姨”。（瑞典语里也有这种用法，不过 *tant* 和 *farbror* 只限于儿童或者青少年称呼陌生的成年人，一个中年人不会那样叫一位七十岁的老人。）只有在越南这样一个遭到围困的小国，人与人之间才能够互相把另一方视为大家庭的一分子；他们对胡志明满怀亲切的爱意与感激，不过是这种感情达到了顶点。确实，越南人推崇的大部分美德——比如节俭、忠诚、自我牺牲和性关系的专一——都能在家庭生活中找到依据，而这也是支撑他们立足的基本隐喻。还有另一个特征表明了儒家文化的深刻影响——它与佛教教义的不同点在于，后者崇尚与世隔绝的修行和对家庭纽带的摈弃——也佐证了越南文化中朴素和“清教主义”的一面并非像普遍认为的那样是相对全新的、革命理念嫁接而成的特质。（被视作“马克思—列宁思想”的越南共产主义理论似乎颇为含混，可以根据情况做出不同解释，而且极其陈腐。）虽然一个游客很容易将越南的这种严格自律主要归因于共产主义理念的影响，实际情况可能恰恰相反：共产主义道德要求的影响力之所以能服众，正是因为越南人骨子里尊重高度道德化的社会和个人秩序。

不过越南人其实没有我说得那么严肃；尤其值得注意的是他们在实现这些目标时保持的优雅。越南人谈吐低调；甚至在公共集会上，他们的讲话也很精炼，并不带有多少鼓动性。强烈的感情一旦缺少了我们熟悉的那些热情流露的标志——比如激动和悲痛——便难为人所知。我们明白，在这些人的意识中，还从未经历过如此兴奋的时刻——四分之一多个世纪的斗争迎来了高潮。他们克服了不可思议的困难，打败了法国人。（是法国人最先使用凝固汽油弹轰炸越南的。1950 到 1954 年间，法国百分之八的战争预算是美国赞助的。）更加不可思议的是，如今他们已经证明，不论美国人强加来怎样的惩罚，这个国家都能扛过去，团结一致、繁荣昌盛，同时，南方的“民族解放阵线”正稳步争取更多的支持和地盘。然而大多数时候，我只能作为一个心怀同情的旁观者来推测出这种兴奋之情——并不是因为越南人冷漠，而是因为他们一贯以来的情感策略：他们坚信不应该随便浪费情绪的能量。我们听说，在农村遭到严重轰炸的地区，每天农民都带着棺材去稻田，这样一来，要是有人死掉，就能被就地掩埋，而剩下的人可以继续干活。在疏散的学校里，每天早晨学生离开宿舍去上学前都会把个人物品和铺盖打包收拾好，然后整齐地堆放在最近的泥地防空洞中，以防白天发生空袭，炸毁那些小茅屋；晚上再从防空洞里拿出一个个小包裹，回到宿舍拆开来放归原位……看到越南人那种难以置信的就事论事，我不止一次想起犹太人在迎接他们苦难、斗争不断的历史命运时，更为糟蹋、更为招摇的风格。作为一个长期受难的民族，越南人有一点要强于犹太人，但那也许只是所有由农民阶级领导的文明较之已经建立起城市中产阶级社会秩序的文明的优势。不像犹太人，在越南文明中，各种心理状态的人还没有达成高度有机的结合（迫使他们互相影响）。越南人的优势还在于，虽然他们的历史主要由残酷的迫害构成，其扎根的土地上，人们却可以自主确立而非简单地（故而也是复杂地）接受一个“身份”。

犹太人体会苦难的方式直接、恳切、充满感染力。从赤裸裸的抗辩到冷言冷语的自嘲，可以说是无所不用，想方设法吸引别人的同情，可与此同时，又深深表现出绝望，似乎认定要吸引别人困难重重。犹太人之所以固执，拥有卓越的求生天赋，正因为他们把自己交托给了一种复杂的悲观主义。我初到越南时，潜意识里也许期待着他们表达起苦难来会像犹太人（也像“西方人”）一样明显。这也是为什么一开始看到越南人以很不一样的方式体会他们相对悲惨的历史时，我会视其为难懂与幼稚。

比方说，我是花了一阵子才明白越南人真的受制于某种谦卑，不好意思向我们展现他们承受的难言之苦。甚至在描述美国人的种种暴行时，他们也会赶紧强调——简直好像不这么做是有失风度的——对于美国发动的这场战争的恐怖，我们在北越任何地方目睹的情形都是片面的。因此，他们说道，我们必须看一看“在我们南方兄弟身上发生的一切”。我们听闻了1965年2月7日以来的平民伤亡数据：遇难百姓中，百分之六十是女人与孩童；百分之二十的死亡与重伤人员是老人。他们带我们去参观了几个镇子，其中最小的以前也至少有两万人居住，最大的甚至多达八万居民，如今统统被夷为了平地。我们看到照片里被杀伤炸弹炸得满身窟窿或者被燃烧弹烧焦的尸体（除了凝固汽油弹，美军还向越南人投下了白磷炸弹、纵火剂、镁燃烧弹）。我们同一些深受“战争升级”戕害的可怜人短暂地见了一面，其中有个二十四岁的姑娘，一场空袭就夺走了她丈夫、婆婆和几个孩子的性命；还有来自紧邻河内南方的一家女修道院的三位修女，年长的是院长，另外两位年纪很轻，修道院被炸毁后，她们是仅存的生还者。然而，我们的北越主人们似乎根本不想喋喋不休地谈论美军的暴行。随着我们参观一个又一个废墟，他们好像更乐意告诉我们哪些袭击没有造成伤亡——和平市[1]郊外拥有 170 个床位的新医院被毁时，情况便是如此。（在 1967 年 9 月第一次空袭来临前不久，他们疏散了那家医院；之后美军又去轰炸了数次，医院里当然再也没住过人。）越南人喜欢给人留下爱好和平、独立自强、乐观向上的印象，也确实做到了。在 1945 年 8 月之后的一次讲话中，胡志明甚至提出了"让生活积极乐观"的五点诀窍：一、熟悉政治。二、学会绘画。三、懂音乐。四、练习某项运动。五、掌握至少一门外语。因此，说到越南人的乐观主义时，我指的不仅是他们对胜利的坚定信念，更是指他们对乐观主义的信奉，将其视作互相理解的一种方式——整个社会都把重心放在不断进取上。

确实，在越南最突出的特点中，有一点便是他们在处理几乎任何问题时抱持的积极态度。高教部长谢光堡教授说下面这段话的时候丝毫没有嘲弄意味："美国人教会了我们许多。比如，我们明白了教书育人必不可少的并非漂亮的大楼，就像河内那所理工专科学校的崭新校园，战争升级伊始，我们就不得不从中撤离了。我们躲进丛林、建起分散式学校后，教育水平反而提升了。我们当然想吃得更好、穿得更靓丽，但在这三年里，我们懂得了没有它们，一个人依然可以做许多事情。那些东西固然很重要，但对我们来说，并不是必需品。"他说到把

① 和平省省会。

学生从河内的各个大学疏散到乡下带来了一系列好处，其中一项是大学生们不得不亲自搭建新校舍，学习如何种植食物（经过疏散的每一所学校或者工厂都组成了一个新社区，按照要求，他们不去依赖最近的村庄，而是争取在“自给经济”的水准上实现自足）。经历了这些磨难，“一个新人”出现了。说来难以置信，越南人不知怎的颇为感激眼下处境带来的宝贵财富，尤其是境遇对人格的影响。当胡志明说轰炸提升了人民的“精神”时，他指的不仅是士气的加强。他们相信，战争永久地提高了人民的道德水准。比如，在越南人眼里，没有比家破人亡、财物尽毁（许多人家里有十个世纪之前祖宗传下来的遗物）更糟糕的厄运了，可如今成千上万的家庭都遭遇了这种状况，人们发现原来一无所有也有积极意义：人会变得更慷慨，更超脱于“物”外。（我看的一部电影《谭小姐的森林》便是这一主题。电影最后，为了支援整修被炸坏的货运路线，一位老农自愿砍掉花了毕生心血培植的两棵树。）再举个例子，美军的轰炸已经成为越南人提高处惊不乱的心理素质、民族凝聚力和管理才能的契机。通过一个选举出来的团队，无论大小村庄都自己报道轰炸的现状；在河内和海防，每条街道都推选出几位居民撰写详细报告。记得在我们参观河内城里受到轰炸的区域时，圣馆街①（跟我们酒店相距两公里）“检查组”的组长发来过这样一份报告。是个没上过学的老工人，自从街坊四邻推选他担任这个岗位，他学会了一整套全新的技能。战争让人们

① 河内市区的一条街道，桑塔格的原文为 Quan Than Street，如今通常写作 Quan Thanh Street。

更加聪明，也普及了情报的使用，因为究其本质，每个人有着同样的任务：保卫祖国，赶走侵略者。在整个北越，自给自足外加通力协作已成为普遍的社会和经济生活方式。这或许听起来有点像把社会主义经济应用到落后国家的惯常模式。但越南不仅仅是第三世界的又一个成员——弱小、经济状况滞后，还要受到过于单一的经济（为殖民统治者所强加）、文盲、疾病和拥有比多数人口更为悠久的历史文化且难以同化的部落民族等诸多常见不利因素的阻碍。（越南有六十个“少数民族”。）这是一个惨遭刀剑、有毒化学品和炮火蹂躏，生生被割开血肉、下毒和夷平的国家。在这些情况下，自给自足按理说是不太够的——若非越南人拥有在灾难中想方设法壮大自己的超凡能力。

当地人的说法简单多了：这不过是一个你是否有足够智慧的问题。美国势不可挡的优势在于人力、武器和资财，而用越南人的话来说，这个国家已然承受的严重破坏引发了一个切实的“问题”，但他们完全相信可以用他们无边无际又“充满创造力的”工作热情来解决这一问题。走到任何地方，我们都清楚地看到人们在如火如荼地辛勤劳作，因此国家才得以运转。实际情况是，他们将工作均匀地分配在整个国家的土地上——河内大街小巷的人行道边和乡间小道上都放了一些无人看管的大号木条箱（“这是我们的疏散仓库。”鹰说道）；铁路沿线的空地上也摆着一堆堆工具和其他材料，这样一来，轰炸过后几分钟内就能开始抢修轨道。不过，虽然越南人愿意靠着铁锹和榔头一点一点重建祖国，他们是很懂得轻重缓急的。举个例子，空袭过后，通常几天内农民就会赶紧把 B－52 战机在稻田里炸出的弹坑填满。可我们还看到了一些“2 000磅”和“3 000磅”炸弹造成的巨大弹坑，大到他们认定难以负担填补所需的时间和劳动，于是把这些大坑改造成了鱼塘。尽管整修炸弹破坏的场所和设施，或是建造新的、有更好保护的地方这类工作从不间断，无休无止，耗去了他们大部分的精力，关于未来越南人还是考虑了很多。想着战后的国家势必需要身怀精细技术的专业人士，越南人并没有发动大学和职校的老师教授或者二十万名学生中的任何一人来参与这些工程；实际上，1965 年之后参加高等教育课程的学生人数在稳步提升。建筑学家已经为战后一定会建造的全新城市(包括河内，北越人完全相信，美国撤退前会把它夷为平地)画下图纸。

一个访客会得出结论说：虽然这种工作方式很巧妙，其主要目的——社会赖以生存的手段——却是保守的，只不过间接表达了革命的看法——一个社会的重要因素发生了激烈转变。依我看，这两个目的是不可分割的。战争给北越带来的民主化影响，似乎比 1954 到 1965 年间它实行的任何社会主义改革更深刻、更彻底。比如说，战争摧垮了越南社会中为数不多的一大稳定社会关系：城乡关系。(北越人口中的百分之八十仍然由农民构成。)美国的轰炸开始后，超过一百五十万人离开了河内、海防和其他较小的城市，散布到农村的各个地方，到现在也生活了好几年了；单单河内的人口，就从 1965 年前的一百万左右下降到不足二十万。不止一个越南人告诉我，这一迁徙已经造成了风俗与人情上的显著变化，既影响了农民——他们被迫接纳逃难而来、有着城里人习惯和品味的三教九流；也影响了来自河内或海防的人——他们第一次知道乡下依然盛行着十足原始的日常生活方式，发现农村生活虽然物力维艰、社区观念很强，自己的心灵却日渐富足。

战争之所以能推进社会的民主化，还在于它破坏了大部分本就不多的物质手段，而且限制了越南把不同产品（从工业到艺术的一切产品都在此列）分配给不同社会阶层的空间。于是，越来越多人站在相同的基准线上参与各种事物——徒手劳作。疏散学校建筑群里的每一幢低矮的房子都只能以最简单的方式建造：土墙上加盖茅草屋顶。为了袭击来临时孩子们可以逃生，他们修起一公里又一公里连接一栋栋建筑、向外延伸的沟壕，所有都是在红土地上辛苦挖出来的。无所不在的防空洞——遍布河内、各个村落和小村庄中，每一条道路旁边的空地上，每一块耕地里——都只能由附近居民抽出业余时间修建，一个接着一个。（1945 年以来，越南人挖了超过 5 万公里的沟壕，以 1 700 万人口之力，修了 2 100 万处防空洞。）一天深夜，在从北部赶回河内的路上，我们走访了山脚下一家暂设在简陋棚屋里的疏散工厂。煤油灯下，几百个女工和男孩操作着机器，而十来个男人就拿着榔头正砸开隔壁小洞窟的墙面，好把最大的那台机器放进去，躲避轰炸。在北越，几乎所有事情都靠双手来做，极少使用工具。苏联和中国自夸说总共给了越南多少多少援助，是否属实，以后可以慢慢探究，但不管支援了多少，恐怕都是不够的。这个国家物资贫乏到几近可怜，缺少灭菌器、X 光机等基础医疗设备，缺少打字机，缺少车床、风钻和焊接机等基本工具；自行车和晶体管收音机倒似乎不少，但各类书籍、纸张、钢笔、唱机、钟表和相机都非常稀少；连最低程度的生活资料事实上也是不存在的。还有衣服，只能有限供给。一个越南人要是有两身衣服一双鞋，就算幸运了；定量配给制度允许每人每年买六米棉布。（棉布只有几种颜色，衣服的款式几乎都一样：女性穿黑色长裤白色衬衣；男性则是棕黄色、灰色或米色长裤和棕黄色或白色衬衣。没人戴领带，茄克衫难得一见。）哪怕高官的衣衫也边角磨损、颜色暗沉，洗得都发亮了。范玉石博士是已被废黜的傀儡皇帝保大的堂兄弟，投身革命前，曾是越南最富有的地主之一，他提到自己已经两年没添置一件新衣服了。食物也很短缺，不过没人挨饿。产业工人每月有 24 公斤大米的配额；其他人，包括政府最高层的官员，每月则是 13.5 公斤。

因为什么都缺，越南人只好让手头的一切都派上用场，有时是多种用场。这一窍门部分源于传统；举个例子，越南人能用竹子制作出千姿百态的东西——房屋、桥梁、灌溉装置、脚手架、扁担、杯子、烟斗、家具。不过，还有许多新发明。因此美军飞机就成了实打实的空中宝矿。（矿源还远没有枯竭。我们在河内的这段日子里，越南人斩获了十余架从 3 月 31 日以来每天都要飞过好几次的无人侦察机；如今在北纬 19°以南，空袭比“限制轰炸短期停战”之前的任何时候都猛烈，所以他们也打落了更多飞机。）他们会把击落的每架飞机有条不紊地拆卸。切开轮胎做成大多数人穿的凉鞋。飞机引擎上若是还有任何完好的部分，就改装成卡车发动机的零件重新使用。

拆解机身，将金属熔化后制成工具、机械的小零部件、手术器具、缆线、自行车轮辐、梳子、烟灰缸，当然还有当作礼物送给来宾的刻有数字的指环。飞机上每一个最后的螺帽、螺栓和螺丝都被加以利用。美国人空投下来的其他任何东西都是这样。在我们造访的几个小村子里，树上挂着召集村民开会或者发出空袭警报的铃铛，那其实是颗没有引爆的炸弹的壳子。我们还跟着他们去参观了一个泰族①村落的医疗室，发现为躲避轰炸，手术室搬进了一个岩洞里，而防护篷是个打开的降落伞。

在这样的情况下，“人民战争”的概念不仅是宣传口号，而是同现代的社会方针制定者最大的愿望——人口分散一样，得以具体实现。人民战争意味着尊重自愿、全面充分动员国内每一个体格健全的人，让每个人准备好承担任何工作；还意味着把国家分成数量不定的自给自足式小型社会，它们可以在孤立无援中存活，做出决定，继续为生产添砖加瓦。按越南人的设想，举个例子说，地方上的人们应该可以解决各种敌军轰炸造成的困境。

对于来自一个建立在极度浪费之上的国家的人来说，身处一个奉行“物尽其用”的国度，看到它每日运转的某些方面，会格外印象深刻。一条乖戾的辩证法在这里生效了：那个庞大而挥霍的社会把垃圾、不太能觅到工作机会的无产者组成的士兵、毒药和炸弹纷纷倾倒，投向一个弱小、事实上没有自卫能

① 越南人口排第三的民族，主要分布在越南西北部的莱州、山罗、和平、清化和乂安等省。

力、节俭的社会——那里的公民如果有幸能活下来，便会四处去捡起这些残骸，用它们制作日常使用和自我防卫的工具。

“物尽其用”的原则不光适用于事物，也适用于思想，领会了这一点，我不再因为越南人谈起话来缺少智慧的灵光而习惯性地着恼了。既然他们制作的每件物品都要经久耐用，所以每个想法也必然如此。越南领导人精通的是一种经济而简练的智慧。拿我们反复听到的一句胡志明格言为例：“没有什么比独立与自由更宝贵。”直到我听了很多遍这句话，才开始认真考虑它的含义。这下我懂了：是的，这句话着实道出了很多东西。一个人真的可以把这句话当作精神食粮，生存很长一段时间，就像越南人已然做到的那样。在越南人眼里，胡志明并不是思想家，而是善于行动的人；他的话经世致用。同样的标准也适用于描绘越南人民奋勇抗争的图像，那些作品在视觉与思想的微妙处都难言出色。（当然，实用的原则并不是在所有语境中都能同样顺利地奏效，越南除了海报外的所有视觉艺术水平都不高即是明证。不仅是绘画，当前越南的电影、散文体小说和舞蹈水平也颇为落后，相比之下，似乎只有诗歌和戏剧这两种艺术形式发展得很好。）这一“最大化开发每件东西用途”的原则也许能部分解释在北越为什么还是能看到不少斯大林照片；他的照片大概不是每个地方都有，但挂在了某些政府办公室、工厂和学校里。在用铁板照相法制作的“马克思—恩格斯—列宁—斯大林”四伟人像中，斯大林照例是排在最右的，越南人既没有时间也缺少动机去引发关于象征的争议。当前的政府在 1954 年掌权时，“社会主义阵营”便公推苏联为名义上的首领，“四人组”的布局正代表了对这个领袖国家形式上的礼貌。北越人民非常清楚，这幅照片在1968年已经过时了，在我看来，许多人对苏联的内政和外交政策，甚至国民性都持有很大的保留意见。（在公共建筑里很少看到胡志明的照片；几年前，胡直截了当地拒绝了列宁奖。）但不管越南人，尤其是在河内的越南人怎么看待，甚至私下里怎么谈论苏联人——说他们勾结美国人，说他们并非真心支持越南抗争，说他们已经背弃了共产主义的正道和革新世界的使命，说他们往往是酒鬼和莽汉——旧日的偶像不会倒塌。至少目前来说，这组伟人像还是要作为对社会主义国家之间团结一致理念的致礼保留下去。

对越南人来说，避免“沉重”似乎简直是原则问题，这影响了他们的行事风格，其一大表现就是他们从不惹不必要的麻烦。没人能否认越南人精于谋划大规模的行动，武元甲将军那非凡卓绝的战略眼光已然证明了这一点。不过，当他们要表达某件事或者做出姿态的时候，通常还是很直截了当的，并非精心设计而成。在我的印象里，作为一个文化群落的越南人真心相信生活是简单的。他们还相信——考虑到他们眼下的处境，这似乎不可思议——生活充满快乐。这种快乐不难为人所察觉，就藏在他们明明白白的表现里：人们要么得承受长时间的繁重工作，要么每天都要面临自己和所爱之人的性命之虞，可依然很放松，并不自怨自艾。在越南人身上看不到“存在主义的痛苦”、“异化”这些现象——也许部分是因为他们缺少我们那种“自我”和与生俱来的莫名负罪感。当然，一个游客很难确信这一切都是真的。刚到越南时，我想了很久，在越南人表面的心平气和“背后”究竟还隐藏着什么。那种一本正经——以儒家的方式认同无私奉献——深深根植于越南文化之中，对于惯使心理剖析的西方资本主义国家游客来说，几乎是无从辨认的，更不用说完全信任了。面对越南人的纤瘦体态和完美的得体举止，一个笨手笨脚、人高马大的美国佬立刻就会感到坐立难安。越南人举手投足间透着股不可动摇的庄重，往往会让我们觉得可疑，认为他们不是幼稚就是虚伪。他们对崇尚勇气的美德，追求高尚、无畏的生活理想，看起来是那么异乎寻常，那么直截了当。我们所处的这个时代，一大特点就是不相信英勇献身的意义；于是，这个社会大多数人的生命意识——不管他们有没有为此感到害怕——变得没了生气与新意。但在越南，同你打交道的这个民族人人都笃信劳伦斯所说的“像英雄般献身的冲动那微妙、恒久的合法性”[①]。受过教育的美国人深感英雄精神日渐式微，他们一定觉得格外难以理解是什么激励着越南人，又该怎样将他们长期、坚忍的国家解放斗争历史档案与关于越南人真正“可信”的部分联系起来。

最终，访问越南遭到的困难反映了西方后工业时代社会特有的信任危机。越南人不仅具有我们这边心思复杂的人根本不再相信的美德，他们更是能把我们眼里互不相容的美德调和在一起。比如说，我们认为战争在本质上是“毁灭人性的”。但北越既是一个全民皆兵的军事化国家，同时又是一个高度文明

① 应该出自 D · H · 劳伦斯为维尔加（Giovanni Verga）小说《堂 · 杰苏阿多师傅》（*Mastro-Don Gesualdo*）撰写的导读。

的社会，推重温柔敦厚，规训人心。关于越南人格外重视心灵，潘向我举过一个更加惊人的例子，说的是 1954 年他们从法国人手里解放河内后，如何对待集中管制的妓女。她们被交给妇女联盟管理，住进妇联设在乡下的康复中心，在那里的最初几个月，受到无微不至的关怀。工作人员读童话故事给她们听；教她们儿童游戏，让她们参加户外活动。“那样做，”潘解释道，“是为了恢复她们的天真，再次赋予她们对人的信心。你也知道，她们看过人性多么丑陋的一面。消除那种记忆的唯一办法就是重新变成小孩子。”只有经过这一段悉心照料，她们才能学习读书写字和一门养活自己的手艺，还会得到一些嫁妆，这样就更容易寻到夫家。能想出这种治疗方法的人实在是有着和我们不一样的道德想象力，似乎毫无疑问。既然越南人的爱跟我们的爱具有迥异的特质，他们的恨势必也属于不同种类。在某种意义上，越南人当然恨美国人——但换作美国人落入一方强大势力之手，遭到同等程度的惩罚，绝不会是他们那种恨法。北越人是真心实意地关怀那成百名被俘美国飞行员的安康，配给他们比普通越南人更多的口粮。“因为他们个头比我们大，”一个越南军官对我说，“而且他们平时吃的肉类比我们多。”北越人真的相信人性本善（“每个国家的人民都是好的，”胡在 1945 年说道，“坏的只是政府。”），道德堕落之人始终有可能改过自新，即便是他们的死敌美国人也不例外。我们固然认为他们使用的种种字眼生硬僵化，却很难不相信这些关切都发自肺腑。

然而，一个西方游客来到越南这样的社会，除了“轻信”

这一普遍问题，还应加倍警惕对越南人做出任何过于积极的回应。当一个人开始为越南人的道德魅力——更不用说他们仪态的端庄优雅——所打动，便会听到内心声音的嘲笑，说这是自作多情。生怕自己的判断被对越南这种地方的廉价同情所左右，着实可以理解；缺少任何历史和心理的理解，这同情就成了尚古主义理念的又一实例。资本主义国家许多人的革命政治主张其实是保守主义文化批评的伪装，新瓶旧酒罢了：身处过度餍足过分复杂、伪善、死气沉沉的城市化社会却逆势而为，提出一个简单朴素的民族只需适量的物质财富，便能在分散、非强制、情绪激昂的社会中过简单朴素的生活。正如十八世纪的哲人借太平洋诸岛和美洲印第安人来描绘田园牧歌的生活，德国浪漫主义诗人想象这种美好存在于古希腊，二十世纪纽约和巴黎的知识分子之前就去异国他乡的第三世界革命社会寻找寄托。我绝不是在刻意理想化农民革命，但如果上面的话让人联想到西方左翼知识分子犯这种弊病时的陈词滥调，我得说，陈词滥调是陈词滥调，事实是事实，而拒绝相信直观感受——好吧——后果自负。到头来，带着一肚子的自我怀疑，我只能坦率承认，直观感受告诉我，北越在许多方面都是一个值得被理想化的地方。

虽然我尽可能直接和坦诚地表明了我对越南（人，社会）的赞赏，却也要强调，我没有一句话是在说北越是正义国家的一个典范。我们只需回想一下当今政府犯下的更多臭名昭著的罪行，比如说，迫害托派分子并在 1946 年处决了托派领袖，还有 1956 年强制推行农业集体化，最近北越的高官们也承认了其中存在着种种粗暴和不公。即便如此，一个外国人还是应该避免听了三言两语就带着惯性思维夸大悲惨的事实。听到在今天的北越，每个人都至少属于一个“组织”（经常是好几个），非共产党身份的游客很可能会认为，越南人一定被严格管控和剥夺了自由。随着资产阶级意识形态在过去两个世纪中逐渐占据主导地位，欧洲人和美国人学会了把参加公共组织和变得“丧失个性”联系在一起，而将实现最有价值的人类目标等同于能够决定自己的人生。但在越南，使人丧失个性的威胁显然并不是以这种方式出现的；那里的人如果无法以常规的集体形式互相紧密结合，才会感到难以为人或者说丧失个性。另外，每次越南人提到“党”，一个独立的左派游客不禁会眉头一皱。（1946 年的宪法允许多个政治团体存在；越南有社会党和民主党[①]，两党都出版周报，在政府中各有一些代表。不过在中央委员会中占近一百个席位的 *Lao Dong*——劳动党[②]才是“党”；劳动党是执政党，它提名的候选人在选举制度中具有压倒性优势。）对于从来没听说过多党制民主的国家倾向于选择一党领导的政府，我们更应该根据实际情况区别看待，而非不假思索地否定。我遇到的好几个越南人都主动提到了一党执政的风险，但也说虽然存在这些风险，劳动党因为响应了本土人民的具体需求，已经证明自己有资格掌权。在越南人看来，“党”纯粹意味着对国家的有效领导——上至独立国

① 越南社会党成立于 1946 年 7 月，是代表爱国和进步的知识分子的政党；越南民主党成立于 1944 年 6 月，是代表爱国和进步的小资产阶级知识分子及越南民族资产阶级的政党。

② 1951 至 1976 年间，越南共产党称“越南劳动党”。

家和党(1930年成立)的缔造者胡志明，下到刚从党校毕业，来到遭受轰炸的村庄指导居民建防空洞或者自愿进山区同芒、苗等少数民族一同生活，教他们读写的青年干部。当然，虽说在北越人的观念里，组成“党”这一大规模团队的是一群掌握技术、道德上无可指摘、多半不拿报酬的公仆，他们在各类活动中教导人民，与人民并肩奋斗、患难与共，但这并不能抵消越南政治制度的严重弊端。但也不能因此就否认，北越的现行制度可能在许多时候运转得颇为人性化，本质上确实不乏民主的意味。

不管怎么说，我发现在越南，“民主”这个词常常被人提起，次数比我去过的其他共产党国家——包括古巴——都多。越南人宣称民主在他们的文化里有深厚的根基，尤其是独立性极强的农民阶级，他们的风俗习惯里透着民主精神。(有句老话叫“村法为上，王法从之”。)范玉石博士说，即便在过去，封建政权的形式——国王与大臣——是专制的，但其实质——乡村生活的传统——是民主的。不论这种说法是否经得起客观的细致观察，有趣之处在于越南人认为他们国家一直以来都确实是民主的。除了越南，我不知道还有哪个共产党国家的人民会在经历了这一切之后还经常称赞美国是“一个伟大的民主国家”。(正如我之前说的，越南人似乎并没有很好地掌握马克思主义的思维和批评分析方法。)当我们评价北越公共机构的本质和它们在提升抑或阻碍人的个性中扮演的角色时，必须把这一切神话与现实都考虑进来。一个机构的生命力不是靠检视其组织体系的模板就能估量的；相同的体系在不同的情感支持下运行，性质可能会完全不一样。举个例子，爱若是进入了社会关系的实质之中，人们同一个党派间的紧密联系就不一定会让人“丧失个性”。虽然我的第二天性会促使我疑心一个共产党国家的政府暴虐而死板，大部分我对北越滥用国家权力的成见都是缺乏根据的空想罢了。与这种空洞猜测相对照的，是我一定要记录下来的在当地的亲身见闻(已然主宰了我的看法)——北越人是真心爱戴、敬重他们的领袖；而且，对我们来说更加不可思议的是，政府也爱着人民。尤记得在描述越南人过去四分之一世纪里承受的苦痛与他们的英勇、正派和毫无污点时，范文同总理那辛酸而亲切的语调。我此生第一次看到一位总理在赞美本国人民的品德时眼里噙满泪水，这改变了我对统治者和被统治者之间能够想见的关系的理解，也让我懂得了不应该不假思索就把某些东西草率地归为“宣传”。

虽说北越发布了不少宣传品，让人绝望的是，在这类宣传中，读者很难看清 1954 年后建立的新社会的特质，只感到隔膜、不可信。任何一个翻阅过河内外文出版社出品的关于北越(谈教育、公共卫生、女性的全新角色、文学、战争罪行等)的英语和法语读物的人，不仅无法对北越社会的细微肌理有丝毫真切的了解，还准会被这些夸夸其谈、言辞热烈而过分笼统的文本所误导。临离开越南前，我向好几位政府人士提到，外国人读了这些书和新闻稿没法形成对北越现状的概念，也表达了我的总体印象：他们的革命正遭到其语言的背叛。尽管与我谈话的越南人似乎意识到了这一点——他们指出，我不是第一个这样说的外国游客——我觉得他们暂时根本没有解决的办法。（听说三年前范文同总理做过一次讲话，批评党政干部之中普遍存在“修辞之病”，呼吁着力“提高”越南语言。可他给出的唯一一条具体建议是人们应当少谈政治，多读越南文学典籍。）

北越真的会是这样一个例外的地方吗？这个问题我无从解答。但我知道，北越虽肯定不是世外桃源，却着实是个了不起的国家；造就北越人民非凡品格的并不是这一世人皆知的事实：激烈的斗争和危急的绝境往往会激发人们最好的（而非最坏的）品质，缔结起高涨的同志情谊。越南人身上的可钦佩之处要更进一步。越南人是“整体的”人，不像我们那样是“分裂的”。不可避免，这样的一群人会在外人的印象里显得非常“简单”。可即便遭到了肆意分割，在任何意义上他们也算不得“简单”，并不需要寻求我们的保护。

能够平和地去爱，果断地托付，全心地希望，勇敢地行动，以无穷无尽的精力完成繁重的任务——这些都不简单。在我们这个社会，有些人会隐隐约约觉得这些是可以达成的目标——虽然只限于他们的私人生活。“公共”和“私人”之间的区别我们认为理所当然，在越南，这种观念却还不发达。两者间的界限不清也在越南人发动革命的风格上体现了出来：讲究实效，文辞和理念中都透着粗率。相比之下，西方人对“私人”和“公共”之间的断痕非常敏感，这或许能部分解释为什么会有那么些谈话，常常是极为精彩的谈话，伴随着每一个革命姿态而生。[①]在我们的社会，谈话或许是最为发达的表达个人独立性的方式。正因为在这样高度发展的畛域里进行，谈话这一活动变成了一把双刃剑：既是一项充满侵略性的举动，又好似努力张开双臂，给他人一个拥抱。所以谈话所表明的，常常是我们情感的贫瘠和压抑；它是人与人之间更为有机的联系的替代品，故而兴盛不衰。（相互间真正怀抱爱意，真诚心系对方的人，往往缄默不语。）但在越南文明里，关于“谈话”，人们还没有走到那毁灭性的最后一步，也还没有估测出语言所包含的微妙、含混的力量——因为他们没有经历过我们那种孤立的“私我”状态。对他们而言，谈话依旧是一种简单普通的方法，比起直接的情感，“爱”，是一种不那么重要的联结人与环境的手段。

越南人的公共和私人领域间并不存在鲜明的区别，这让他们与国家的关系在我们眼里显得颇为奇异。越南人可以毫不掩

---

① 带来真正革命性变化的是革命情感的共同体验——不是豪言壮语，不是对社会不公的揭示，甚至不是理性分析，更不是任何权衡利弊后的行动。而在两方面——思想意识与言辞表达之间的不相称，实际意愿的强弱——的共同作用下，革命其实是可以被“谈话”消解殆尽的。（所以法国最近的革命才会失败。法国学生一味空谈——话讲得还很漂亮——而没有在占领的大学里重新组织起行政工作。在外界看来，他们上街示威和对抗警察的场景是言辞和象征层面的，而非实际行为；这也是一种“谈话”。）

在我们这个社会，“理想主义的”往往意味着“缺乏组织的”；“富于战斗性的”的意思仅仅是“情绪激烈的”。在欧洲和美洲，大部分疯狂叫嚣着谴责所处社会的人既根本不清楚自己更想让社会成为什么样子，也没真正考虑过掌权的任何计划，好让激进的变化付诸实际。是的，多半情况下，西方资本主义国家的革命简直像一种人们特意设计来让它永远成功不了的活动。对许多人来说，这是一项反社会活动，这种形式之所以应运而生，就是为了人们可以通过对抗国家来维护个体的独立性。这是“组织外之人”的仪式性活动，不属于靠着与国家之间热烈的情感纽带团结在一起的人民。——原注

饰对祖国每一寸土地的炽烈爱恋。怎么形容他们狂热的爱国情怀和与特定地方的紧密纽带都不过分。我注意到，多数人会很快主动说自己来自哪里，而那些出生在南方，已经多年无法回家的人，则会流露出一种特别的哀伤。记得鹰对我说起了他在下龙湾——法国殖民时期一处著名的旅游胜地——叔叔的渔船上度过的童年时光。（他记得1920年代末宝莲·高黛[1]在那里度假时，还是个小男孩的他有多么兴奋。）可当鹰接着谈了一会儿如今已被炸得不成样子的岩石群那时的壮丽景象，他突然停住了，简直像带着歉意似的，随后说了差不多这样的话：当然你们的落基山脉也一定非常漂亮。

但对于今日的美国，我们也可能有这样的感情吗？这是我跟越南人时常辩论的一个问题。他们力劝我应该像他们爱越南一样爱美国。其实恰是爱国心使然，我才反对自己国家的对外政策；我珍爱美国超过其他任何国家，所以想维护其荣耀。他们的话不无道理：所有美国人——唉——都相信美国是特别的，或者说应当如此。不过我知道我并没有感受到越南人强加给我的那种正面情绪。愤怒和失望，有。爱，没有。我把想法转化成与他们交流时共同使用的"婴儿语"（我已经相当熟练了），解释道：眼下很难去热爱美国，因为美国给全世界带来暴力；鉴于全人类的福祉要比某一特定民族的福利重要，事到如今，一个正派的美国人必须首先是国际主义者，其次才是爱国分子。有次在作家协会，听到我提出这一观点（不是第一次

[1] Paulette Goddard（1910—1990），美国演员，作品有《摩登时代》等（与卓别林有过一段婚姻），获得过奥斯卡最佳女配角提名。

了，所以我的声音可能略显忧伤），一位青年诗人用英语安慰我道："我们当爱国分子当得很快乐。爱国主义却让你们吃了更多苦。"有些时候他们好像能明白，可更多时候他们不能。也许困难之处在于，正如我之前提到过的，他们本身十分喜爱美国。越南人似乎想当然地认定美国在许多方面都是世界上最了不起的国家：最富有，技术最先进，文化最活跃，最强大，甚至最自由。对于美国，他们不仅有着无穷无尽的好奇心——鹰好几次说，他多么想等战争一结束就去美国看看——而且是真心钦慕。前面我也写过北越的诗人和小说家研读美国文学的热烈劲头。范文同总理满怀敬意地提到了"你们的《独立宣言》"，胡志明在 1945 年 9 月 2 日宣布越南独立，不再受法国统治时就引用了其中的内容。北越最重要的日报《人民报》[1]的编辑黄东说起了他对美国的"爱"，还向我们赞美道，正是在"你们的自由传统"影响下，才会诞生静坐示威和宣讲会那样富有创意的政治行为。美国，他说道，最擅利用美好事物的潜在价值，世上哪个国家也无法相比。

如果说他们对美国的看法予人的第一感觉似乎荒谬可笑，之后显出了率真和感人的面貌，那越南人对自己国家的情感对我们而言则彻头彻尾是陌生的，甚至很危险。不过在行程的末段，我渐渐感到没那么疏远了。我发现"纯洁"在他们的爱国心中必不可少，于是明白了这种情绪不一定等于沙文主义。（越南人对这一差别有多敏感，只消如下事实就能清楚说

① 越南共产党中央机关报，是越南发行量最大、最具影响力的越南文日报。

明——谈及中国近来的事态发展，诸如领袖崇拜和“文化大革命”，我在河内遇到的越南人几乎毫不掩饰他们的反感。)如果越南人能做出这些区分，我也能。当然，我完全知道为什么事实上我很难抱有符合越南人期待的那种态度。二战以降，在美国，爱国主义的言辞就落入了反动分子和野蛮人之手；他们垄断了这一套语言，成功地把“热爱美国”的概念等同于盲从、偏狭和自私。但也许一个人不应该轻易放弃。当作家协会主席邓泰梅[1]在欢迎鲍勃、安迪和我的致辞里说“你们是真正的美国人的典型”时，我为何会有点畏缩？如果我觉得那些摇旗呐喊的军团成员、爱尔兰裔警察和小镇汽车推销员才是真正的美国人，而我不在其列——只怕我心里有一部分是这样觉得的——这是不是一种怯懦、浅薄、完全错误的看法？我(我们)为什么偏要不把我自己(我们自己)看作真正的美国人呢？眼里多一点纯净——但得阻止个人的绝望之情渗入大众的冤屈——或许一个关心其余百分之九十六人口和未来地球生物生态环境的美国知识分子也能够热爱祖国。也许要等到美国让声名扫地的“爱国主义”概念恢复生机，严肃的激进行动才有未来可言。在此行的最后几天里，我的一个念头便是：我愿意一试。

很不幸，对我的愿心的第一次考验来得比预计的要早得多，几乎是转眼便来临，就在我5月17日晚离开河内后的最初几个小时里，而我一下子就败了。希望以后能安排点什么，好确保游客在刚离开北越的最初几天里可以循序渐进地平静下

① Dang Thai Mai(1902—1984)，越南文艺理论家、翻译家。

来。既然毫无准备，一个在越南民主共和国做了客的人注定要遭受一系列野蛮攻击。才飞离河内三十分钟，我就看到国际监督委员会一帮醉酒的波兰成员围坐在机舱前部的桌子边发着一副色情扑克牌。我们在万象的小机场第一次落地，便看到着陆区里停满了标着“美国航空”（中央情报局的专用航线）的飞机，它们每天从这儿起飞，往老挝北部巴特寮①控制的村庄投掷凝固汽油弹。随后我们坐着出租车一路驶进万象，美国的“江城”（用安迪的话说），美帝国污浊的前哨基地。奴颜婢膝又暴躁放肆的老挝三轮车夫正拼命讹人车费，上了年纪的女游客、奇装异服的嬉皮士、美国大兵在美国商人和老挝政府人员的凯迪拉克车上穿进穿出。我们经过放色情片给美国兵看的电影院，“美国派”酒吧，脱衣舞夜总会，简直像是直接从时代广场搬来、卖平装书和杂志的商店，美国大使馆，法国航空，“扶轮国际”分社每周集会的告示牌。在金边唯一一家“现代化”宾馆“澜沧大酒店”的大堂里，我们买了几份《新闻周刊》和《时代周刊》；离开了两个星期，我们想赶上这个世界的形势。几分钟后，鲍勃、安迪和我便坐在开着冷气的鸡尾酒酒吧里铺了红色塑料的长椅上，醉眼迷离，沉浸于米尤扎克②之中，无助而急切地浏览着杂志，不敢相信眼前的消息。我们说起疯疯癫癫的笑话来，安迪更是搬出说了又说的那一套“独行侠和唐托”的噱头——自打旅行一开始，鲍勃和我就很爱

① Pathet Lao，1950 年建立的老挝左翼民族主义集团。

② Muzak，米尤扎克背景音乐。但在美国英语中，这个词一般用来泛指各种餐厅、零售店等地方播放的背景音乐。

听，只是现在不觉得有意思了。我们合计着出去买点大麻（到了这里，一个人还能干点啥？）可又决定不去了，主要是因为不愿上街把心情弄得更加沮丧。挨到午夜，我们都觉得自己准是病了。失眠了几个小时后，天亮了，我透过房间那边的窗户，看到了几乎干涸的湄公河。河床是一条无人防卫的边境线，泰国——另一个重要得多的美国殖民地——在界限里面，每天去轰炸我们刚刚离开的国家的那些战斗机大部分都是从设在泰国的基地里起飞的……就这样，向外，再向外，离北越益发遥远。

由于国际监督委员会航班出了典型的事故，我们在去河内前已经在万象待了四天，住的就是这家酒店，早把我们刚才驱车经过的市镇逛了个遍。虽然它的贫穷破败当时就令我们很震惊，但现在看来，我们了解到的绝不可能是全貌。当然，一切景象都出现过，我们也都看在眼里。美国与西欧打起交道来比较细致，相比之下，它向东南亚输出的全是美国文化中最低劣的方面。在世界的那个部分，各种迹象都明明白白宣示着美国的强大，既没有修饰也不加遮掩。虽然不管怎么说，经历北越之行后至少在十天内不看《时代周刊》和《新闻周刊》总是有所助益的，一个美国人还是得准备好面对巨大的文化冲击——我想会是一种反向的文化错位——既然他离开河内后来到的是万象这样的地方。

想起越南人提醒过，我也可以热爱祖国，我便尽量避免做出草率、说教式的反应，也不想再次陷入疏远的心境。过了一会儿，我心里烧得最旺的那一把怒火平息了。因为一个美国人可能会将愤怒指向象征自己国家帝国主义霸权的各类标志，但造成这种愤怒的，不光是那些标志本身面目可憎，让人看过之后除了厌恶不会有其他反应，还因为我们满怀绝望地相信，当前形态的美国强权在其当前目的指导下，是战无不胜的。但事实情况也不一定是这样。比方说，越南人就不这么认为。就目前看来，他们异想天开的判断有权得到世人的正视。毕竟，除了越南人自己，谁会预料到 1965 年 2 月 7 日，这个弱小、贫穷的国家能顶住美军残忍可怕的地毯式火力？可他们顶住了。三年前，开明的世界舆论普遍同情越南，因为知道他们不可能抵挡美国；那时候，反战人士的口号是“越南的和平”。三年后，“越南的胜利”才是唯一可信的口号。正如河内人告诉我的那样，越南人不需要谁的同情；他们要的是真心的支持。继续战争，最终落得“悲剧”下场的会是约翰逊[①]和美国政府，黄东说道。“战争结束前，会有许许多多困难，”他补充道，“但我们一直很乐观。”在越南人看来，他们的胜利是“必然事实”。

越南最终打败美国后的影响是不难想见的。这些影响多半会体现在对目前越南社会现状的全面改善上：一切轰炸停止，美军从南越撤离，“绍—祺”政权垮台，“民族解放阵线”当权的政府上位，有朝一日，但并非在不远的将来（根据目前“阵线”的领导地位），同河内政府联合起来，最终让长期分裂的国家重归统一。但输掉这场战争会给美国造成什么后果，我们只

---

① 指时任美国总统林登·贝恩斯·约翰逊（Lyndon Baines Johnson）。

能猜测。这可能是我们国家的一个历史转折点，不论是好是坏。但也可能起不了任何实际作用——只不过清偿了一次糟糕的投资，让军工企业可以腾出手来转向其他胜算更大的投机生意。并不是我过分乐观才会相信美国的局面会有这两种发展趋势。不过，美国若是还有至少一线希望，对那些翘首期盼根本性变革的人来说，1968 年绝不是丧失信心的时候。

正如黑格尔所说，历史问题其实是观念问题。前些日子逗留河内期间我所经历的精神之旅让我对这句宏大的箴言有了清晰、具体的认识。回首当时，我觉得，这趟北越之旅某种程度上貌似是一场历史教育的被动经历，可最后必然会变成对我固有思维界限的主动挑战。

那个我还没去过河内时在想象中心之所系的越南，等我真的到了那里，终于发现并不真实。过去这些年，在我的意识里，越南是“弱者”受苦受难、英勇不屈的完美典型。但一直困扰着我的其实是代表“强者”的美国——美国的恃强凌弱，美国的残忍暴虐，美国的自以为公正。为了能最终一睹越南的真实面貌，我必须忘掉美国；更有雄心的话，甚至推开整个西方感受力的藩篱，因为那是我美国式感受力的源头。但我始终知道，我不过是对越南现实做了一番短暂、外行的访问。此行任何真正重要的收获会把我送回起点：身为一个美国人，一个独立的激进派美国人，一个美国作家的两难处境。

因为说到底，一个美国人没有办法把越南吸收进自己的意识里。它可以像一颗领航的星体那样远远地发出光亮，也可以成为地震的中心，让我们脚下的政治土地颤动不已。但越南人的美德，美国人肯定是无法生搬硬套去效仿的；我们连煞有介事地描述都办不到。这个国家有待开展的革命必须用美国的语言表达，而不是那些属于亚洲农业社会的措辞。激进派美国人从越南战争中获益匪浅，如今他们有了一个轮廓分明的道德议题，借此既可以鼓动民众的不满，又可以揭露体制中的那些虚假的不同意见。除了让个人对美国背叛革命理想的行为产生幻灭和绝望，越南还提供了系统批评美国的重要方法。在这套有用的体系里，越南成为了一个理想的“他者”。越南和美国原本就在文化上互不相容，这样一种身份令两者的距离益发遥远了。所以，每一个同情越南的人到那儿之后都要面临这样的任务：弄明白理解起来仍然有障碍的事物到底是什么。当一个激进派的美国人来到越南，一切都被立刻打上了问号——他们看待共产主义、看待革命、看待爱国主义、看待暴力、看待语言、看待礼节、看待性爱的不可避免的美国式态度，更不用说他们身份中那更为笼统的西方特征了。起码有一点我可以作证，自打我从越南回来，我眼里的世界比从前更大了。

在河内的那段日子我得到了很大的磨炼，回来后，这里的一切都显得既更加丑陋也更有希望了。援引概念含混的革命理想来描述究竟是哪些东西“有希望”，也许会失之轻率。尽管如此，我们也不该错误地低估在整个美国社会中蠢蠢欲动的对根本性变革的普遍向往。越来越多的人认识到我们必须建立起更慷慨、更仁爱的人际交往方式；而需要巨大的，或许是猛烈的社会变革，才能造就这些心灵变革。要在知识上做好准备迎接根本性的变革，不仅有赖于清晰、真实的社会分析：比如说，得更好地理解确保美国当今霸权的政治和经济力量在世界上的实际分布状况。同样重要的另一个武器是对地缘心理和历史的分析：举个例子，在西方有种人类类型，从宗教改革到工业革命再到现代后工业化社会，逐渐取得了支配地位，我们要做的就是对这种人类类型做出更全面的观察。几乎谁都会同意，这不是人类进化的唯一方式，但在欧洲和美国，很少有人真的从生物的角度相信一个人还有其他安身立命的办法，或者能够想象不走这条路的人会是什么样子。毕竟某种程度说来，他们本身就是那种人，又怎么可能做到呢？要跨越自己是很难的。

但我相信，道路并没有完全阻塞。当然，大部分人不可能意识到自己代表的人类类型是多么狭隘，更不可能领会到这一类型多么反复无常，多么了无生气，多么亟须被取代。但他们知道其他的东西：他们不快乐，人生处处受限、寡淡无味、充满苦涩。如果这不满的情绪缺少疏导，没有被那种足以剥夺它社会、政治和历史维度的精神治疗意识所修复，漫无目标的不快乐便会广泛流行于现代西方文化之中，真正的知识即由此开端——所谓“真正的知识”，是指能同时引发行动和自我超越的认知，是指将在世界的这个部分让人性改头换面的认知。

通常情况下，人类类型（换句话说，人类关系的特性）的改变进行得非常缓慢，几乎难以察觉。很不幸，现代历史的需求迫在眉睫，我们不甘心等待那进程自然演化。想想这社会如此热衷自我毁灭，时间也许确实不够了。就算西方人忍住没有毁掉自己，他们抱持现状也会让世界其他地方的人——就是说，世界上的大部分人，超过20亿人口，既不是白人，也不富裕，更不是像我们这样的扩张主义者——过得极其艰难，也许很快就会难以容忍。如果更多的人能重拾被我们的文化遮蔽和诋毁的情感和行为，欧洲人和美国人中最常见人性的特定历史形态或许也能更快地得到重铸。

一个能让人领悟到全新情感的事件往往是一个人所能获得的最重要的体验。现在，那对我而言也是迫切的道德责任。我觉得我很幸运：我的无知，我的移情天赋，还有我不知满足的习惯共同起了作用，让我在五月的北越之行即将结束时有了这样一番体验。（虽然从历史意义上看，展现在我眼前的所谓新情感无疑是十分陈旧的，但就我个人而言，那些感受我从未体验过，也无法说出它们的名称，甚至在此之前无法相信它们真的存在。）如今我已远离越南，想让这些情感在这里以恰当而可信的形式重获新生。这听起来很难。尽管如此，也许需要的就是努力“坚持”。本质上，这种经历是能潜移默化地改变一个人的。是不可磨灭的。

七月上旬在巴黎的时候，我同几个上街参加了斗争的朋友聊了聊，发现他们并不真的承认革命已经失败[①]——我一想，这跟我目前的状态倒颇有几分相似。他们之所以不太“实事求是”，我觉得，是因为还没有从那几个星期里展现在他们面前的全新情感中走出来——那是多难得的几个星期，大批大批平

① 指1968年5月至6月间发生在法国的“五月风暴”。

日里多疑、愤世嫉俗的城里人以及工人和学生，以前所未有的慷慨、热情和自觉互帮互助。在一定程度上，那些参加了斗争的年轻“老战士”不完全承认失败也是对的，因为他们根本不能相信一切已经回到了五月前的正常状态，如果没有变得更糟的话。其实他们才是“现实”的一群人。享受过那种全新情感的人——暂时，不管多么短暂，逃离这个社会强加在爱和信任之上的枷锁——再也不是和以前一样的人了。在他心里，“革命”刚刚开始，并会进行下去。所以我知道，北越之行对我的改变不会因为我回到美国就停下脚步，而是会继续向前。

［1968 年 6 月—7 月］

（顾真　译）

图书在版编目(CIP)数据

激进意志的样式/(美) 桑塔格(Susan Sontag)著;何宁等译.
—上海:上海译文出版社,2018.4(2023.11重印)
(苏珊·桑塔格全集)
书名原文:Styles of Radical Will
ISBN 978-7-5327-7600-9

Ⅰ.①激… Ⅱ.①桑… ②何… Ⅲ.①文艺评论—世界—文集 Ⅳ.①I106-53

中国版本图书馆CIP数据核字(2017)第218834号

Susan Sontag
STYLES OF RADICAL WILL

图字:09-2004-667号

激进意志的样式
〔美〕苏珊·桑塔格/著 何 宁 王 磊 顾 真 宋 金/译
总策划/冯 涛 责任编辑/管舒宁 装帧设计/张志全工作室

上海译文出版社有限公司出版、发行
网址:www.yiwen.com.cn
201101 上海市闵行区号景路159弄B座
南京爱德印刷有限公司印刷

开本 890×1240 1/32 印张 9.25 插页 6 字数 169,000
2018年4月第1版 2023年11月第2次印刷
印数:6,001—7,500册

ISBN 978-7-5327-7600-9/I·4654
定价:68.00元